에펠탑 만큼 커다란 구름을 삼킨 소녀

La petite fille qui avait avalé un nuage grand comme la tour Eiffel

Romain Puértolas

에펠탑 만큼 커다란 구름을 삼킨 소녀

La petite fille qui avait avalé un nuage grand comme la tour Eiffel

Romain Puértolas

로맹 퓌에르톨라 지음 | 양영란 옮김

밝은세상

에펠탑만큼 커다란 구름을 삼킨 소녀

초판 1쇄 인쇄일 2016년 6월 10일 │ **초판 1쇄 발행일** 2016년 6월 17일
지은이 로맹 퓌에르톨라 │ **옮긴이** 양영란 │ **펴낸이** 김석원
펴낸곳 도서출판 밝은세상 │ **출판등록** 1990. 10. 5 (제 10 - 427호)
주 소 (413-120) 경기도 파주시 문발로 119, 202호
전 화 031-955-8101 │ **팩 스** 031-955-8110
인터넷 홈페이지 www.baleun.co.kr │ **전자우편** wsesang@korea.com

ISBN 978-89-8437-292-4 03860 │ **값** 13,500원
잘못된 책은 구입한 곳에서 교환해 드립니다.

이 세상에서 나의 유일한 고정점인

파트리시아를 위하여.

이 이야기는 내가 처음부터 끝까지 다 지어냈으므로

완전히 진실이다.

−보리스 비앙

마음이란, 뭐랄까 제법 커다란 봉투 같은 거라고 할 수 있다.

−프로비당스 뒤푸아

CONTENTS

1부
여자 집배원,
그리고 마요네즈와 인생에 대한 그녀의 매우 특별한 개념

1

미용실에 들어서는 순간 나이 든 미용사가 제일 먼저 꺼낸 말은 나치 장교를 떠올리게 할 만큼 간결하면서도 칼로 끊어내는 듯한 한마디의 명령어였다.

"앉아!"

나는 고분고분 미용사의 명령에 따랐다. 그가 손에 든 가위로 강제 집행에 나서기 전에 말이다.

잠시 후 미용사는 내가 어떤 헤어스타일로 미용실을 나가길 원하는지조차 물어보지 않고 바쁘게 내 주변을 빙빙 돌았다. 과연 이 미용사가 혼혈 남자의 완강한 곱슬머리를 다뤄본 적이 있을까? 나는 짐짓 걱정이 되었지만 실망하지는 않았다.

"재밌는 이야기 하나 들려 드릴까요?"

얼음처럼 두꺼운 침묵을 깨고 화기애애한 분위기 조성을 위해 내가 먼저 말을 꺼냈다.

"말해보게. 머리만 움직이지 않는다면 아무 상관 없으니까. 고개를 자꾸 움직이면 내가 자네 귀를 자르게 될지도 모르거든."

나는 '말해보게'라는 그의 말을 역사적인 첫 발자국, 대화를 하자는 초대장, 사회적 평화와 인간이라는 형제들 간의 화합의 표시로 받아들였다. 그와 동시에 청각 기관을 절단하게 될지도 모른다는 위협을 최대한 빨리 잊으려고 노력했다.

"어느 날 집배원이, 집배원은 여자였는데, 하여간 그 여자가 제가 일하는 관제탑에 나타나 이렇게 말했습니다. '마샹(프랑스어로 'machin'은 아무개, 거시기를 뜻함:옮긴이) 씨, 이륙 허가를 좀 내주셔야겠어요. 아무것도 묻지 말고 요구를 들어주셨으면 해요. 그냥 이 공항에서 이륙할 수 있게만 해주시면 돼요. 제발 부탁이에요.' 여자의 요구 자체는 어이없는 건 아니었어요. 이따금씩 가진 돈 전부를 근처 비행 학교에 갖다 바치고 파산한 직후 혼자 힘으로 날아보겠다고 찾아오는 사람들이 더러 있거든요. 제가 놀랐던 건 이제까지 단 한 번도 비행에 대한 열정 따위를 털어놓은 적이 없던 여자가 그런 요청을 해왔다는 것이었죠. 뭐 저희가 수다를 떨 기회는커녕 마주칠 기회조차 없던 사람들이긴 하지만요. 저는 주간 근무와 야간 근무를 번갈아 가며 하거든요. 평소 그 여자는 노란색 고물 4L(프랑스의 르노 자동차 회사에서 1961년부터 1992년까지 생산한 모델로 선풍적인 인기를 끌었음:옮긴이)을 몰고 와 집으로 우편물을 배달해 주는 게 전부였죠. 즉, 제가 근무하는 곳에 나타난 적이 단 한 번도 없었단 말입니다."

미용사는 묵묵히 나의 말을 듣고 있었다.

"전 여자에게 말했죠. '평상시였으면 당신을 비행 스케줄 담당 사무

실로 모셔다 드렸을 겁니다. 그런데 오늘은 망할 놈의 화산재 구름 때문에 항공 교통 흐름이 뒤죽박죽이라 민간 비행은 고려조차 할 수 없습니다. 죄송합니다.' 그때 여자의 일그러진 얼굴을 보자 저도 모르게 여자의 부탁에 관심을 보이는 시늉을 했죠. 일그러진 얼굴도 무지 예뻤거든요. 그때 제 심장도 같이 일그러졌습니다. 그래서 다시 물었습니다. '비행기 기종은 뭐죠? 세스나(Cessna)? 아니면 파이퍼(Piper)?' 여자는 몹시 당황해하더군요. 질문 자체가 여자를 곤혹스럽게 만들었던 거죠. 여자는 '무슨 말이죠? 전 아무 비행기도 몰지 않아요. 그냥 혼자 날아보려고 하는 중이에요.' 라고 말했죠. 저는 '네. 무슨 말인지 알았습니다. 그러니까 교관 없이 혼자 날아보시겠다는 거죠?' 라고 다시 물었습니다. 그러자 여자는 '아뇨. 그게 아니라 저 혼자 난다고요. 제 말은 비행기 없이 혼자 날겠다는 거예요.' 라고 말하면서 양팔을 자기 머리 위로 번쩍 들어 올리더니 무용수처럼 그 자세로 한 바퀴를 뱅그르르 돌더군요. 참, 근데 그 여자가 수영복 차림이었다는 걸 제가 말씀드렸었나요?'

"아니. 그 디테일은 빼먹었네. 항공 관제사가 상당히 괜찮은 직업이란 건 진즉 알고 있었지만 지금 자네 얘길 들어보니 생각보다 훨씬 대단하군."

미용사는 아프리카 흑인 같은 내 곱슬머리를 공략하기 위해 온 정신을 집중하며 대답했다.

노인의 말이 맞았다. 오를리 공항 소속 항공 관제사 정도면 사는 데 별다른 불만은 없었다. 가끔 예정에도 없이 불시에 파업을 벌이는 일이야 어쩔 수 없다 해도 말이다. 그 파업이라는 것이 사실 각종 휴가 기간 동안 사람들이 우리의 존재를 완전히 잊어버리지 않을 정도로 잠깐만 하고 끝내긴 하지만 말이다.

"좌우간 그 여자는 꽃무늬 비키니를 입고 있었습니다. 정말 예쁜 여자였어요. 여자는 다시 '나는 항공 흐름을 방해하고 싶은 마음은 전혀 없어요. 관제사님, 전 그저 당신이 나를 비행기로 여겨주기만을 바라요. 화산재 구름의 영향을 받을 정도로 높이 날진 않을 거예요. 공항 이용세를 내야 한다면 그건 걱정 마세요. 자 이거 받으세요.' 라고 말했습니다. 여자는 어디서 꺼냈는지도 모를 50유로짜리 지폐 한 장을 내밀더군요. 그 돈이 집배원용 가죽 가방에서 나온 게 아닌 건 분명합니다. 여자는 가방을 메고 있지 않았거든요. 여자가 무슨 말을 하는지 도무지 알아들을 수 없었지만 여자의 결심이 참으로 대단해 보였습니다. 여자가 정말 자신이 날 수 있다고 말하는 건가? 슈퍼맨이나 메리 포핀스처럼 하늘을 날 수 있다고 믿는 건가? 하는 생각이 들었죠. 잠깐 동안 저는 여자가 정신이 나갔다고 생각했습니다."

"자네 말을 요약하면 그 집배원 여자가 어느 날 갑자기 비키니 수영복 차림으로 자네가 일하는 관제탑으로 왔고, 해수욕장이라면 제일 가까운 곳도 수백 킬로미터는 가야 할 형편이다, 여자가 암탉처럼 날개를 퍼덕거리며 공항에서 이륙을 하고 싶다고 요청했다는 말이지?"

"네."

"우리 집 담당 집배원은 우편물만 가져다주고는 가버리는데."

미용사는 뭔가 아쉽다는 듯 한숨을 내쉬며 앞치마에 빗을 문질러 닦은 뒤 와인 병따개처럼 꼬부라진 내 머리털 속으로 다시 집어넣었다. 빗을 들고 있지 않은 나머지 한 손에서는 마룻바닥을 긁는 강아지처럼 가위가 쉴 새 없이 찰칵찰칵 소리를 내며 움직이고 있었다.

미용사의 태도로 보아 그는 지금 내가 한 말을 단 한마디도 믿지 않는 것이 분명했다. 뭐 그렇다고 해서 그를 원망할 수도 없는 노릇이었다.

"그래서 자네는 뭐라고 했나?"

나의 황당한 상상력이 어디까지 갈 수 있는지를 떠보려는 듯 미용사가 심드렁하게 물었다.

"아저씨가 제 입장이었다면 어떻게 하셨을 것 같으세요?"

"내가 그걸 어찌 아나. 항공 분야에서 일하는 사람도 아닌데. 게다가 미용실에서 반쯤 벌거벗은 미녀들을 맞이하는 일이라고는 이제껏 한 번도 없었으니."

"무척이나 난처하더군요."

나는 늙은 미용사의 엉큼한 농담은 무시한 채 말을 이어갔다.

"난 항공 관제사를 난처하게 만드는 일 따위는 이 세상에 없을 거라 생각했네! 그러라고 월급을 주는 것 아닌가."

미용사가 빈정거리는 말투로 말했다.

"그건 좀 과장이 심하시네요. 우리는 기계가 아닙니다. 본론으로 돌아가자면 그 여자는 도자기 인형 같은 눈으로 이렇게 말했습니다. '난 프로비당스(Providence. 프랑스어로 신의 섭리를 뜻함:옮긴이)라고 해요. 프로비당스 뒤푸아.' 여자는 이렇게 말하고는 잠시 가만히 있었습니다. 뭐랄까 마지막 남은 탄약마저 다 소진한 사람 같았죠. 아마 여자는 내가 자신을 그저 그렇고 그런 집배원으로 생각하지 말아주기를 바라는 마음에서 이름을 말했던 것 같았습니다. 전 어찌나 당황스러운지 순간적으로 하룻밤을 같이 보낸 여자를 눈앞에 두고 그 사실을 기억하지 못하는 건 아닌가 하는 착각마저 들었습니다. 솔직히 젊었을 땐 저도 꽤 인기가 있었거든요. 어쨌든 그녀가 지금 집배원 차림은 아니었지만 분명한 건 우리 집 담당 집배원인 건 확실했습니다."

몇 초 전부터 머리털에서 떨어져 나간 빗과 가위는 미용사의 손에 들린 채 허공에 머물러 있었다.

"자네 방금 프로비당스 뒤푸아라고 했나?"

미용사는 갑자기 심각한 피로감에 지친 사람처럼 내 앞에 놓인 자그마한 유리 탁자 위에 연장들을 내려놓으며 말했다. 미용사와 대화를 시작한 이후 그는 처음으로 내 말에 관심이라고 할 만한 것을 보였다.

"신문이란 신문에서 모두 대서특필한 그 여자…… 하늘을 날았다는 그 여자?"

"네. 바로 그 여잡니다. 물론 지금까지 이야기한 대목에선 아직 우리 집 담당 집배원이지만요. 노란 4L를 몰고 다니는 섹시한 미녀 집배원 말이죠."

미용사는 옆에 있던 빈 의자에 털썩 주저앉았다. 혹시 양어깨 위로 우주정거장이 떨어진다면 흡사 저런 모습이지 않을까 했다.

"그날은 내게 아주 괴로운 기억을 안겨준 날이네."

미용사는 흑백 타일로 된 바닥 어딘가로 시선을 떨구며 말했다.

"동생이 비행기 사고로 목숨을 잃었거든. 프로비당슨가 뭔가 하는 여자가 세상이 깜짝 놀랄 일을 벌인 바로 그날 말일세. 그날 내 동생 폴이 죽었네. 햇빛 좋은 곳에서 며칠 휴가나 보내겠다고 떠났지만 동생은 상상도 하지 못했을 아주 짧은 휴가가 되고 말았지. 아니, 아주 긴 휴가. 영원히 끝나지 않을 휴가를……. 탑승객이 162명이었는데 생존자는 단 한 명도 없었네. 난 평소 신께서도 우리 범부들처럼 비행기를 탈 거라 생각했어. 근데 그날은 신이 탑승 수속 창구에 늦게 도착한 모양이야."

미용사는 떨구었던 고개를 들었다. 그의 두 눈엔 다시금 희망의 빛이 어려 있었다.

"이러지 말고 우리 즐거운 얘기나 하세. 그래서? 그 여자는 정말로 하늘을 날았나? 내 말을 그 여자가 나는 걸 자네 두 눈으로 직접 보았느냐 말일세. 신문을 읽긴 했지만 하도 어이없는 내용이 많아서 말이야. 난 오직 진실만을 알고 싶네."

"그날 미디어 매체는 일이 터지고 난 다음에야 사건을 접수해서 모든 걸 과장했습니다. 그 때문에 말도 안 되는 소문들이 걷잡을 수 없이 퍼져 나갔고요. 심지어 프로비당스가 노란 르노 픽업을 탄 채 모로코까지 날아가다가 구름과 충돌했다는 식의 기사도 읽었으니 말 다했죠. 뭐 진실과 아주 동떨어진 내용은 아니지만 그렇다고 정확한 기사도 아니죠. 제가 그날 오를리 공항에서 정확히 무슨 일이 있었는지 말씀드리죠. 지금까지 제가 말씀드렸던 부분은 빙산의 일각에 불과해요. 그 여자가 어떻게 해서 그런 일을 하게 되었는지, 그 후 무슨 일이 일어났는지는 정말 더 흥미진진하거든요. 덕분에 제법 이성적이라고 자부하던 제 머릿속에 수많은 질문들이 생겨난 것도 사실이고요. 그래도 듣고 싶으세요?"

미용사는 텅 빈 미용실 안에서 손사래를 쳤다.

"보다시피 손님이 너무 많지만 뭐 어떤가. 나도 잠깐 휴식을 취해야하지 않겠나. 어디 말해보게나. 부풀머리 해달라고 오는 여자 손님들이 노상 떠들어대는 수다 얘기와는 다를 테니 기분전환 되고 좋겠구만."

미용사는 벌써부터 모든 걸 다 알고 싶어 죽을 지경이었다.

나는 모든 걸 다 털어놓고 싶어 죽을 지경이었고.

2

프로비당스는 처음으로 걸음마에 성공한 날, 대번에 그 정도로는 어림도 없음을, 다시 말해 그녀의 야심은 그보다 훨씬 먼 곳을 향해 달리고 있었고 이 첫 걸음마라는 성과는 앞으로 이어질 성과들의 시작을 알리는 예고에 불과하다는 것을 직감했습니다. 달리기, 깡충깡충 뛰기, 헤엄치기. 인간의 몸, 이 환상적인 기계는 인생에서 앞으로 나아가게 해주는 놀라운 물리적 역량을 감추고 있는 보물이었죠.

태어난 지 7개월 된 신장 68.5㎝짜리 아기 프로비당스는 자신의 눈으로 직접 세상을 발견하겠다는 욕망을 불태웠습니다. 아니, 자신의 두 발로라고 해야 더 정확할지도 모르겠습니다. 프랑스에서 가장 권위 있는 소아과 병원 의사였던 그녀의 두 부모님은 놀라서 입을 다물지 못했다고 합니다. 오랜 시간 의사로 일해왔지만 이런 사례는 처음이었으니까요. 더군다나 갓난아기의 넘치는 에너지로 걸음마 학습과 관련된 모든 이론을 보기 좋게 무너뜨린 건 바로 자신들의 친자식이었으니 말입니다.

어떻게 해서 자신들의 외동딸이 이처럼 어린 나이에 첫 걸음을 뗄수 있었을까? 어떻게 해서 아이의 다리뼈는 통통하게 젖살이 오른 아기 부처 같은 자태의 이 작은 몸집을 지탱해 줄 수 있을까? 혹시 아기의 오른발에 발가락이 여섯 개라는 사실이 이 수수께끼와 연관이 있는 걸까? 이처럼 나디아와 장 클로드 뒤푸아 박사는 무수히 많은 질문을 던졌지만 그에 대한 답은 찾아내지 못했습니다. 이 현상은 두 사람의 힘으로는 설명할 수 없는 불가사의였기에 있는 그대로의 현실을받아들일 수밖에 없었죠.

엄마는 딸아이의 몸에 청진기를 대보고 뇌 촬영도 시도해 보았지만소용없었죠. 모든 건 지극히 정상이었거든요. 그냥 그렇게 생긴 거라고 결론 내릴 수밖에 없었습니다. 두 사람의 사랑스러운 딸 프로비당스는 태어난 지 7개월 만에 걸었고, 그게 전부였습니다. 프로비당스는그냥 성질이 급한 아이였던 겁니다.

물론 두 분이 그 무렵에 맛본 놀라움은 그로부터 35년이 흐른 후 프로비당스가 하늘을 날아야겠다고 마음먹은 그 여름날, 두 분에게 쓰나미처럼 몰려온 극심한 충격에 비하면 아무것도 아니었죠.

3

현 위치 : 오를리 공항(프랑스)

쾨르오메트르®(서로 사랑하는 두 사람의 심장 사이의 거리를 계산하기 위해 CNRS (Centre national de recherches scientifiques. 국립과학연구센터) 소속 알랭 주르프 교수가 고안해 낸 발명품. 지금 이 대목의 경우, 프로비당스와 자혜라, 두 사람 사이의 거리를 뜻한다. 오차는 3.56미터가량이다) : 2,105킬로미터

조금 전 말했으니 짐작하셨겠지만 이 믿기 어려운 모험이 시작된 날 프로비당스의 나이는 서른다섯하고도 7개월이었습니다. 비록 오른 발의 발가락이 여섯 개인 데다, 미국 태생도 아니고 평범하기 그지없는 파리 남쪽 변두리에 살면서 지극히 평범한 직업을 가진 사람치고는 아주 생소한 이름을 지녔다는 점을 제외하면 어느 모로 보나 평범한 여자였죠.

프로비당스는 집배원이었습니다. 아카데미 프랑세즈가 벌써 여러 해 전부터 집배녀(factrice)라는 단어의 사용을 허용했지만, 신의 섭리라는 이름답게 자신의 직업에 대해서도 선견지명을 가진 프로비당스는 종전처럼 집배원(facteur)이라는 말을 선호했습니다. 그녀는 사람들이 단어를 가지고 지적하는 것에 이골이 났습니다. 그녀가 보기에 직업이 여성화된다는 것은 좋은 현상이었고, 따라서 일부 여자들이 집배녀라는 세 글자 속에 여성 해방을 위해 바쳐 온 한평생이 담겨 있다고 믿는 것도 기꺼이 수긍하는 편이었습니다. 이런 문제는 그녀 자신과는 무관한 문제였죠. 그뿐입니다. 왜냐, 집배원이라는 단어는 5백 년부터 존재해 온 반면 집배녀의 역사는 고작 30년이었으니까요. 더구나 오늘날까지도 그 단어는 솔직히 사람들의 귀에 낯설게 들리는 것이 사실이니까요. 가끔 집도녀 또는 심지어 교배녀라고 이해하는 사람들도 있었어요. 프로비당스는 집배원이라고 함으로써 쓸데없이 긴 설명을 하는 데 필요한 말과 시간을 절약할 수 있었습니다. 태어나서 7개월에 이미 첫 걸음을 뗄 정도로 성질이 급했던 그녀에게는 무시할 수 없는 이점이었죠.

프로비당스는 이날 아침 오를리 공항 출입국 심사대 창구 앞에서 마라케시 체류에 필요한 서류를 작성하면서 직업란에 자연스럽게 집배원이라 적었습니다. 그런데 그녀가 적은 서류를 검사하던 여성 공무원 입맛엔 뭔가 맞지 않았던 모양입니다. 싸구려 화장품을 덕지덕지 바른 여자 경찰의 얼굴 표정에서 대번에 드러났으니까요. 여자 경찰은 기회가 있을 때마다 자신이 여성임을 내세우는데다, 그 사실을 잠시 잊은 듯한 여성들 앞에서라면 평소보다 훨씬 더 강력하게 이를 상기시키는 부류의 여자였던 거죠. 여자 경찰은 남자 헌병처럼 코밑

수염을 기른 반면, 그날 아침 따라 인중 부분은 깜빡 잊고 면도를 하지 않은 탓에 여성으로서의 조건에 심각한 타격을 입었다고 말하지 않을 수 없는 처지였습니다.

"집배원이라고 쓰셨네요?"

"네. 제 직업이 집배원이니까요."

"요즘엔 집배녀라고 쓰셔도 됩니다."

"아, 그런가요."

"네. 당연히 서류만 보면 당신이 남자려니 짐작하게 되는데, 실제로는 여성분이시니 혼란스럽네요. 여성분이시면서 굳이 집배원이라고 쓰신 이유가 뭐죠? 제가 이런 이야기를 하는 건 다 당신을 위해서예요. 여기서는 당신을 통과시켜 주겠지만 누가 압니까? 당신이 모로코의 출입국 심사대에서도 집배녀가 아니라 집배원이라고 써서 하루 종일 붙잡혀 있을지요. 당신이 그런 멍청한 일을 당할까 봐 걱정이 되어 하는 말입니다. 아시는지 모르겠지만 그쪽 사람들 아주 독특하거든요. 남녀평등 같은 건 그 사람들 취향이 아니죠. 그들의 취향은 구리로 만든 재떨이에 그림을 새긴다거나 팔걸이 없는 가죽 의자라거나, 뭐 그런 거죠."

'여자면서 턱수염을 길게 기른 건 혼란스럽지 않다는 건가? 그러면서 누구한테 훈수를 두려는 거야? 1930년대처럼 경찰에선 누구나 의무적으로 콧수염을 기르기로 했나? 아니면 이 여자 경찰만 2014년 유로비전에서 수염 기른 여자가 영예의 대상을 받은 이후 번지기 시작한 유행에 따라 수염을 기르는 걸까?'

프로비당스는 속으로 생각했습니다.

"네. 그건 정말 멍청한 일이겠네요."

서류를 되돌려 받은 프로비당스는 얼른 문제를 일으킨 항목을 수정했습니다. 공연히 일을 시끄럽게 만들 필요는 없었으니까요. 직업란을 고쳐 쓴 그녀는 다시 서류를 내밀었습니다.

"훨씬 낫네요. 우체국에서 편지 다루듯이 검사대를 통과하시면 됩니다. 아, 그런데 여기서 이렇게 얘기할 필요가 있는지 모르겠네요. 어차피 그곳에 가기 힘들 것 같은데 말이에요."

"무슨 소리죠?"

"지금 화산재 구름 때문에 비행이 하나씩 차례로 취소되고 있거든요."

"화산재 구름이요?"

"모르고 계셨어요? 아이슬란드에서 잠들어 있던 화산 하나가 깨어났어요. 모처럼 아이슬란드라는 나라가 화제가 되고 있었는데 그놈의 화산 타령에 불만만 늘어놓게 되었네요!"

여자 경찰은 콧수염이 바르르 떨릴 정도의 격한 동작으로 서류에 도장을 찍고는 프로비당스에게 서류를 내밀었습니다.

"화산이 마지막으로 잠에서 깨어난 게 언제였는지 알기나 해요?"

여전히 뚱한 표정으로 여자 경찰이 다시 입을 열었죠.

"글쎄요. 한 50년 전쯤?"

프로비당스는 떠오르는 대로 대답을 했습니다.

"그보다 더 오래전."

"그럼 한 70년 전이요?"

"더 오래."

"백 년 전쯤?"

프로비당스는 진열장에 놓인 물건의 가격을 맞춰야 하는 TV 프로

그램 〈실제 가격(Juste Prix)〉의 출연자 같은 태도로 연상 숫자를 제시했습니다.

여자 경찰은 프로비당스의 대답에 신경질적으로 깔깔 웃어댔습니다. 어림없는 답을 제시했다는 사실을 상대방에게 확실하게 알려줘야겠다는 태도로 보이는 비웃음과도 같은 웃음이었죠.

"기원전 9,900년! 뉴스에 나왔죠. 그랬는데 이렇게 갑자기, 아무 예고도 없이 다시 깨어난 거예요. 정말 이게 말이 돼요? 이건 완전히 우릴 골탕 먹이려는 거라고요. 이름만 해도 그래요. 우리를 엿 먹이려고 만들어진 이름이 틀림없다고요. 세이스타레이키야르붕카가 뭡니까?"

"타타카붕카인지 뭔지가 아이슬란드에 있는 화산이라고요?"

"네. 그래요. 정말 아이슬란드스럽지 않지 않아요?"

"그러네요. 아프리카 지명 같네요."

"누가 아니래요. 어쨌든 아프리카든 아니든 행운이 따르길 바랄게요. 어쩌구저쩌구붕카가 당신 출발을 방해하지나 않았으면 좋겠다는 말이에요."

"네. 그랬으면 좋겠네요. 전 무슨 일이 있어도 마라케시로 출발해야 하거든요."

프로비당스는 하마터면 '이건 죽느냐 사느냐의 문제'라고 덧붙일 뻔했으나 가까스로 입을 다물었습니다. 만약 말을 내뱉었다면 여자 경찰은 또다시 의심의 눈초리로 프로비당스를 바라보았을 테니까요.

4

파울로 코엘료 작품 중 《피에트라 강가에서 나는 울었네》라는 제목의 소설이 있습니다. 프로비당스는 오를리 공항 남부터미널에서 들고 온 분홍색 샘소나이트 트렁크 위에 앉아 펑펑 울었습니다.

그녀는 핸드백 대신 쓰레기가 가득 담긴 할인마트 까르푸의 비닐봉투를 팔에 걸고 나온 사실을 알고 한층 더 서럽게 울었죠. 프로비당스는 상자 속에서 뜬금없이 툭 튀어나온 개구쟁이 용수철 인형과 같은 속도로 자리에서 일어나 비닐봉투가 마치 폭탄이라도 되는 것처럼 쓰레기통에 쑤셔 넣었습니다. 도대체 쓰레기봉투를 들고 여기까지 오면서도 전혀 알아차리지 못했는지, 그녀의 남다른 후각이 피곤으로 말미암아 완전히 마비되었던 모양이었습니다. 정말 피곤하면 별의별 엉뚱한 짓을 다 하나 보다 생각하며 한편으로는 집에 두고 온 핸드백 때문에 안절부절못했습니다. 그때 다른 쪽 팔에 얌전히 걸려 있는 핸드백을 보자 그제야 마음을 놓았습니다. 여행 떠나기 전에 쓰레기봉투를 집밖에 내놓는다고 하고선 그냥 그걸 들고 공항으로 향했던 겁니다. 프로비당스는 다시금 로댕의 '생각하는 사람'처럼 분홍색 샘소나이트 트렁크에 걸터앉았습니다.

콧수염 여자 경찰의 말이 맞았습니다. 전날 아이슬란드의 화산이 분화하면서 토해낸 화산재 구름 때문에 예정된 항공편의 절반이 이미 취소된 상태였거든요. 담배 연기와의 전쟁을 선포한 시점에서 화산재까지 겹치다니! 상황은 전혀 나아질 기미를 보이지 않았습니다. 오히려 몇 시간 후 공항 전체가 폐쇄될 수도 있는 상태였습니다. 공항과 더불어 프로비당스의 실낱같은 희망마저도 연기가 되어버릴 지경이었고요.

그깟 구름이 뭐라고 그토록 무서운 위력을 발휘할 수 있는 거지? 어째서 커다란 솜 덩어리, 거대한 먼지 덩어리 하나가 그토록 복잡한 기계들을 온통 주저앉힐 수 있단 말이지? 듣자하니 화산재 구름은 몇 년 전 체르노빌에서 출발해 유럽 하늘을 관통하면서 몇몇 피아노 천재(손이 세 개 달린 아이들), 캐스터네츠 대가(네 개의 고환을 가지고 태어난 아이들)를 탄생시킨 방사능 구름만큼이나 위험하다는 것 같았습니다. 당시 체르노빌 구름은 기적처럼 프랑스 국경 근처에서 멈췄는데 그건 혹시 비자가 없었던 건 아닐까요?

공항에 설치된 TV 속 뉴스에서 소식을 전하는 앵커들은 화산재 구름 속을 관통하는 비행기들은 추락할 확률이 상당히 높으며, 심지어 래리 플린트(Larry Flynt)식 포르노 영화에서 팬티가 자취를 감추는 것만큼이나 빠른 속도로 레이더망을 벗어날 수도 있다고 강조했습니다. 버뮤다 삼각지대의 공포가 다시금 기억의 표면으로 떠올랐습니다. 아주 자그마한 연기 분자들 때문에 비행기 같은 거구가 파괴될 수도 있다니 믿을 수 없었습니다.

'골리앗에 대항하는 다윗이라는 거야, 뭐야.'

요컨대 비행기 동체에 내려앉은 화산재가 기계들의 틈 사이에 끼어들어 엔진을 멈추게 할 수도 있다는 것이었습니다. 최악의 경우 모든 것이 폭발할 가능성도 배제할 수 없고요. 이 모든 믿기 어려운 현상을 보통 사람들에게 좀 더 확실하게 설명하기 위해 기자들은 TV 시청자들이 잘 알고 있는 다른 현상, 즉 새로 장만한 네스프레소 기계의 필터 부분이 부실할 때 혹은 시어머니께 물려받은 은식기를 깜빡 잊고 전자레인지에 넣었을 경우 등을 예로 들었습니다. 쾅! 하는 소리와 함께 커피도, 전자레인지도 끝장이 나듯 비행기도 이와 마찬가지라는 것이었죠.

소수에 불과하지만 그깟 구름 때문에 주눅 들 비행기가 아니라고 주장하는 전문가들도 더러 있긴 있었습니다. 그들 가운데 일부는 대규모 컨설팅 회사 소속이고 일부는 정부 소속이었죠. 이들은, 늘 그렇듯이 위험이 지나치게 과장되었다고 주장했습니다. 하지만 항공 회사들은 몇 안 되는 전문가들의 말만 믿고 값비싼 비행기와 승객의 안전을 위험에 노출시킬 마음이라고는 없었죠. 이건 그들 회사의 금전적인 명운이 걸린 문제였으니까요.

이렇듯 어느 항공사도 위험을 무릅쓰려 하지 않자 아무도 꼼짝할 수 없었습니다. 그날 DGAC(민간 항공국)가 내건 슬로건은 은행털이범들의 구호와 크게 다를 바 없었습니다.

"모두 바닥으로 내려온다!"

비행이 연기되는 항공기의 편수는 늘어만 갔습니다. 지상 근무 직원들은 감히 비행 취소 소식을 당당하게 알리지도 못했죠. 그들은 그 곤란하고 어려운 일을 공항 곳곳에 설치되어 있는 전광판에 슬쩍 일임해 버리는 쪽을 택했습니다. 최소한 컴퓨터의 목을 조르겠다고 나서는 이는 없을 테니까요. 따라서 예정되어 있던 비행 스케줄은, 데이비드 카퍼필드(소설 속의 가난한 주인공이 아니라 부자 마술사)의 석연치 않은 마술에서처럼 전광판에서 1초마다, 1분마다 하나둘씩 자취를 감춰 버렸습니다.

기다리는 수밖에 달리 아무런 방법이 없었지만 프로비당스는 도저히 기다릴 수가 없는 형편이었습니다. 흘러가는 1분 1초가 자헤라에게서 두 번째 삶의 기회를 빼앗았기 때문이었죠. 그 아이의 병은 흡혈귀처럼 성큼성큼 다가오는데, 그 아이가 입원한 병원엔 그 병을 치료할 기술적 수단이라고는 전혀 없으니 마음이 다급할 수밖에요. 어린 소녀가 여태껏 목숨을 부지해 온 건 오로지 본인의 강철 같은 의지와 엄마가 최대한 빨리 자기를 데리러 올 거라는 희망 덕분이었습니다.

프로비당스는 담당자가 방금 서명 날인하여 그녀에게 건네준 파란 서류를 손가락 사이에 끼고서 빙빙 돌렸습니다. 말하자면 만능열쇠 같은 그 서류. 끝나지 않을 것처럼 지루하게 이어지던 입양 절차, 아이를 프랑스로 데려오기 위해 필요한 절차의 귀결이었던 그 서류. 고생고생해서 마침내 행정 당국의 직인을 받고 나니 이번엔 광분한 날씨가 그녀의 발목을 잡고 늘어지고 있었습니다. 어째서 온 세상이 낡은 4L을 몰고 다니는 그녀의 앞길을 가로막는 데에서 잔인한 쾌감을 즐긴단 말인가? 흘러가는 1분 1초는 그녀의 어린 딸에게 남아 있는 목숨이 1분 1초씩 줄어드는 것이나 마찬가지였습니다. 그러니 그건 너무 부당하달 수밖에요. 너무 부당하기 때문에 소리 높여 그 부당함을 외쳐야 마땅하죠. 필요하다면 유리창이라도 깨부술 정도로 심하게 부당하니까요.

마음을 가라앉히기 위해 프로비당스는 한 손으로 핸드백 속에 들어 있던 소형 MP3를 꺼냈습니다. 정부가 병든 허파며 간 사진을 담뱃갑 포장에 게재하기로 결정한 날 가지고 있던 몇 갑의 담배와 맞바꾼 기계였습니다. 단연코 음악이 담배보다 건강에 좋은 데다, 워크맨에 청각장애인 사진을 게재하겠다는 법은 아직 출현 전이었으니까요! 부르르 몸을 떨며 이어폰을 귀에 꽂은 프로비당스는 미용실 세면대 앞에서 미용사가 나타나 머릿속이 시원해지는 두피 마사지를 해주기를 기다릴 때처럼 고개를 뒤로 젖힌 채 플레이 단추를 눌렀습니다.

그룹 U2의 노래가 그녀가 공항에 도착하면서 꺼두었던 지점에서부터 다시 시작되자 공항의 대형 유리창에 비친 자혜라의 얼굴과 미소가 프로비당스의 눈에 들어왔습니다.

"그래, 보노 노래처럼 잠시 후면 난 거기 도착할 거야. 거기, 그 아이 곁에. 모든 걸 상대화해야 할 필요가 있어. 생각해 보면 그 어린 모로코 소녀 자혜라가 지금까지 버틴 것도 사실 기적이지. 벌써 7년이잖아. 3년 살면 다행이라고 했었는데. 그러니 그 아이는 아직 조금 더 버틸 수 있을 거야. 내가 널 데리러 갈게, 아가야."

프로비당스는 자신을 지나쳐 가는 관광객들의 빈정거리는 표정 따위 아랑곳하지 않은 채 혼자 중얼거렸습니다. 비용이나 수단은 문제가 아니었죠. 그 무엇도 오늘 그녀가 아이를 찾으러 가는 길을 막을 수는 없었습니다.

"잘 버텨야 해, 아가야. 내가 네 곁에 도착하기 전에 달이 뜨는 일은 없을 거야. 약속할게. 너를 데리러 가기 위해 필요하다면 나는 새처럼 나는 법이라도 배울 거야."

프로비당스 정말 이 말이 현실이 되리라고는 물론 전혀 상상도 하지 못했습니다.

5

같은 시각, 오를리 공항에서 수천 킬로미터 떨어진 곳에서 자혜라는 땡땡(Tintin) 만화 〈땡땡과 상어호수(Coke en stock)〉에 등장하는 아독 선장이 턱수염만 시트 밖으로 내놓듯이 턱만 시트 밖으로 내민 채 구름이라고는 한 점도 없이 맑게 갠 천장을 수놓은 형광 빛깔 별자리들을 감상하는 중이었습니다. 아이는 자기 머리 바로 위쪽에 별 모양의 작은 플라스틱 조각들을 북두칠성 모양으로 붙여놓았고, 그 별들은 전등을 끄면 수천 개의 보안관별처럼 환하게 빛을 냈습니다.

진짜 별들은 그토록 영롱하게 빛나지 않습니다. 그 점에 관해서라면 자혜라도 일가견이 있는 것이, 사막에서 우연히 발견했다며 별 한 조각을 라시드에게서 선물 받았기 때문이었죠. 듣자 하니 별이 가끔 그렇게 떨어질 때가 있는 모양이더군요. 그 회색 빛깔 돌멩이는 주변이 어둠 속에 잠기면 더 이상 빛을 발하지 않는 특성을 지니고 있습니다. 반사작용 때문이라고 물리치료사 라시드는 아이에게 설명해 주었습니다. 별 조각은 일단 큰 덩어리에서 떨어져 나와 같은 분자들로 이루어진 본체에서 멀어지게 되면 더 이상 반짝거리지 않는다는 것이었습니다. 어느 날, 자기 손바닥만 한 크기의 그 돌조각을 물끄러미 관찰하던 자혜라는 불규칙적으로 예리하게 잘린 한 단면에 새겨진 '메이드 인 차이나' 라는 수상한 글자들을 발견했습니다.

"이게 무슨 뜻이야?"

자혜라는 얼른 라시드에게 물었습니다.

"이, 이건 영어야. 중국에서 만들었다는 뜻이야."

당황한 물리 치료사가 대답했습니다. "

사실 이 짝퉁별은 라시드가 시내의 한 작은 시장에서 산 거였습니다. 병원 밖으로 한 발짝도 나가보지 못해 세상일에 대해서는 아는 게 거의 없는 어린아이는 그의 말을 그대로 믿었습니다. 어른의 말이라면 곧이곧대로 믿는 아이였으니까요.

"아하, 별들은 중국에서 만들어지는구나."

자혜라는 황당해하는 라시드의 표정에 아랑곳 않고 혼잣말처럼 중얼거렸습니다. 라시드는 자신이 벌인 범죄의 고백이 예상과 전혀 다른 결과를 낳자 어리둥절할 수밖에요.

아이의 순진무구함에 가슴이 멘 그는 차마 아이의 말을 반박하지 못했습니다. 오히려 그 반대로 한술 더 떴죠.

"게다가 중국 국기에는 빨간 바탕에 노란별이 다섯 개나 그려져 있어. 그러니까 별 만드는 산업이 그 나라에서는 그만큼 중요하다는 말이지!"

그 말을 듣자 중국 사람들이 만들어서 하늘로 쏘아올린 수 톤의 별들이 모로코의 사막에 사는 사람들에게 밤마다 빛을 보내준다고 믿게 된 자혜라는 매일 밤 잠들기 전 그들에게 고마운 마음을 전하는 기도를 잊지 않았습니다. 자혜라는 늘 모로코 사람들에게 그처럼 너그러운 마음을 보여줘서 고맙다고 중국 사람들을 향해 인사를 전했습니다.

'언젠가 마라케시 변두리의 이 초라한 병원을 벗어나 멋진 여행을 할 거야. 오리엔트 특급(이름과는 달리 이 기차는 중국은 지나가지 않습니다)을 타고 중국에 갈 거야, 짝 째진 눈을 가진 사람들이 수천수만의 꼼꼼한 개미 군단처럼 똘똘 뭉쳐서 대포를 이용해 오렌지 크기만 한 빛나는 돌을 우주로 쏘아 올려 그 빛의 예리한 칼날로 짙푸른 하늘을 여러 갈래로 찢는 그 나라에 꼭 가볼 거야.'

지금처럼 이른 아침 시간이면 별들은 더 이상 반짝거리지 않지만, 그래도 서글픈 변두리 병원 다인실 병실에 판타지를 불러일으키는 힘만은 여전했습니다. 어린 모로코 소녀 자혜르는 우중충한 잿빛 벽으로 둘러싸인 공간에서 짧은 생애의 거의 전부를 보냈습니다. 그런데 프로비당스에게 플라스틱 별들(이 역시 메이드 인 차이나)을 선물 받은 이후로 아이는 밤만 되면 천장 쪽으로 고개를 치켜들었습니다. 거기엔 하늘이 있으니까요. 아이는 그 하늘에서 새로 얻은 엄마의 눈처럼 초롱초롱하고 반짝거리는 수백 개의 눈을 보았죠. 하긴, 새엄마라지만 아이가 태어나자마자 생모는 죽었으므로 아이에겐 유일한 엄마였습니다. 천장에 붙여놓은 작은 별들은 윙크를 보내는 공모자들처럼 깜빡거렸습니다.

북두칠성.

아이는 이 이름을 몹시 좋아했는데, 아이가 열정적으로 좋아하는 두 가지, 즉 요리와 우주가 결합된 이름이었기 때문(북두는 북쪽의 국자를 뜻함·옮긴이)이었죠. 이다음에 크면 아이는 우주 제빵사가 될 참이었습니다. 아이는 그걸 확신했죠.

'무중력 상태에서라면 수플레를 만들거나 계란 흰자 거품으로 머랭을 만드는 일이 훨씬 쉬울 거야.'

그렇지만 그건 어디까지나 아이의 생각일 뿐이었습니다. 아이만의 비밀이었다는 말이죠. 아이의 눈엔 너무도 당연해 보이는 우주 제빵사라는 직업과 관련해서는 아직 그런 일을 하겠다고 공개적으로 나선 사람은 이 세상에 단 한 명도 없었습니다. 문제는 아이에겐 어쩌면 '이다음에 크면'이 불가능할지도 모른다는 점이었습니다. 그리고 그보다 더 심각한 건 아이가 예정보다도 일찍 죽게 될 경우, 사람들은 아이를 최초의 우주 제빵사가 아니라 마라케시 변두리의 초라한 병원 천장에 붙여놓은 플라스틱 별을 바라보다가 어느 여름날 쓸쓸히 죽어간 병든 소녀로 기억할 것이란 점이었습니다.

그래서 자혜라는 의사 선생님이 거짓말쟁이였음을, 자기가 앓고 있는 병이 거짓말쟁이였음을 증명해 보이기 위해 어떻게 해서든 버티려고 안간힘을 썼습니다. 두 팔은 비록 새로 고개를 비쭉 내민 나무의 어린순처럼 앙상하고 가냘파도 정신만큼은 아무도 망가뜨릴 수 없는 강철처럼 강한 소녀였습니다. 흔히 정신이 육체보다 강하다고들 하지 않습니까. 언제나 정신은 육체보다 강하죠. 유쾌한 기질 또한 그렇고요. 기분 좋은 미소, 낭랑한 웃음소리는 거대한 불도저처럼 지나가는 길에 놓여 있는 모든 장애물을 부숴 버리죠. 질병을 밀어버리고 슬픔을 산산조각 낸다고요. 우리가 망가진 인형처럼 두 팔과 두 다리를 잃게 되거나, 삶이 우리에게서 가위로 도려내듯 얼굴과 심장을 앗아갈 때, 남자들이 자신의 성기를, 여자들이 자신의 머리카락과 가슴을 잃게 될 때, 우리가 우리를 인간이게 하는 모든 것을 상실하게 될 때, 우리가 우리의 눈 또는 귀, 폐를 잃게 될 때, 우리가 다시금 갓난아기가 되어 오줌똥을 싸게 될 때, 그래서 우리가 다시금 기저귀를 차게 될 때, 새벽이면 낯모르는 사람이 우리가 밤 동안 병원 침대 시트 위에 싸놓은 똥을 닦아줄 때, 우리가 혼자 힘으로 그걸 닦지 못할 때, 뜨거운 물이 우리 뼈 위에 아직 남아 있는 얇은 살가죽을 벗겨 버릴 때, 노화로 우리의 뼈가 부러질 때, 눈물만 흘려도 불에 덴 듯 눈가가 화끈 달아오를 때, 그럴 때라도 정신줄마저 놓아버린 상태가 아니라면, 하하 웃고 빙그레 미소 지으며 투쟁하는 것이 옳습니다. 웃음은 질병에게는 가장 고약한 적이니까요. 질병의 면상에 웃음을 날려라. 절대 희망을 잃지 말라. 절대 포기하지 말라. 모험은 아직 끝나지 않았으니까. 영화가 완전히 끝날 때까지는 절대 의자를 박차고 일어나 극장을 나서지 말라. 제일 마지막에 놀라운 반전이, 그것도 아주 행복한 반전이 일어나는 경우가 자주 있으니까. 해피엔딩. 때로 삶은 비교적 이른 시기에 우리를 침대에 못 박아놓기도 합니다. 하지만 가느다란 생명의 줄기나마 우리의 혈관 속에서 흐르는 한, 바느질실만큼이나 가느다란 실한 가닥이 우리를 생명과 이어주는 한, 우리는 살아 있습니다. 살아 있을 뿐 아니라 아주 강인할 수 있습니다. 약하더라도 강인할 수 있다고요. 우리 인간은 생명체 가운데에서도 아주 뛰어난 종이기 때문이죠.

자혜라가 계속 투쟁을 하는 것도 그 때문이었습니다. 영화의 마지막 장면을 보기 위해서. 아름다운 마지막을. 계집아이는 다 큰 어른처럼 사투를 벌이는 중이었습니다. 강인하고 아름다운 여자처럼. 포기하지 않는 멋진 여자, 살아 있다는 아름다움을 앞으로도 절대 포기하지 않을 근사한 여자.

프로비당스가 선물한 〈이름이 당신 삶에 미치는 엄청난 영향〉이라는 책에서 자혜라는 '자혜라들은 자신들은 물론 인류 전체의 행복을 위하여 투쟁하며, 참을성도 많고, 언제까지나 충실한 친구들' 이라고 적힌 구절을 읽었습니다. 그래서 아이는 그 점을 굳게 믿었죠. 자혜라는 구름을 삼켰더라도 여전히 꿈을 가질 수 있고, 우주 제빵사가 될 수 있음을 온 세상에 보여주고야 말겠다고 다짐했습니다.

구름을 삼켰다는 표현은 아이가 앓고 있는 점액과다증(mucoviscidose)이라는 병을 설명하기 위해 프로비당스가 찾아낸 표현이었죠. 아이의 허파 깊숙한 곳에서 일어나는 일, 그 때문에 아이가 갖게 되는 느낌을 실감나게 잘 표현하는 말이었습니다. 어렴풋하게 수증기가 차오르는 듯한 답답함 때문에 아이는 조금씩 그러나 아주 확실하게 숨이 막혀왔으니까요. 마치 어느 날 문득 부주의하게 덥석 삼킨 적란운이 몸 한구석에 그대로 남아 있기라도 한 것처럼. 아침마다 자혜라는 딸기를 얹은 구름으로 아침식사를 대신했습니다. 아이는 다른 아이들이 시리얼을 담듯 그걸 볼에 담았습니다. 목구멍을 따끔따끔하게 자극할 수도 있는 그걸 얼굴 한번 찡그리지 않고 꿀꺽 삼켜야 했다고나 할까요. 세상엔 땅콩이나 굴에 알레르기를 일으키는 사람들이 있는 반면, 자혜라는 가슴 깊은 구석에서 자라나 파리의 에펠탑만큼 거대하게 커지는 그 구름에 알레르기 반응을 보였습니다. 그래서인지 이따금씩 아이는 아예 파리라는 도시 전체를 먹고 있는 중이라는 기분이 들기도 했습니다. 석재 교각과 오스망 남작풍의 근엄한 지붕을 이고 있는 건물들, 유리로 된 박물관들과 에펠탑이 있는 그 파리를 말입니다.

아침마다 아이는 파리를, 파리를 구성하는 벽돌을 한 장 한 장 삼켰습니다. 에펠탑을, 그 탑을 이어 맞추는 볼트 나사를 하나씩 하나씩 삼켰죠. 세 개 층으로 된 에펠탑과 그 안에 자리 잡은 식당들까지 전부 삼켰습니다. 높이 324미터짜리 구름. 쇳조각, 벽돌 조각, 유리 조각들이 비죽비죽 가시 돋은 철조망처럼 아이의 기관지를 훑을 때면 아이는 고통스러워서 울곤 했죠. 그러면 프랑스의 수도 파리엔 비가 내렸고요. 아침마다 아이가 한 나라 전체를 꿀꺽 삼키면 온 지구에 비가 내렸습니다.

몹쓸 병 때문에 괴로워하면서도 자혜라는 자기는 운이 좋은 편이라고 믿었습니다. 바로 위층에 자혜라가 앓고 있는 병보다 훨씬 더 교묘하면서 고약한 병을 앓는 사내아이가 있었는데, 온딘 증후군이라는 이름의 질병이었죠. 전설에 따르면, 물에 사는 요정 온딘이 자신을 배신한 남편에게 자동으로 숨을 쉬지 못하는 저주를 내렸다고 합니다. 때문에 남편은 처음으로 잠이 들어버린 날 숨을 쉬지 못해 죽고 말았습니다. 온딘 증후군이라는 예쁜 이름 뒤엔 이처럼 끔찍한 현실이 도사리고 있었습니다. 그러고 보면 의사들은 참으로 잔인한 존재들인가 봅니다. 모든 것에, 심지어 죽음에까지 시적 터치가 필요하다고 여기니 말입니다. 요컨대 위층 병실의 사내아이 소피안의 몸은 요정 온딘의 남편과 마찬가지로 잠이 들 때마다 숨 쉬는 것을 잊어버립니다. 숨을 쉬려면 의식적인 노력이 필요하기라도 하다는 듯이 말입니다. 마치 아이가 매 초마다 허파에 공기를 가득 채우라고, 그런 다음에 비우라고 명령을 내려야 한다는 듯이 말이죠. 숨을 들이마시고 내쉰다, 들이마시고 내쉰다, 나는 숨을 쉰다, 고로 나는 존재한……. 소피안은 하루 종일 낮이나 밤이나 로봇처럼 기계장치를 달고 삽니다. 유리 허파를 가진 네 살 반짜리 로봇.

그러고 보면 세상엔 항상 자기보다 더 아픈 사람이 있기 마련인가 봅니다. 이 점을 깨닫게 되면 모든 것을 상대화할 수 있게 되며, 결국 자신은 운이 좋은 편이라고, 상황이 지금보다 훨씬 더 고약할 수도 있었다고 말할 수 있게 되죠. 그래서 소피안이 여느 네 살배기 사내아이들처럼 웃고 노는 것을 보고 있노라면 등줄기에 소름이 돋기도 합니다. 그 아이가 작은 콧구멍에 박아 넣은 플라스틱 튜브들이 흔들거리도록 입을 크게 벌리고 웃는 모습을 볼 때, 그 아이가 농담을 들으면서 이빨을 온통 드러내고 깔깔거리는 모습을 볼 때, 그 아이가 지는 해를 보며 감탄하는 모습을 볼 때, 간호보조사들이 한두 시간가량 정원에 데려다줄 때마다 기쁨의 고함을 지르는 그 아이를 볼 때, 그 아이가 병원을 통틀어 딱 한 권밖에 없는 동화책을 백 번째 다시 읽는 모습을 볼 때…… 그러니까 매일 온몸에 소름이 돋는다고 할 수 있겠죠. 매일 저녁 그 아이가 꿈을 꾸는 동안 혹시라도 숨쉬기를 잊을까 봐 기계장치가 호흡을 대신하기 전까지. 그 아이가 더는 숨을 쉬어야 한다는 생각을 할 필요가 없게 되기를 꿈꾸는 동안.

'따지고 보면 나한테는 고작 구름 한 덩어리가 있을 뿐이잖아. 게다가 구름은 예쁘잖아.'

어떻게 보면 기상학에 대한 관심이며 우주 제빵사가 되겠다는 꿈도 이 병에서 비롯되었는지도 모르죠. 내 몸 속에 들어 있는 구름을 알아간다는 건 그걸 조금씩 길들여서 마침내 그걸 지배하고, 그럼으로써 통증을 줄이는 걸 테니까요. 하지만 구름이란 녀석은 길들이기가 쉽지 않았습니다. 우선 녀석을 붙잡아야 하는데, 지상에서 제아무리 빨리 달린다 한들 구름보다 빨리 달릴 수는 없는 노릇 아니겠습니까. 자혜라도 벌써 시도해 보았지만 아무도 그 아이에게 제대로 된 구름 길들이는 법 따위는 가르쳐 주지 않았습니다. 모로코에서는 사람들에게, 더구나 여자들에게는 구름을 길들이는 법 따위는 가르치지 않죠. 안타깝게도.

때문에 자혜라는 저기 저 높은 곳, 메이드 인 차이나 별들이 옹기종기 모여 있는 우주 오아시스에 가면 아프지 않을 거라는 결론에 도달했습니다. 자기 몸 안에 들어 있는 구름은 이곳, 지상에서 보면 엄청 커 보일지 몰라도 일단 우주 정거장에 올라가서 보면 머리카락 한 가닥 정도밖에 안 될 테니까요. 거기에 가면 우주선 원창에 얹은 손가락 한 마디만으로도 지구 전체를 다 가려 버릴 수 있을 테니까요. 그게 바로 원근법의 기적이 아니겠습니까? 그리고, 무엇보다도 우주엔 공기가 없어서 분자들의 응축이 불가능하기 때문에 구름 따위는 만들어질 수 없을 테죠. 권계면 위쪽은 항상 날씨가 맑고 언제나 해가 나니까요.

그렇지만 아직은 본격적인 우주여행 시대가 아니었고, 요 며칠 새 아이 몸속에 도사린 저주스러운 구름은 부쩍 심술 사나워졌습니다. 발작 횟수가 늘어날수록 그 정도가 한층 격렬해졌고, 일어나는 빈도 또한 훨씬 잦아졌죠.

자혜라는 버텨야 했습니다. 엄마가 와서 자기를 프랑스로 데려갈 거라는 사실을 알게 된 다음부터 아이에게 버티는 일은 한결 수월해졌습니다. 프로비당스는 자주 자혜라를 보러 왔는데, 지난번에 왔을 때 아이가 오기만을 기다리고 있는 파리의 아이 방과 장난감들을 찍은 사진 여러 장을 보여주었죠. 아, 파리, 미키와 유로 디즈니의 도시. 프로비당스는 자혜라에게 이제 곧 둘이 같이 청룡열차도 타고, 동화 속 공주처럼 차려입을 수 있을 거라고 말해주었습니다. 판사들이 그녀에게 입양권을 주었고, 그 결과 그녀는 법적으로 자혜라의 엄마가 되었으니까요.

그 사실을 알게 된 날, 아이는 침대에서 뛰어 내려와 온 병실을 뛰어 다니며 기쁜 소식을 외쳐 댔습니다. 덕분에 아이 주변으로는 행복의 향기가 퍼져 나가면서 모든 이들의 입술에 미소가 번져 나갔죠. 한순 간이나마 병실에 머무는 모든 여자 환자들의 건강 문제를 잊게 만들 어주는 행복의 미소.

그래요, 버텨야 했어요. 엄마가 올 때까지.

'엄마는 오늘 나를 데리러 올 거라고 약속했어.'

요 며칠 동안 어린 자혜라는 그 기대로 살았습니다. 아이는 오직 이 날만을 위해 살았다고요. 말라(Mallat)표 지우개로 지우듯 7년 동안의 고통을 싹 지워 버리고 새로운 날들을 향해 출발하는 이날. 이곳을. 이 누추한 병원을 떠난다는 생각에 흥분한 나머지 아이는 간밤에 잠도 제대로 자지 못했습니다. 프로비당스가 선물한 헬로 키티 달력 속의 모든 날들은 가위표로 지워진 반면 오늘만은 분홍색 매니큐어로 그린 동그라미 속에서 돋보이더군요. 공주님이 좋아하는 반짝이 펄이 들어 간 분홍색 매니큐어.

갑자기 심한 기침 발작을 일으킨 자혜라는 침대에서 몸을 두 조각 으로 접은 채 걸쭉하고 붉은 액체를 대야에 쏟았습니다. 말하자면 올 것이 온 것이었죠. 구름이란 녀석이 기지개를 켜며 솟아오르기 시작 하는 것이었거든요. 아직 아기였을 때 꿀꺽 삼키고는 어디를 가든 내 내 데리고 다닌 몹쓸 구름. 그건 행복에 대한 대가라고나 할까요. 구름 이 기지개를 켤 때마다 자혜라는 내 두 입술 사이로 흘러내리는 건 그 냥 딸기잼, 아주 예쁜 야생 딸기로 담근 잼일 뿐이라고, 허파가 이 잼 으로 가득 차 있을 뿐이라고 생각하려고 애썼습니다. 비록 그 딸기잼 때문에 가슴이 찢어질 듯 아파도 그 아이는 그렇게 생각했습니다. 딸기잼이 쐐기풀 잼이 되어버리더라도. 아무리 아파도 자혜라는 그래도 착한 구름이라고, 자기는 운이 좋은 편이라고 생각하려고 무지 노력했습니다. 그 구름보다 훨씬 무서운 것들이 이 세상 방방곡곡에서 어린아이들을 무지막지하게 공격해 대니까.

'그래, 내 구름은 그래도 착한 편이야, 가끔 내 가슴 깊은 곳에서 딸기잼으로 변하긴 하지만 말이야. 그러니 녀석을 상대하려면 내 힘이 세져야 해, 녀석에게 너무 많은 자리를 내어주면 안 돼. 녀석이 도자기 가게에 들어간 코끼리처럼 주변의 모든 것을 밟고 다닐 때면 '안 돼, 이제 그만!' 이라고 야단칠 수 있어야 해. 엄마, 빨리 와, 제발 부탁이야.'

기운이 다 빠져 버린 자혜라는 혼자 중얼거리더니 축축하게 젖은 침대 시트 위로 감자 포대처럼 스러져 버렸습니다. 코끼리는 가게 안의 그릇들을 박살내며 도망쳐 버렸고요.

6

현 위치 : 오를리 공항(프랑스)

쾨르오메트르Ⓡ : 2105, 93킬로미터

모로코의 파란색 제복과 조금이라도 비슷한 것이라면 그것이 무엇이든 복수해야겠다는 일념에 사로잡혀 앞뒤 살필 것도 없이 세 명의 여직원(두 명은 얼토당토않은 다른 항공사 직원이었고, 나머지 한 명은 청소부였다)에게 다짜고짜 대들었던 프로비당스는 곧 자기 자신에 대한 원망에 사로잡히고 말았습니다. 저주스러운 화산재 구름은 하늘 위, 너무 높은 곳에 있어서 팔을 열심히 휘두른다고 쓸어버릴 수 있는 성질의 것이 아니었거든요.

'몹쓸 화산재 구름 같으니, 좌우지간 연기를 만들어내는 것들은 흡연자를 포함하여 모두 우리를 괴롭힌다니까! 대기권에 연기를 뿜어내는 그것들이야말로 이 검은 괴물을 빚어낸 장본인들이잖아. 그리고 보면 화산은 담배 제조자들이 고안해 낸 그럴 듯한 구실에 지나지 않을지도 몰라. 아, 아이슬란드는 얼마나 좋은 구실이란 말인가! 누가 그 나라를 원망하겠어? 아이슬란드 사람들이야 물론 아닐 테지, 하긴 사람들은 그런 사람들이 존재하는지조차 잘 모르는데 뭐. 당신들은 알고 있었어? 아이슬란드 사람이 도대체 어떻게 생겼는지 알고 있었느냐고? 학자들은 우리가 평생 히말라야 눈사람 예티를 만날 확률이 아이슬란드 사람을 만날 확률보다 높다는 걸 증명해 보였다고.'

프로비당스가 거인이었다면 아마 이 움직이는 거대한 재떨이에 보기 좋게 한 방 먹였을 겁니다! 굽 높은 구두를 신고서 어마어마하게 큰 진공청소기를 가져와 일요일 아침 라디오에서 보사노바 방송을 들으며 자기 아파트를 청소할 때보다도 신속하게 하늘 청소를 마쳤을 테니까요.

아쉽게도 프로비당스는 거인이 아니었거니와, 그녀가 가진 진공청소기는 기내용 샘소나이트 가방보다도 작았습니다. 더구나 아무도 그녀에게 진공청소기가 되었든 올가미가 되었든 도구를 사용해서 구름을 길들이는 법 따위는 가르쳐 주지 않았습니다. 프랑스에서는 여자들에게, 더구나 여자 집배원들에게 구름을 길들이는 법 따위는 가르치지 않습니다. 정말로 애석한 일이죠.

암튼, 태어나서 처음으로 프로비당스는 그저 기다릴 수밖에 없는 상황에 놓였습니다. 그런데 기다린다는 건 그녀가 세상에서 제일 싫어하는 일이었죠. 태어난 지 일곱 달 만에 걸음마를 할 정도로 성질 급한 프로비당스가 아닙니까. 마음을 가라앉히는 일도 그녀는 그다지 좋아하지 않습니다. 때문에 발걸음을 옮겨 제일 먼저 눈에 띈 카페테

리아에 들어가 앉기까지는 가히 초인간적인 노력이 필요했습니다. 앉아서도 청바지 주머니에 넣어둔 MP3를 꺼내서 이어폰을 귀에 꽂고 볼륨을 최대한 키워 블랙 아이드 피스의 노래나 들을까 망설이다가 결국 뜨끈한 차 한 잔을 주문했죠.

하마터면 그녀는 제임스 본드처럼 '저을 듯 말 듯 조금만 젓지 휘젓지는 말라'고 덧붙일 뻔 했습니다. 솔직히 그런 소리를 할 기분이 아니었습니다. 그래서 퉁명스럽게 '아주 뜨거운 차 한 잔!'이라고만 내뱉고는 '부탁합니다' 소리도 하지 않았죠. 그처럼 거칠게 행동한 데 대해서 이내 사과했지만 말이죠.

'아무리 다급하다고 해도 그렇게 행동할 권리는 없어, 식당 종업원의 잘못도 아니니까 말이야. 모든 건 어디까지나 몹쓸 구름 때문이야. 사는 게 다 그렇기 때문이라고.'

자혜라가 죽어가고 있는데, 엄마라는 자기는 그저 차나 마시고 있을 수밖에 없기 때문이라는 말이죠.

맛대가리라고는 전혀 없는 차. 엄청나게 비싼 바가지요금을 내고 마시는 맛없는 공항 차. 비록 맛은 없어도 따끈한 액체는 마음을 진정시키는 효과가 있었습니다. 프로비당스는 그 차 대신 수영장 여러 개 분량의 커피를 마시고 싶었습니다. 자크 바브르(Jacques Vabre)의 광고에 등장하는 것보다 훨씬 많은 원두 자루를 깔때기를 이용해서 단숨에 입안으로 털어 넣고 싶었으니까요. 하지만 그녀는 커피를 끊은 상태였습니다. 담배도 마찬가지였고요. 더구나 지금은 마음을 진정시켜야 할 때였습니다. 그런데 엄밀히 말해서 커피라는 검은 액체의 첫 번째 가는 역할(두 번째 가는 역할도 마찬가지지만)은 진정과는 거리가 멀었습니다. 프로비당스는 그러면서 몇 분 동안 기다렸습니다.

인내심 테스트의 최고 단계에 다다른 그녀는 다음 단계로 기어 올라갔죠. 초인간적인 노력은 이제 신적인 노력으로 바뀌었습니다. 그녀는 메달을 받는 건 물론이고 성인의 반열에라도 올라야 할 판이었죠. 인내심 성녀.

초인간적인 노력이라는 표현은 참으로 적절했습니다. 프로비당스는 모든 것을 철저하게 제어하여 절대로 주변 상황에 좌지우지되지 않는 경지에 도달했거든요. 직장에서 집배원들의 배달을 조직하는 것은 그녀의 몫이었습니다. 그녀는 집배원들이 어느 구역에서 시작해서 어느 구역에서 배달을 마칠 것인지를 결정했죠. 그녀는 그들에게 자신의 리듬에 따를 것을 종용했습니다. 15년 차 집배원이 누릴 수 있는 작은 사치라고나 할까요. 그녀는 해가 나는 날이면 느긋하게 여유를 부려도 좋은지, 기운이 없는 날이면 서둘러서 일을 끝내 버리는 편이 나은지 결정했습니다. 요 며칠 동안 그녀의 마음속엔 매일 해가 쨍쨍 났습니다. 자혜라를 데리러 갈 날이 성큼성큼 다가오고 있었기 때문이죠. 그 어린아이 덕분에 프로비당스는 다시 태어났습니다. 서른다섯 살에. 그건 그녀로선 전혀 예상하지 못했던 일이었죠. 그때까지 그녀 인생의 제일 큰 야심이라면 TV에서 매스터셰프 방송이 있는 날 화면 속에서 프레데리크 앙통이 던지는 호감 가는 시선을 느끼면서 아버지에게 물려받은 마요네즈 만드는 법을 약간 더 향상시키는 것 정도였습니다. 인생도 따지고 보면 마요네즈와 별반 다르지 않다고 생각했습니다. 계란 노른자와 식용유 같은 아주 간단한 몇 가지 재료만으로 이루어진 데다, 너무 세게 몰아붙여서는 안 되고 꾸준하게 규칙적인 움직임을 가해야 비로소 재료들이 맛깔스럽게 혼합되면서 전혀 다른 새로운 것으로 변하게 되니까요. 마요네즈 만들기는 프로비당스의 마음을 진정시키고, 그녀의 마음속에서 활활 솟구치는 조급증을 어느 정도 잠잠하게 다독거려 주는 게 사실이었습니다. 정말이라니까요. 프로비당스는 마요네즈 만드는 법을 개선하다 보면 자신의 인생도 개선될 거라고 확신했습니다.

자혜라의 출현으로 그녀의 인생은 눈에 띄게 개선되었습니다. 열심히 습득한 마요네즈 비법을 전수해 줄 자식이라고는 없이 혼자 여생을 보내리라 마음먹었던 그녀였는데 말이죠. 이건 남자들과는 상관없는 일이었습니다. 남자야 팔만 내밀면 잡힐 정도로 주위에 쌔고 쌨죠. 하지만 이건 남자보다 훨씬 진지하고 심오한 무엇이었습니다. 모성 본능 같은 거 말입니다. 언제까지고 함께할 그녀의 살점 한 조각. 그녀가 이 세상을 하직할 때 남기고 갈 아주 작은 조각. 그 작은 조각은 훗날 앞서 산 두 여자의 아주 작은 부분을 간직한 한 점의 살점을 남길 테니까요.

마지막 남아 있던 자궁마저 떼어낸 이후 프로비당스는 자신이 앞으로 아이를 가질 수 없다는 현실이 도저히 받아들여지지 않았습니다. 암이란 고약한 놈은 그녀에게 나름대로 큰 인심을 썼다고 해야겠죠. 어쨌든 선택의 기회를 주었으니까요. 자신의 목숨을 부지하느냐 언젠가 아이를 낳을 수 있다는 희망을 접느냐 둘 중에서 하나를 선택해야 하는 기로에서 솔직히 프로비당스는 몹시 힘든 시간을 보냈습니다. 그리고 그 결과 놈을 정복했습니다. 암이란 놈이 어떻게 생각하건 이제 그녀는 엄마가 될 것이었으니까요. 한 장의 서류가 그 사실을 확인해 주었습니다. 그녀는 말하자면 몸이라는 틀을 뛰어넘은 거죠. 방금 마음으로 일곱 살짜리 예쁜 모로코 공주님을 낳았으니까. 그녀는 이제 막 엄마가 되었습니다. '젖병, 울음, 불면증'이라는 수순을 밟지 않고서도 그렇게 되었다니까요.

프로비당스는 크게 숨을 내쉬었습니다. 두 눈에서는 어느새 별들이 반짝거렸죠.

카브렐의 감미로운 노래에서도 그렇듯이, 그녀는 자기와 자혜라가 벌써 거리가 멀어질수록 프로비당스 자신마저도 구름을 삼킨 것처럼 숨을 제대로 쉴 수 없는 각별한 사이가 되었음을 잘 알고 있었습니다.

두 사람이 처음 만나던 날의 기억이 떠오르자 프로비당스의 입가에는 빙그레 미소가 퍼졌습니다. 그녀가 예정에 없이 자혜라의 세계로 돌진하게 된 건 순전히 마라케시 체류 중에 갑작스럽게 걸린 맹장염 때문이었습니다. 그녀는 엉겁결에 시내 동쪽 변두리의 시설도 변변치 않은 한 병원, 여자 환자 전용 층으로 가게 되었던 거죠. 말하자면 눈 깜짝할 사이에 후미진 무대 뒤쪽에 떨어지게 되었다고나 할까요. 어쨌든 그곳엔 관광객이라고는 없었습니다. 반바지와 샌들 차림의 프랑스 남자들도, 사진을 찍을 만한 멋진 풍경도, '숙식 모두 포함'을 내건 숙박업소도 전혀 없었고요. 그녀의 손목에 찬 '숙식 모두 포함'이라고 찍힌 팔찌도 그곳에선 아무 소용이 없었죠. 원하는 만큼 마셔도 되는 보드카는 과연 마셔도 될지 수질이 영 미심쩍은 데다 콸콸 나오지도 않는 수돗물로 둔갑했습니다. 병원 상주인구에 비해서 병에 든 생수가 부족하기 때문이었죠. 그런데다 병원 실내는 숨이 막힐 정도로 더웠습니다. 프로비당스는 냉방이 잘된 4성급 숙소의 자기 방이 그리웠습니다. 하지만 그것도 잠시 뿐. 곧 좀 더 깊이 있고, 영적인 무엇인가에서 평온을 발견했습니다. 이런 말을 하기는 좀 서글프지만, 병원에 입원하는 것보다 어떤 한 나라를 제대로 이해하는데 효과적인 방법은 없다고 봅니다. 적어도 병원에서는 현실을 감춘다는 것이 불가능하기 때문이죠. 관광객들을 위해 핑크빛으로 칠해놓은 벽의 페인트가 갈라지면서 바닥으로 떨어져 버리면 우중충한 잿빛 콘크리트와 벽돌이 민낯을 고스란히 드러나는 법이니까요.

어찌어찌하다 보니 인생은 아주 과격한 방식으로 자기가 부자인 듯한 환상에 사로잡히게 되는 장소로부터 그녀를 끌어냈습니다. 호텔의 벨보이에게 팁을 주는 순간─과거에 비해 짐 가방이 작고 가벼워진 우리 시대에 그깟 조그마한 손가방 하나 들어주었다고 팁을 주는 건 사실 사치라고 할 수 있지 않을까─시작되는 이 기묘한 감정. 적어도 프로비당스는 포터의 손에 모로코 돈 20디람을 쥐어주면서 스스로 부자가 된 듯한 묘한 뿌듯함을 느꼈던 것입니다. 그녀는 금수저를 물고 태어나지는 않았지만, 세상엔 언제나 자기보다 더 가난하고 불쌍한 사람들이 있는 법이니까요. 유럽에서 제일 비참한 걸인도 하루 온 종일 일회용 컵에 동전 몇 푼이나마 떨어지는 소리를 듣지 못했거나 주린 배를 달래줄 딱딱한 빵 조각 하나 얻지 못한 에티오피아 어린아이보다는 덜 불쌍하다고들 말하지 않습니까.

요컨대 그다지 심각할 것도 없는 맹장염 때문에 프로비당스는 모로코 사회의 무대 뒤로 나동그라졌고, 덕분에 아주 조금이나마 그 사회의 단면, 그러니까 여자 환자들만의 세계를 접해볼 수 있게 되었죠. 남녀 구별이 엄격한 나라인 만큼 남자는 남자끼리, 여자는 여자끼리 아예 다른 층에서 지내더군요. 하지만 무엇보다도 젊은 프랑스 여자 프로비당스를 놀라게 한 점은 같은 층에 머물던 여자 환자들이, 처음의 놀라움이 가시자, 그녀를 완전히 자기들과 똑같은 자매처럼 대해주었다는 사실이었습니다. 프로비당스는 마음과 미소를 제외한 온몸을 천으로 감은 나이 든 여인네들, 남편 혹은 자식을 잃은 그 여인네들, 사고로 한쪽 다리나 얼굴 일부를 잃고서 삶 전체가 불구가 되어버렸어도 여전히 아름다움을 간직하고 있는 50대의 그 여인네들을 두 눈으로 직접 보았습니다. 그리고 거기서 그 어린 계집 아이, 자기 나이와는 어울리지 않는 삭막한 세계 속에서도 예쁘게 빛나는 그 아이, 가혹한 질병 때문에 태어난 순간부터 평생을 이 누추한 병원에 갇혀 살아야 하는, 삶이 기억 속에서 지워 버린 그 작은 공주님을 만났던 겁니다. 이를테면 그 아이는 흡사 병원에 놓인 가구나 마찬가지였어요. 아이는 거기서 무얼 기다렸을까요? 그건 어린 공주님 자신도 알 수 없었죠.

프로비당스에게 구름을 빨아들이는 진공청소기가 있었다면 그녀는 분명 그걸로 아이의 가슴 속을 깨끗이 청소했을 겁니다. 그렇게 해서 그 소중한 아이의 기관지를 말끔히 닦아내 주었을 거라고요. 그녀는 그 물기 머금은 구름 덩어리를 야무지게 붙들어서 빈 구두 상자 속에 영원토록 가두어 버렸을 겁니다. 몹쓸 구름은 어린 소녀의 가슴속보다는 구두 상자 속에 얌전히 들어가 앉아 있는 편이 훨씬 나을 테니까요.

암튼 운명은 참으로 대단한 일을 했습니다. 프로비당스와 아이를 나란히 붙여놓아 주었으니까요. 엄마가 되고 싶지만 그럴 수 없게 된 여자와 엄마를 잃은 아이의 침대는 서로의 시트가 스칠 정도로 가까이 놓여 있었습니다. 두 사람은 서로를 위해 태어났다는 말이 나올 정도로 마음이 잘 맞았죠.

프로비당스는 일회용 플라스틱 컵 속으로 시선을 떨군 채 두 주먹을 불끈 쥐었습니다.

그런데 하필이면 오늘, 어린 자식의 생명을 낯선 사람들의 손에만 맡겨두어야 하다니! 그녀의 운명은 비행 스케줄, 항공기, 아니, 화산재 구름의 처분에 달린 처지였으니까요. 자혜라의 목숨은 두 가지 구름에 달려 있었죠. 그 아이의 뱃속을 활활 태우는 구름과 하늘길을 뒤덮어 버리는 구름. 두 구름 사이에서 오도 가도 못하는 그녀의 안타까운 처지.

지금 그녀에게 닥친 상황은 지구상의 지극히 일부분, 다시 말해서 스칸디나비아 국가들과 프랑스, 스페인 북부에만 해당될 뿐 나머지 나라들은 화산재들이 불러일으키는 소동에는 무심한 채 평온하게 일상을 이어가고 있다는 데 생각이 미치면…… 프로비당스는 지금 운이 나쁜 쪽에 있는 것, 그저 그뿐인 거죠.

찻잔 속으로 또다시 눈물 한 방울이 떨어지면서 작은 동심원이 퍼져 나가자 수면에 비치던 그녀의 얼굴이 잠시 일렁거렸고, 그 순간 프로비당스는 이래서는 안 되겠다고, 내가 나서서 뭔가를 해야겠다고, 투쟁을 벌여봐야겠다고 결심했습니다. 집 근처에서 전쟁이 나면, 그 안으로 뛰어 들어가 싸울 것인지, 그저 방관자로 남아 있을 것인지 결정을 내려야 하죠. 프로비당스에게는 중립국 스위스 출신 조상이라고는 없었거든요.

7

자혜라는 처음 보는 순간부터 프로비당스와 사랑에 빠졌습니다.

그녀는 '저기 먼 곳'에서 온 여자였고, 이 병원에서는 좀처럼 보기 힘든 유럽 여자였으니까 말이죠. 게다가 얼굴도 예쁘고, 그 예쁜 얼굴에서는 강인한 힘까지 느껴졌습니다. 비록 들것에 실려 오긴 했어도, 그마저도 혼수상태에 입술은 바짝 마르고 두 눈에 눈곱이 덕지덕지 낀 상태였지만, 그래도 예쁜 건 사실이었죠.

자혜라는 호기심이 무척 많았습니다. 간호사를 통해서 새로 온 환자가 맹장염에 걸렸다는 사실을 알아냈죠. 물론 그 말이 무엇을 뜻하는지 설명을 듣는 것도 잊지 않았고요.

"우리 몸 안엔 맹장이라는 게 있는데 거기에 염증이 생긴 거야. 맹장은 말이지 아무짝에도 쓸모가 없기 때문에 맹장염에 걸리면 그걸 떼어내야 해. 아주 간단한 수술이야."

자혜라는 잠시 마음을 놓았지만 곧 또 다른 걱정이 솟아났습니다.

"그럼 여섯 번째 발가락이랑 비슷한 거예요?"

"그럴 수도 있지. 그것도 쓸모없긴 마찬가지니까. 발가락 자체가 별로 쓸모가 없으니 하물며 여섯째 발가락이야 말할 필요도 없지. 발톱에 매니큐어를 바르려면 필요하겠지만 말이야."

"아무 쓸모가 없는데 왜 그런 게 달려 있어요? 발가락 말고 맹장 말이에요."

"그건 나도 몰라. 어떤 사람들은 그게 다 우리가 물고기였던 시절의 흔적이라고 말하기도 해."

간호사 레일라가 아이의 침대에 걸터앉으며 대답했습니다.

"물고기? 난 우리가 전에는 고양이였다고 생각했어요. 꽁무니뼈는 꼬리가 달려 있었던 자국이라고 믿었는데……."

"너, 꼬마가 별걸 다 아는구나! 그럼 우리가 예전엔 고양이(chat)이면서 물고기(poisson)였다고 생각하지 뭐."

"그럼 메기(poisson-chat)가 되네요!"

프로비당스가 그 순간 진통제 효과로 인해 이어져 온 혼수상태에서 깨어나지 않았다면 대화는 이런 식으로 몇 시간씩 이어질 참이었습니다. 천천히 두 눈꺼풀을 들어 올린 프로비당스는 병실 조명 밑에서 펼쳐지고 있는 광경을 살폈죠.

"메기는 어디 있어요?"

그 말에 깔깔 웃던 레일라는 곧 당황해서 흰 가운 소매로 큰 입을 가렸습니다. 하지만 레일라의 웃음은 전염력이 강해서, 한 개만 건드리면 줄줄이 쓰러지는 도미노처럼 병실의 제일 가장자리에 놓인 침대까지도 신속하게 번져 나갔죠.

젊은 프랑스 여자가 자신이 놓인 시공간을 파악하기까지는 얼마간의 시간이 필요했습니다. 그런 다음 프로비당스는 자기가 지금 메기를 화제에 올리는 이 수족관에서 무얼 하고 있는 중인지 곰곰이 생각했고, 오른쪽 옆구리에 느껴지는 가벼운 통증이 곧 그 의문을 해소해 주었습니다.

그녀는 파란색 종이로 제작된 환자복 차림이었으며, 서혜부 위쪽엔 커다란 반창고가 붙어 있는 걸 확인했습니다.

'그래, 급성 맹장염 발작 때문이었어!'

같은 반 남자 녀석 한 명이 포르말린 용액으로 채운 잼 병 속에 담긴 자기 맹장을 학교에 들고 와서 모두를 경악하게 만든 그날로부터 삼십 년 동안 줄곧 그녀는 그런 일이 터지고야 말 거라고 예상하고 있었습니다. 그런 일이라면 당연히 파리에서는 일어날 리 없고 말이죠.

'암, 파리 같은 곳이 아니라 이런 곳, 사막과 산 사이에 낀 오도 가도 못하는 곳에서 일어나야 할 테지.'

솔직히 프로비당스가 이 나라에 대해 특별히 나쁜 감정을 가진 건 아니었지만, 그래도 우리 손바닥으로 얼굴을 가리진 맙시다, 모로코는 위생 시설보다는 토기나 양탄자, 사슴뿔로 유명한 게 사실이니까요. 말이 나왔으니 말이지만, 하필이면 여행 중에 망할 놈의 맹장염이 발생해야만 한다면 독일 같은 곳을 행선지로 택하는 편이 백번 안전하지 않았겠어요? 아, 슈바르츠발트의 아담한 병원에서 미남 의사 우도 프링크만의 세심한 눈길 아래 일주일 정도 회복 기간을 보내게 된다면 얼마나 좋을까요!

주위를 살피던 프로비당스는 같은 층의 입원 환자들이 모두 자신에게 관심을 집중하고 있음을 깨달았습니다. 모로코 여인들은 화성인로스웰이 그 순간 들것에 누운 채로 병실에 실려와 그녀들과 미국 TV 제작진이 지켜보는 가운데 우주복 차림의 의사들에게 해부를 당한다고 해도 그토록 놀라는 표정을 짓지는 않았을 겁니다.

프로비당스는 침대에서 몸을 일으키려고 했지만 엉덩이를 고작 몇 센티미터 정도 들어 올렸을 뿐인데도 벌써 오른쪽 옆구리에 심한 통증이 느껴져 그대로 다시 침대에 눕고 말았습니다.

"할 수 없지. 어차피 여기 갇혀 있어야 한다면 뭉그적거릴 것 없이 당장 서로 알고 지내는 게 좋을 테죠."

그녀가 먼저 운을 뗐습니다.

"내 이름은 프로비당스예요. 집배원이죠, 이름과 잘 어울리게."

그러면서 그녀는 사람들에게 인사를 대신해 한 손을 번쩍 들어 올렸죠.

호기심을 들킨 것이 민망한지 프로비당스의 눈에 가장 잘 띄는 곳에 있던 환자들은 대부분 얼른 고개를 돌리더니 그들의 원래 관심사, 그러니까 죽음을 기다리는 일로 돌아갔습니다.

오직 프로비당스 옆 침대의 어린 환자만 손을 내밀었죠. 길게 기른 검은 머리는 질끈 동여매고 뺨과 코 주위에 카카오 열매를 뿌려놓은 것처럼 주근깨가 피어오른 귀여운 여자아이였습니다. 아이의 안색은 극도로 창백했고 몸도 너무 여윈 상태였습니다. 기형적으로 부풀어 오른 가슴만 예외였죠.

"넌 이름이 뭐니?"

프로비당스가 물었습니다.

"자헤라."

"예쁜 이름이구나."

"아랍어로 '번창하다, 활짝 피어나다' 라는 뜻이야."

"그건 네 얼굴만 봐도 벌써 알겠는걸."

"내가 번창하고 활짝 피어났으면 여기 있겠어? 태어나서부터 내내 이 병원 입원실에서 썩고 있지 않을 거란 말이야!"

어린 공주는 별안간 화를 냈습니다. 하지만 아이가 그것으로 프로비당스에게 후한 점수를 받은 것만은 부인할 수 없는 사실입니다. 고 나이 때 자기 모습을 생각나게 하는 아이의 불같은 성미가 오히려 그녀의 마음에 들었기 때문이었죠. 뽀로통해진 표정으로 입을 다물어 버린 새로 사귄 친구에게 미소를 보낸 프로비당스는 별다른 위험이 느껴지지 않자 이내 진통제 냄새에 취하여 다시금 깊은 잠에 빠져들었습니다.

그 후로 며칠 동안 프로비당스는 영문을 모른 체 자혜라의 침대 곁을 오가는 의사들과 간호사들의 움직임, 아이에게 기침을 시켜 가래를 뱉게 한 후 마사지를 해주는 물리치료사의 잦은 방문을 관찰했습니다. 그럴 때마다 아이는 얼굴, 특히 검고 예쁜 눈 바로 아래쪽을 거의 가리는 산소호흡기를 착용했죠. 구름 속에서도 숨을 쉬게 해주는 마스크. 하루에 두 시간에서 여섯 시간가량 계속되는 치료. 그토록 어린아이가 감당하기엔 너무도 힘든 치료.

어느 날 아침 프로비당스는 아이가 두 주먹을 꼭 움켜쥔 채 깊이 잠들어 있는 틈을 이용해서 레일라에게 아이가 무슨 병을 앓고 있는지 물었습니다. 간호사는 아이가 점액과다증을 앓고 있으며, 심각한 유전병인 그 병은 기도에서 분비되는 점액의 점착성을 증가시킨다고 설명해 주었습니다. 요컨대 자혜라는 마치 베개를 꽉 눌러 입을 막을 때처럼 서서히 숨을 쉬지 못하게 된다는 것이었죠. 나중으로 갈수록 숨막히는 정도가 심해진다는 말도 덧붙였습니다. 끔찍한 이미지였죠.

점액과다증은 지중해 아래쪽에서는 드문 질환으로 주로 유럽인들이 많이 걸리는 병입니다. 무슨 이유 때문에 그런 현상이 생기는지는 간호사도 알지 못했죠. 백인들의 막강한 경제력 따위는 알 길이 없는 전염병이 모처럼 아프리카를 초토화시키지 않았으니, 뭐 사실 크게 불평할 일은 아니었겠죠. 하지만 그 때문에 의료진이 그 질환을 다루어본 경험이 부족하고, 병원 내에 적절한 치료 기구도 부재한 것 또한 부인할 수 없는 사실이었습니다. 한마디로 모로코 병원에서 벌이는 구름 사냥은 허점투성이였다는 말입니다. 말하자면 북반구에서는 최신 구름 싹쓸이용 진공청소기로 질병에 대항하는데 이곳에서는 고작 잠자리채나 그물 하나 들고 허우적거리는 형국이라는 거죠. 그럼에도 아이는 의사들의 기대치보다 훨씬 오래 버티고 있었습니다. 때문에 유럽 전문가라는 사람들마저도 함부로 입을 열지 못할 형편이었죠. 오히려 나쁘지 않군. 제3세계에서 이 정도 결과라면 나쁘지 않아, 라고들 말해야 마땅했다는 말입니다.

여자 집배원 입장에서 보자면, 이는 TV에서 떠들어댈 때마다 건성으로 들어 넘기다가 전국 TV 가요 콩쿠르를 통해 혜성과 같이 나타난 근사한 목청의 젊은 프랑스 가수가 이 병으로 말미암아, 그러니까 구름에 파묻혀 어느 날 갑자기 사라져 버리게 되자 약간의 관심을 보였던 그 병과의 새로운 만남, 이른바 최초의 신체적인 만남이었습니다. 프로비당스는 한 번도 만난 적은 없으나 누군가의, 어떤 엄마의 아들이었을 이 유명 가수의 사망 소식에 눈물을 흘렸습니다.

자혜라는 엄마라고는 모르는 아이였습니다. 불행은 홀로 오지 않는 법이라더니, 출산 과정이 순조롭지 못해 아이는 제왕절개를 통해 세상으로 나왔고, 그 과정에서 내출혈이 심했던 산모는 그만 세상을 떠나고 말았으니까요. 불과 몇 분 만에 아이는 고아가 되어버렸죠. 아이의 아버지에 대해서는 당연히 아무것도 알 수 없었습니다. 피투성이가 된 엄마의 뱃속에서 나오면서 아이가 내지른 첫 울음은 어쩌면 자신을 향한 울음일지도 모르는 노릇이었죠. 어쨌거나 그건 삶을 알리는 울음, 하나의 생명이 태어났음을 알리는 울음이 아니라 고통과 슬픔, 상실의 울음이었으니까요. 자기 앞에 펼쳐지는 새 세상에서 자기에게 가장 소중한 존재여야 할 사람을 잃은 아이의 울음이었으니까요. 나의 피와 살을 만들어준 엄마, 삶 이전의 삶에서 가장 아름다운 아홉 달을 지낼 수 있도록 아늑한 공간을 제공해 준 존재. 이전의 삶을 몸 안의 삶으로 품어준 존재.

　레일라의 설명을 들은 이후 프로비당스는 잃어버린 시간을 만회하기 위해, 어린아이에게 병원이 아닌 세상을 발견할 기회를 주기 위해, 그야말로 촌각을 다투는 시간과의 전쟁에 돌입했습니다. 도심 변두리 지역의 허름한 병원 입원실과 작은 정원 말고는 아름다운 지구별의 그 어디도 알지 못하는 아이를 위해. 프로비당스는 4G 스마트폰을 통해서 아이에게 아름다운 사람들이며 생명의 아름다움, 곧 이 세상의 아름다움을 보여주었습니다. 또 책이며 비디오, 신문 기사, 사진들도 보여주었죠. 암에 걸린 부인에게 웃음을 선사하기 위해 전 세계 곳곳에서 여자 발레복 차림으로 포즈를 취한 한 남자의 사진. 어느 날 문득 대단한 일을 한 평범한 사람들의 사진. 생명이 붙어 있는 한 희망이 있고, 살아 있는 한 거기엔 사랑이 있는 법이었으니까요.

　자혜라는 징역을 선고받은 죄수가 보다 나은 사람이 되기 위해, 형기를 마친 후에 살게 될 새 삶을 준비하기 위해 감방에서 보내야 하는 모든 시간을 독서에 투자하는 것처럼 책에 빠져들었습니다. 늘 누워

서만 지내던 아이는 7년 만에 비로소 자신이 처한 상황을 힘으로 바꿀 수도 있음을 깨닫게 되었죠. 아이에게는 시간이 있었던 겁니다. 세상을 배우고 익힐 시간. 독서와 지식에 대한 아이의 갈증은 엄청 컸습니다. 아이는 바다 속 해면처럼 모든 것을 쭉쭉 빨아들였습니다. 불과 며칠 만에 동네 도서관 규모의 지식을 삼켰으며, 몇 주가 지나자 프랑스 국립도서관과 소르본 도서관을 합친 분량도 거뜬히 소화했습니다. 몇 년 동안 에펠탑만 한 구름을 먹고 살던 아이는 이제 도서관이란 도서관은 모두 삼키기에 나섰습니다. 책이 놓인 선반이란 선반은 모조리, 그 선반들을 고정시키는 나사못 하나도 빠짐없이 아이는 먹어치웠죠. 덕분에 아이는 앞으로 절대 철분 부족으로 고통받는 일은 없을 겁니다! 매우 독창적인 시금치 대체법이라고나 할까요.

자혜라는 이렇게 해서 센트럴파크의 다람쥐들은 월요일이면 슬퍼한다는 사실을 알았습니다. 그 다람쥐들은 월요일이 통계학적으로 볼 때 심장 계통 발작이 일어날 확률이 가장 높은 날이라는 걸 알고 있는 걸까요?

자혜라는 또 다람쥐(écureuil)라는 프랑스어가 고대 그리스어에서 그림자(ombre)와 꼬리(queue)를 뜻하는 단어에서 왔다는 사실도 알게 되었습니다. 쌍봉낙타는 10분 만에 135리터의 물을 마실 수 있으며, 미국의 제9대 대통령은 윌리엄 헨리 해리슨이었는데, 불과 30일 하고 12시간 30분 동안 대통령직을 수행한 탓에 역사상 가장 짧은 임기의 대통령으로 남았고, 인디아나 존스가 멋진 칼잡이 시범으로 그를 겁먹게 한 악당을 권총 한 발로 쏴 죽이는 장면은 원래 예정엔 없었는데 설사로 고생하던 해리슨 포드가 최대한 빨리 촬영을 끝내려는 마음에서 즉흥적으로 삽입했다는 사실 등도 알게 되었죠. 뿐만 아니라 세계적인 명성의 컨서지 회사 존 폴은 변덕스러운 억만장자 고객의 요구를 충족시키기 위해서라면 한 시간 만에 대양을 향해 중인 개인 요트로 코끼리를 배달할 수도 있으며, 소년 탐정 땡땡의 모험 연작은 권당 62쪽을 넘지 않고, 연작을 통틀어 오직 《티베트에 간 땡땡》에만 주인공이 눈물 흘리는 장면이 등장한다는 사실도 알았습니다.

자혜라는 자기와 동갑내기 인도네시아 사내아이가 담배를 끊기 위해 최근 금연 센터에 입소했으며, 마피아(mafia)라는 단어는 1282년 프랑스 점령자에게 반기를 든 시칠리아인들의 봉기에서 비롯된 것으로 시위대가 외친 구호 'Morte ai francesi Italia anela(이탈리아는 프랑스인들의 죽음을 원한다는 뜻)' 의 머리글자들을 이어 맞춰 만들어졌으며, 한 번 칠하는 데 무려 60톤의 페인트가 필요한 에펠탑 재도색 작업은 7년마다 한 번씩 이루어진다는 사실도 배웠습니다. 《형사 콜롬보》 연작의 첫 번째 에피소드 제작엔 스티븐 스필버그가 감독으로 참여했고, 스페인 출신 화가 예수스 카피야는 자신이 사용하는 색채를 모두 자연 원료(붉은색은 피에서, 노란색은 계란에서, 녹색은 파셀리에서 얻는 식)에서 구했으며, 열두 살짜리 오스트레일리아 소년은 언제나 세계지도의 오른쪽 아래에 위치하는 자기 나라를 보는 것이 지겨운 나머지 대담하게도 지도를 거꾸로 돌려서 기어이 오스트레일리아를 한가운데 오도록 했다는 소식도 접했죠. 파리의 오페라 갸르니에 건물 지붕엔 벌통들이 있어서 꿀을 생산해 낸다는 사실은 물론 네팔 국기만이 유일하게 장방형이 아니라는 사실도 새로이 배웠습니다. 프랑스 국민만화 《아스테릭스》를 그린 삽화가 알베르 위데르조는 양손 모두 육손이로 태어났으며, 인도의 한 소녀는 팔과 다리를 각각 네 개씩 가지고 태어났고, 그 때문에 아이의 부모는 네 개의 팔을 가진 힌두교 번영의 여신처럼 아이에게 락슈미라는 이름을 지어주었다는 사실도 알게 되었습니다. '그리고'를 뜻하는 기호 '&'는 에스페르뤼에트(esperluette)라고 읽는데, 키케로의 노예이자 비서였던 자에 의해 발명된 이 기호는 19세기까지도 프랑스 알파벳의 스물일곱 번째 글자로 대접받았고, 프랑스 작가 오노레 드 발자크는 키가 157센티미터에 지나지 않았고, 우리는 한평생 살면서 지구 세 바퀴에 해당되는 거리를 걸으며, 뉴질랜드에서는 자동차세를 덜 내기 위해 자기 자가용을 '상여'로 신고한 운전자가 무려 9백 명이나 된다는 사실도 새롭게 발견했습니다. 한편, 아가다 크리스티는 작품을 쓸 때마다 제일 마지막에서 두 번째 장까지 단숨에 쓴 다음 등장인물들 가운데 제일 가능성이 낮아 보이는 인물을 살인자로 선택해서 처음부터 완전히 다시 써 내려간다는 숨은 이야기는 물론 최초의 비키니 수영복은 성냥갑 속에 담겨 판매되었다는 일화, 거미가 자기가 친 거미줄에 걸리지 않는 건 달라붙지 않는 줄 위로만 골라서 옮겨 다니기 때문이라는 과학적 사실, 영화배우 톰 크루즈의 본명은 토마스 크루즈 매포더 IV세이며 전기 엔지니어였던 토마스 크루즈 매포더 III세의 아들이라는 사소한 일화도 알게 되었습니다. 사과를 길이로 길게 이등분 할 경우 한가운데에 다섯 개의 꼭짓점을 가진 예쁜 별 모양이 나타난다는 흥미로운 사실도 배웠고요.

인터넷엔 없는 것 없이 모든 것이 다 있었죠. 인터넷은 말하자면 지난 몇 년 동안 줄곧 자헤라에게는 허락되지 않았던 세상을 향해 활짝 열린 문이었습니다.

수술에서 회복된 프로비당스가 귀국하기 전날, 어린 모로코 소녀는 그녀에게 다음에 커서 우주 제빵사가 되고 싶다고 고백했습니다. 이 고백은 특히 무중력 상태에서 계란 거품 내기라는 문제가 있기 때문에 이제껏 아이가 아무에게도 말하지 않았던 중대한 비밀을 처음으로 털어놓았다는 점에서 커다란 의미가 있습니다. 아이는 그만큼 프로비당스를 믿었습니다. 프로비당스라면 하늘만큼 땅만큼 신뢰했다는 말입니다.

"이런 말 하면 나를 바보 같다고 생각할지 모르겠지만, 넌 왜 코스모노트(cosmonaut)가 아니라 스파시오노트(spationaut)라고 하니?"

"대체로 그 두 가지는 같아."

아이는 저보다 큰 어른에게 뭔가를 가르쳐 주게 되어 몹시 자랑스럽다는 투로 대답했습니다.

"그냥 국적만 조금 다를 뿐이거든. 스파시오노트는 유럽인을 가리키고, 코스모노트는 소비에트를 이르는 말이니까."

"아, 그런 거야?"

"미국에서는 애스트로노트라고 해. 그리고 중국에서는 타이코노트라고 하고."

"그렇다면 말이야, 자혜라. 넌 유럽 사람이 아니니까 모로코노트라고 해야지."

두 사람은 까르륵 웃음보를 터뜨렸죠.

"자혜라, 넌 내가 왜 여기 오게 되었는지 기억하지?"

프로비당스가 물었습니다.

아이는 단어를 생각해 내느라 잠시 주춤거렸죠.

"맹장염 때문이었잖아?"

아이가 마침내 대답했습니다.

"그래 맞아. 그래서 말인데, 언젠가 네가 우주로 날아가서 수플레 요리도 하고 계란 거품 내기도 하게 되면 말이지, 혹시 모르니까 떠나기 전에 반드시 맹장 수술을 받는 게 좋아. 만일 저 높이 올라갔는데 갑자기 아프면 아주 곤란할 테니까. 우주엔 수술방도 외과 의사도 없잖아. 그러니 미리미리 다 준비해야 해."

이윽고 프로비당스는 언젠가 아이의 꿈이 이루어질 수 있도록, 자헤라가 모로코노트 제빵사가 될 수 있도록 최선을 다해 돕겠다고 약속했다. 또 몇 주 후에 선물을 들고 다시 찾아오겠다고도 약속했다.

"정말로 약속해?"

"응, 약속해."

"또다시 맹장염에 걸릴 각오를 하고서라도!"

"필요하다면 난 세상의 모든 맹장을 다 떼어내고서라도 너를 보러 올 거야. 이 지구에 사는 사람 한 명당 맹장이 한 개씩이라고 치면, 그것만 해도 벌써 수백만 개가 넘겠네. 3주 후에 다시 너를 보러 온다고 약속할게."

"아줌마는 리모컨 엄마 같아."

"리모컨 엄마?"

"응, 만일 엄마를 부르는 리모컨이 있다면 난 내가 조금 슬플 때마다 아줌마를 부를 거야. 그리고 아줌마가 나타나면 다시는 못 떠나게 할 거야."

"난 네가 슬프다고 하면 그때마다 올 거야, 아가야. 난 네 리모컨 엄마니까."

그렇게 해서 프로비당스는 약속을 지켰습니다. 2년 동안의 잦은 방문으로 두 병실 친구는 하나로 단단히 뭉쳤죠. 프로비당스의 마음은 행복으로 가득 찼고, 루아얄 에어 모로코에서 발행한 사파 플라이어 골든 마일리지 카드엔 차곡차곡 마일리지가 쌓여갔죠.

8

프로비당스는 치아가 전부 드러나도록 크게 입을 벌리고 웃었습니다. 자혜라를 생각하기만 하면 홀짝홀짝 목구멍으로 넘어가는 맛없는 차도 인도의 마하라자가 대접하는 향기로운 넥타로 변하고, 삭막한 공항도 《천일야화》에 등장하는 찬란한 궁궐로 탈바꿈하는 것이었습니다. 마치 연극 무대에서 막과 막 사이에 잠시 조명이 꺼지면서 기술자들이 거대한 판자 조각들을 이리저리 밀어서 무대를 새롭게 바꾸기라도 한 것처럼요. 다만 전과 똑같은 수의 인물들이 돌아다닌다는 점만 다르다면 달랐죠. 그녀처럼 발이 묶인 수천 명의 관광객들.

오늘 같은 날엔 프로비당스는 리모컨 엄마보다 리모컨 비행기가 되고 싶었습니다. 이런 상황에서 그녀를 어린 딸에게 데려다줄 비행기.

그 순간 갑자기 오른쪽 옆구리 근처가 꿈틀거렸습니다. 모든 것은 거기에서 시작되었음을, 그녀의 몸이 바로 그 부분에서 모든 것을 감지하기 시작했다는 걸 일깨워 주기라도 하는 듯. 이윽고 묵직한 통증이 그녀의 복부 안쪽에서 돌아다니는가 싶더니 가슴께로 기분 좋은 온기가 퍼졌습니다. 아기, 그녀의 작은 아기.

냉동 생선 크로켓을 해동하는데 걸리는 시간보다도 더 짧은 사이에 프로비당스의 내부에서는 희망이 되살아났습니다. 희망과 더불어 태산이라도 움직이겠다는 용기도 불끈 솟았죠. 그녀는 그래서 우선 가장 작은 크기의 태산, 그러니까 그녀가 앉은 자세를 유지할 수 있도록 버텨주는 엉덩이부터 움직였습니다. 자리에서 발딱 일어난 그녀는 한 손으로 짐 가방을 밀면서 렌터카 부스를 찾아 나섰습니다. 자동차를 빌려서 전속력으로 모로코까지 달려가리라. 가서 내 딸을 만나리라.

마침내 렌터카 부스에 도착해서야 그녀는 그토록 섬광이 번득이는 천재적인 생각을 한 사람이 자기 말고도 많음을 인정해야 했습니다. 혹시 누가 지폐를 공짜로 나누어 주는 건 아닌지 의심이 들 정도로 사람이 많았던 것입니다. 끝이 보이지 않는 장사진은 1970년대 정육점 앞에 늘어선 소련 시민들의 모습을 연상시켰다고 해도 과언이 아니었습니다.

'자동차는 러시아식 다진 고기 스테이크보다 많이 있으려나?'

확신이 서지 않는 프로비당스는 확실하게 상황을 파악하기 위해 팔꿈치와 샘소나이트 트렁크로 이리저리 밀며 늘어선 인파 사이를 비집고 들어갔습니다.

이를 테면 이런 식이었죠. 트렁크를 앞세우고 조심성이라고는 전혀 없이 그걸 마구 밀어 장애가 되는 상대의 종아리를 인정사정없이 가격하면서도 세상에서 가장 순진한 태도로 죄송합니다, 죄송합니다를 연발하는 거죠. 그렇게 몇 미터쯤 전진한 그녀는 갑자기 몸을 홱 돌렸습니다. 호기심 어린 눈초리로 그녀를 줄곧 지켜보던 자들이나 구급차 뒤를 따라가는 자동차들처럼 진격의 그녀 뒤에 따라붙어 덩달아 앞으로 나아가던 사람들은 그렇듯 급작스러운 행동에 깜짝 놀라면서 프로비당스를 분노 어린 혹은 당황한 눈길로 째려보았습니다. 앞으로 가려고 종아리 근처를 가격할 땐 언제고 이젠 다시 뒤돌아가겠다고 험하게 발을 놀리다니.

주변에서 들려온 웅성거리는 소문을 통해 그녀는 염려하던 일이 현실이 되고 말았음을 알아차렸습니다. 러시아 푸줏간에 다진 고기 스테이크가 다 떨어진 것이었습니다. 렌터카는 이미 동이 나버린 모양이었어요. 마지막 남은 몇 개의 자동차 키를 가지고 마치 그 열쇠에 목숨이 달려 있기라도 한 듯, 마치 그 열쇠가 중앙은행 금고 내지는 보아야르 요새의 문을 열어주기라도 할 듯 죽기 살기로 아우성쳐 대던 수백 명의 면면을 보면 충분히 그럴 만했죠. 바퀴 달린 것이라면 모조리 약탈의 대상이었으니까요. 자동차, 오토바이, 스쿠터는 물론 장애인용 바퀴의자에 이르기까지 예외란 없었습니다. 그러므로 프로비당스는 여기서 단 일 분도 지체할 필요가 없다고 결론을 내렸던 거죠.

'프랑스를 벗어날 수 있는 방법이 분명 있을 텐데. 모로코가 페루는 아니잖아! 무슨 방법이 있을 텐데.'

프로비당스는 손가락을 세어가며 궁리했습니다.

'비행기, 자동차…… 그렇지, 기차! 맞아, 기차라면 나쁠 것도 없지.'

손목시계는 10시 45분을 가리키고 있었습니다. 그녀가 타기로 되어 있었고, 내내 비행할 것으로 확인되다가 마지막 순간에 취소된 비행기는 새벽 6시 45분에 출발할 예정이었죠. 그러니 새벽잠도 설치고 일어난 지 벌써 여섯 시간이 넘었던 겁니다.

프로비당스는 재빨리 계산을 해보았죠. 스페인 국경까지 가는데 적어도 일곱 시간, 거기서 지브롤터까지 남하하는데 적게 잡아도 열 시간. 연결 편 기다리는 시간과 늘 뒤따르게 마련인 지체 시간을 고려한다면 다음날쯤에나 마라케시에 도착할 수 있을 터였습니다. 달이 한 번 떴다가 다시 질 만한 시간. 결국 아이와의 약속은 지키지 못하게 되는 거죠. 하지만 살다 보면 때로는 더 큰 목표를 위해서 사소한 타협도 필요한 법, 이라고 이제는 고인이 된 스티브 잡스는 강연장을 가득 메운 청중들에게 외치지 않았을까요? 어쨌거나 프로비당스는 자혜라가 있는 곳으로 가서 그 아이를 데려올 수는 있을 테고, 그 정도면 바람직한 타협이라고 할 수 있을 테니까요.

사람들 틈을 빠져 나온 프로비당스는 출구 쪽으로 향했습니다. 가슴을 옥죄는 공항 터미널을 벗어나려면 아직도 수 킬로미터는 걸어야 할 것 같은 기분이었는데, 그건 아마도 그녀가 밀집한 사람들 틈 사이를 요리조리 헤치고 나아가야 하는 까닭에 걸음이 지체되는 데다, 방금 전까지만 해도 반대 방향으로 진행하는 에스컬레이터를 타고 있었기 때문인 것 같았습니다.

공항철도 오를리발(Orlyval) 플랫폼으로 가는 에스컬레이터 앞에 도착한 그녀는 그래도 공항을 떠나기 전에 비행이 정말로 취소되었는지 마지막으로 확인해 보아야 하지 않을까 하는 생각에 잠시 주춤했습니다. 비행 시각은 공고도 되지 않은 채 이미 예정 시각에서 네 시간이나 지체한 상태지만, 그래도 만에 하나 마지막 순간에 덜컥 비행기가 이륙한다면 억울해서 머리를 쥐어뜯을지도 모르는 노릇이죠. 그도 그럴 것이 비행기라면 오후에 출발해도 기차가 스페인 땅에 들어가기도 전에 마라케시에 닿을 수 있으니까요.

프로비당스는 머리가 아파오기 시작했습니다. 보다 현명한 결론에 도달하려고 신경을 쓰다 보니 이마에는 이미 땀방울이 맺혔습니다. 도대체 어떻게 해야 할지 갈피를 잡을 수 없었어요. 아무리 성질이 급한 여자라고 해도 프로비당스는 이런 식으로 신속하게 결정을 내려야 하는 일이라면 질색이었어요. 그럴 경우 대체로 재앙으로 끝나기 십상이니까요. 그런데 이번엔 자혜라의 목숨이 걸린 문제이니 어떤 경우에도 판단착오가 있어서는 안 되는 입장이었거든요.

결정을 내리지 못하는 우유부단한 상태가 그녀를 호시탐탐 노리고 있는 것 같았습니다.

하지만 그건 어디까지나 중국 해적이 출현하기 전까지의 얘기였습니다.

9

그자는 형광색 우주복 차림의 관타나모 탈옥자 같아 보였어요. 중국인들이 요즘 한창 유행하는 이슬람 테러 조직 분야에 새롭게 뛰어들지 않은 한 그건 말도 안 되는 소리였지만요. 적어도 프로비당스는 아직 그런 소린 들어보지 못했거든요. 하긴 프로비당스는 TV 뉴스를 열심히 챙겨 보는 편은 아니었습니다.

"맙소사, 혹시 무슨 문제 있으신가요? 아이고, 그렇다면 우리가 그 모든 문제들을 럼주 한 모금에 모조리 해결해 드리죠!"

그녀 앞을 가로막은 남자는 딱 봐도 아침식사로 해적, 그것도 보통 칼이 아닌 사냥칼, 그러니까 람보가 가지고 다닐 법한 칼로 썬 듯한 중국인 억양을 지닌 해적 한 명을 통째로 삼킨 아시아 사람 같은 얼굴이었습니다. 남자가 어찌나 염소가 매에- 거리듯 문제를 외쳐 대는지 진짜로 염소가 심각한 문제에 봉착해서 도와달라고 외쳐 대는 것 같앉죠. 어쨌거나 남자는 장소만큼은 기가 막히게 잘 선택한 셈이었어요. 오늘 아침, 오를리 공항엔 문제 천지였으니까요.

"맙소사, 혹시 무슨 문제 있으세요? 아이고, 그렇다면 우리가 그 모든 문제들을 럼주 한 모금에 모조리 해결해 드리죠!"

남자는 반복해서 외쳐 댔습니다.

그 남자는 길모퉁이를 돌아서면 나오는 벤치에 기대서 세상의 종말을 외치는 미국 부흥설교사처럼 눈에 보이지도 않는 유령 청중을 향해서 계속 소리쳤죠. 비록 벤치에 기대서지도 않았고, 미국인도 아니며, 세상의 종말(세상이 지금처럼 종말에 가까이 접근한 적은 이제껏 없었지만)을 외치지는 않는다고 해도 둘은 닮은꼴이었습니다. 남자는 어깨에 앵무새 한 마리 얹고, 한쪽 눈 안대로 가린 다음 목발까지 짚는다면 영락없는 중국 해적이었습니다. 에스컬레이터 발치에 서서 형광색 옷을 입고 요란한 고함을 지르는 그의 앞을 지나가면서도 그를 보지 못하는 좀비 같은 사람들에게 중국 해적은 전단을 나눠 주었습니다. 어쩌면 그는 완전히 프로비당스의 상상력이 빚어낸 허상이었을지도 모릅니다. 피로 때문에 그녀가 헛것을 보았을 수도 있다는 말입니다.

프로비당스는 남자에게 가까이 다가갔죠. 그녀에 앞서서 당황한 나머지 어찌할 바를 모르는 할머니 한 명이 중국 해적이 내미는 전단지를 받더니 거기 적힌 내용은 들여다볼 생각도 하지 않고 냅다 코를 풀더니 종이를 휙 던져 버리더군요. 공항은 거대한 쓰레기통이 되어가고 있는 중이었지만, 아무도 그런 것에는 신경도 쓰지 않는 눈치였습니다. 이 새로운 사회에서 청결과 질서는 일종의 사치라고 할까요. 이대로 나가다가는 로보캅과 저지 드레드가 곧 나서야 할 판이었습니다.

프로비당스는 중국 해적 앞에 서서 기다렸습니다. 이 시점에서 그녀는 자기가 왜 그렇게 행동하는지 이해할 수 없었죠. 신비한 어떤 힘, 어쩌면 호기심이랄 수도 있는 무엇인가가 그녀에게 팔을 내밀어 전단지를 받아 들도록 이끌었으니까요.

오렌지색 파자마 차림의 중국 해적이 묘한 눈길로 그녀를 바라보았습니다. 누군가가 자진해서 그에게 다가온 일은 일찍이 한 번도 없었던 모양이더군요. 그는 사람들이 그저 힐끔 바라보는 것에도 익숙하지 않아 보였습니다. 하물며 작심하고 뚫어지게 응시하는 거야 두말할 필요도 없었죠. 그래서인지 그 장소에 있는 유일한 인간에게 자신의 모습을 들킨 것 같은 기분이 들었던 모양입니다. 두 사람 주위로는 샌들을 신고 하와이 스타일 셔츠를 입은 자들이 벌들처럼 8자 모양을 그려대는 우스꽝스러운 춤동작이 이어졌습니다.

한자리에서 꼼짝도 하지 않은 채 중국 사람이 건네준 광고지를 꼼꼼히 읽어 내려가는 프로비당스는 거기 적힌 글들이 정말로 흥미로운지 푹 빠져 들어가는 눈치였습니다. 그 모습이 신기한 나머지 중국인 자신도 전단지 한 장을 집어 들고 혹시 자기도 모르는 사이에 거기 적힌 조잡한 광고문이 랭보의 시로 둔갑을 한 건 아닌지 살폈습니다.

현존하는 최고의 스승 위에.

애정 문제 전문가. 위에는 당신이 살면서 만나는 모든 문제들을 속속들이 알고 있다. 행운이 당신에게 미소를 지으면 당신의 삶은 달라질 것이다. 결혼, 성공, 수줍음, 운전면허, 시험, 성불능, 설사, 변비, 쇼핑 또는 해리 포터 중독, 사랑하는 사람이 있는 곳으로 돌아가기 등 모든 문제 취급.

진지하고 효과적이며 신속한 일 처리.

고객의 편의를 최우선으로 하는 간편한 비용 지불 방식. 매일 아침 9시부터 저녁 9시까지 바르베스의 음료수 가판대 사하라 앞에서 상담.

주의! 길거리에 함부로 버리지 말 것.

솔직히 랭보 운운할 수준은 아니었죠.

프로비당스는 다시금 두 눈을 그자 쪽으로 치켜떴습니다. 정말이지 세계화는 이제 모든 분야로 파고들었나 봅니다. 이제까지는 주로 아프리카 출신 도사님들이 거의 독점하던 사기성 야바위 짓의 세계도 예외는 아니었으니까요. 설사에서 해리 포터 중독을 거쳐 운전면허에 이르기까지.

'아이고, 정말이지 현존하는 최고의 스승 위에께서는 모든 문제들을 빠짐없이 취급하시네!'

프로비당스는 속으로 생각했습니다.

"저기, 이분께서는 물론 이름만 듣고서 짐작하는 것보다는 적중률이 높으실 테죠?"

프로비당스가 조심스럽게 운을 뗐습니다.

남자는 에둘러 말하는 그 말장난을 알아듣지 못했는지, 관광객들이 모여드는 장소에서 조각상인 양 연기를 하는 사람처럼 아무 대꾸도 못하고 가만히 서 있기만 했습니다.

"그러니까 내 말은 위에(Hue)라는 이름…… 위에라는 동사(프랑스어에서 huer는 큰 소리로 고함을 지르다, 매도하다를 뜻함:옮긴이)가 있잖아요……."

참다못해 프로비당스가 설명에 나섰습니다.

스승의 이름이 나오자 남자는 마치 젊은 프랑스 여자가 구걸 통에 동전을 던져 주기라도 한 것처럼 다시금 생기를 되찾더군요.

"저런! 그 이름을 입 밖에 내면 안 됩니다."

남자가 다급하게 외쳤습니다.

"네? 위에라는 이름 말인가요?"

"쉬이잇! 제기랄!"

"여기 이렇게 종이에 적혀 있잖아요."

"제기랄 빌어먹을! 애꾸눈 장님 돌대가리야!"

아시아 남자는 이제 아예 욕쟁이 녹음기가 되어 온갖 욕설을 반복해서 쏟아내기 시작했습니다. 마치 대낮에 마약 거래라도 하는 사람처럼 힐끔힐끔 주변을 두리번거리면서 말이죠.

"소리 내지 말고 머릿속으로만 읽어보시라, 이런 말입니다."

그제야 마음이 좀 놓이는지 남자가 편안한 투로 말했습니다.

"절대로 스승 넘버 90의 이름을 발설해서는 안 됩니다. 일곱 개 바다의 주인이자 야바위꾼들의 보물 수호자이신 그분의 이름은 절대 안 됩니다."

"스승 넘버 90이라고요? 그러니까 당신의 아흔 번째 스승이라는 말인가요?"

"아닙니다. 그건 스승님의 키를 말합니다. 1미터 90센티미터. 우리 업계에서는 모든 승려들에게 그들의 키에 따라 이름을 붙입니다. 물론 존칭도 붙이지요."

"아주 논리적이군요. 그런데 당신은 왜 해적처럼 말하죠?"

프로비당스가 빈정거리는 투로 응수했습니다.

"해적이라뇨? 무슨 말인지 통 모르겠군요."

남자가 놀라 반문했습니다.

'이 중국 남자 아무래도 정신이 약간 이상한 것 같아, 딱히 쌀을 너무 많이 먹어서 그런 것 같지는 않은데.'

프로비당스는 그렇게 생각하면서 몸을 돌려 그 자리를 떠나려 했습니다. 하지만 남자가 프로비당스의 어깨에 한 손을 올려놓으며 돌아서려는 그녀를 저지했습니다.

"내가 당신을 도와줄 수 있다니까, 애송이 선원."

"뭐라고요?"

"당신한테는 지금 문제가 많다고 당신 눈에 다 적혀 있거든!"

프로비당스는 집게손가락을 들어 두 사람 근처에서 무리지어 허둥대고 있는 군중들을 가리켰습니다. 그들은 물론 두 사람 사이에 이어지고 있는 비현실적인 대화 따위엔 전혀 아랑곳하지 않았고요.

"아주 잘 봤어요, 셜록 홈스 씨! 게다가 여기서 지금 문제가 많은 사람은 나 혼자만이 아닐걸요!"

입을 헤벌리며 크게 미소 짓던 아시아 남자의 얼굴 표정이 순식간에 굳어졌습니다. 프로비당스에게 다가온 그는 목소리를 낮게 깔았습니다. 프로비당스는 그가 오렌지색 우주복을 열어젖히고 그 안에 주렁주렁 달아놓은 손목시계를 보여주며 그걸 사라고 권유하는 순간이 멀지 않았을 거라고 속으로 생각했죠.

"뭘 도와드릴까?"

예상과 달리 남자는 이렇게만 물었습니다.

"혹시 그 옷소매 속에 보관 중인 비행기 같은 건 없어요?"

중국 남자는 팔을 들어 올리더니 흥미롭다는 표정으로 소매 안을 들여다보았죠.

"프랑스어의 관용적인 표현이에요. 내가 탈 예정인 비행기만 이륙하게 해준다면 난 그것으로 만족할 텐데요."

남자의 순진함에 마음이 조금 누그러진 프로비당스가 말했습니다.

"이봐, 애송이 선원, 비행기라면 에어 프랑스에 물어봐야지."

남자가 팔을 다시 내리며 어처구니없다는 투로 투덜거렸습니다.

"그렇죠, 아니, 지금 내 경우는 에어 모로코가 되겠지요. 암튼 내가 당신에게 그걸 부탁한 건 이 종이에 그렇게 쓰여 있기 때문이라고요, 자, 봐요, 당신의 삶이 달라질 거라고 적혀 있잖아요."

"아이고, 내 수염아!"

수염도 없는 남자가 탄식조로 호들갑을 떨었습니다.

"이 여자 정말 순진하기 짝이 없군! 이제 보니 당신은 나를 스승 넘버 90이라고 여기고 있군요? 하긴 키로 말하면 나도 그 정도는 되지만, 지금 현재 나는 그저 전단지나 돌리는 말단 선원일뿐입니다. 스승님을 만나고 싶으시다면 그쪽으로 돛을 올려야죠. 그분이라면 사람들의 삶을 달라지게 할 수 있죠."

보물섬, 아니, 그보다는 플레밍 감독의 원작을 큐브릭 감독이 고주망태로 취한 상태에서 리메이크하여 망쳐 놓은 작품 속의 한 장면이라고 하면 아주 잘 어울릴 법한 상황이 아닐 수 없었습니다.

남자가 전단지 한쪽 구석을 가리키는데, 유난히 긴 그의 새끼손가락이 인상적이더군요. 플라멩코 음악을 뜯는 기타 연주자의 손가락만큼 길다고 해야 하나. 중국 사람과 이슬람 테러리스트, 해적과 안달루시아 지역 출신 인물을 각각 한 명씩 세탁기에 넣고 돌리면 아마도 이런 남자가 나올 거야, 라고 프로비당스는 상상했습니다. 그녀는 남자가 하는 말은 무슨 말인지 하나도 알아들을 수 없었습니다. 이럴 경우 프랑스어에서는 '라틴어를 상실했다'는 표현을 쓰는데, 지금 같은 경우라면, '중국어를 상실했다'고 해야 시기적절 하려는지, 나 원 참.

"바르베스 쪽으로 가시라고요. 사하라 맞은편."

"아, 사하라라면 알아요, 술집 말하시는 거잖아요. 잠시 나는 당신이 나를 다른 대륙으로 보내려는 모양이라고 생각했지 뭐예요! 나는 바로 그 다른 대륙으로 가야 하거든요. 그랬다면 일이 아주 재미있게 되었을 텐데."

"……."

"애석하지만 그렇겐 할 수 없을 것 같네요. 난 공항을 벗어날 수 없어요. 내가 타려던 비행기가 이륙하기만 기다리고 있거든요."

그녀는 왜 자기가 자꾸만 이 남자와 이야기를 하는지 알다가도 모를 일이라고 생각했습니다.

"그렇다면 톡 까놓고 말해서 엄청 짜증나겠군요, 애송이 선원님!"

"혹시 그분이 출장을 나오지는 않겠죠, 안 그래요?"

"그분이라니, 누구 말입니까?"

"그야 당연히 위에 씨죠."

"쉬이이이잇! 물론 아니죠, 숙녀분. 스승 넘버 90은 처소에서만 손님을 받습니다. 안전 문제 때문에……."

"안전 문제라고요?"

"스승 넘버 90은 실세 중의 실세입니다. 그는 망트 트리코퇴즈(Mantes Tricoteuses) 종단의 겸손 종파를 이끄십니다."

"망트 트리코퇴즈라고요? 그게 아니라 망트 를리지외즈(Mantes religieuses)겠죠."

"이 나라에서는 사마귀들도 기도를 하는 모양이군요. 그러니 를리

지외즈라는 말이 나오겠지요."

남자가 두 손을 얌전하게 모으더니 한 손으로 다른 손을 비비면서 아는 체했습니다.

"하지만 우리나라에서는 그 녀석들이 뜨개질을 하죠. 그래요, 좀 더 정확하게 말하자면 이 종파에 속하는 승려들은 치즈로 뜨개질을 해서 옷을 만듭니다."

이렇게 정신 나간 대화가 이어질 때마다 머릿속에서 수백 개의 뉴런이 죽어가는 것을 느낀 프로비당스는 그런 요상한 일에 대해서는 더 이상 알려 하지 않는 편을 택했습니다.

"요컨대 그는 매우 강력한 스승인데, 바르베스에 산다, 이런 말이 죠?"

"아, 그런데 그건 마케팅을 위한 전략이고, 실제로는 호화스러운 저택에 사십니다, 16……."

"세기?"

"세기는 무슨. 16구, 파리 16구 말입니다."

중국 남자가 흥미를 보이며 얼른 덧붙였습니다.

"세기를 말하려면 로마 숫자를 사용했겠죠."

"하지만 대화에서야 로마 숫자인지 뭔지 구별할 수가 없잖아요."

"그렇군요. 자, 좀 전에 내가 말했듯이, 이런 사업을 위해서라면 파리 16구보다는 바르베스에 사는 편이 더 좋은 인상을 준다는데, 그 이유는 당신이 생각해 보시죠."

"알 것 같아요."

사실은 뭐가 뭔지 하나도 모르는 프로비당스가 건성으로 대꾸했습니다.

"어쨌거나, 바르베스든 16구든, 나한테는 다를 게 없어요. 난 공항을 떠날 수 없으니까요. 시시각각 새로운 소식이 전해지고 있거든요."

그녀는 어떻게 해야 이 초현실적인 대화를 끝내고 이 남자에게 작별을 고할 수 있는지 도무지 갈피를 잡을 수 없었습니다. 도대체 무슨 생각으로 이 정신 나간 남자에게 말을 걸었단 말인가? 이따금씩 지하철 플랫폼이나 병원 대기실에서 정신 나간 사람들이 다가와 뜬금없이, 누가 묻지도 않는데도, 자기들의 인생이며 자기들이 안고 있는 문제들에 대해 주저리주저리 이야기를 늘어놓을 때가 있죠. 그러면 우리는 빨리 열차가 역 안으로 들어오거나 치과 의사의 간호보조사가 제발 서둘러 우리의 이름을 불러주기를 기대하면서 건성으로 그 이야기를 듣곤 하죠. 프로비당스에게는 그런 일이 벌써 여러 번이나 있었어요. 하지만 오늘처럼 특이한 경우는 다른 누구의 탓도 아니고 오로지 자기 자신을 원망하는 수밖에 없었습니다. 남자에게 말을 건 것은 바로 그녀였으니까요.

"아시는지 모르겠지만, 스승 넘버 90은 에어 프랑스보다 더 힘이 셉니다."

모처럼 잡은 고객이 손아귀를 빠져나가려 하는 걸 직감한 오렌지색 파자마 차림의 중국 남자는 다급하게 입을 열었습니다.

"조금 전에 당신은 나에게 혹시 당신이 탈 비행기에 영향력을 행사할 수 있는지 물으셨죠. 스승님이라면 그 이상도 하실 수 있죠. 해적의 명예를 걸고 맹세하죠."

남자가 다시금 프로비당스의 호기심에 불을 지폈죠.

그는 주위를 두리번거리면서 그녀 외엔 아무도 그가 이제부터 하려는 말을 듣고 있지 않음을 확인했습니다.

"하늘 나는 법을 배우고 싶어요?"

남자가 마치 껌 씹으실래요, 하는 투로 물었습니다.

"뭐라고요?"

프로비당스는 아주 낡은 라디오를 통해서 이 세상이 아닌 세계, 지구가 아닌 다른 별, 외계 언어만을 쓰는 어떤 별에서 보내는 전파를 잡기라도 한 아찔한 기분이 들었습니다. 그녀는 정말이지 아무것도 알수가 없어서 돌 지경이었다니까요.

"무슨 일이 있어도 오늘 반드시 출발해야 한다면 그게 유일한 방법일 테죠. 당신이 직접 나는 것만이 해결책이란 말입니다."

남자가 심경의 변화를 일으킨 것이 분명해 보였습니다.

"당신은 지금 나더러 반나절 만에 비행기 조종법을 배우라는 거예요?"

기가 막힌 프로비당스가 되물었죠.

"누가 비행기를 조종하랍니까? 나는 당신에게 난다고 말했어요, 이런 빌어먹을!"

그렇게 말하면서 남자는 그들을 주시하는 사람이라고는 아무도 없음을 다시 한 번 확인한 다음 프랑스 여자와 직각을 이루는 곳에 서서 마치 그것들이 날개라도 되는 것처럼 보일 듯 말 듯 두 손을 흔들었습니다. 프로비당스는 중국 해적이 신은 올스타스(All Stars) 운동화 밑창이 바닥에서 5센티미터쯤 붕 뜨지 않았더라면 그의 이러한 몸짓을 웃기는 짓이라고 치부해 버리고 말았을 것이 분명합니다. 허공에서 양손을 허우적거리는 몸짓을 멈추자 남자의 두 발은 서서히 공항 바닥에 닿더군요.

"도대체 어떻게 하신 거죠?"

아직 충격에서 벗어나지 못한 프로비당스가 물었습니다.

그녀는 이 장면을 본 다른 사람들은 없는지 시선을 이리저리 옮겼지만 그러는 그녀에게 주목하는 사람이라고는 한 명도 없었습니다. 사람들은 그저 제 갈 길을 갈 뿐, 방금 그녀의 눈앞에서 일어난 기적 같은 일엔 완전히 무관심했습니다.

뭔가 좀 아는 사람들이라면 그것이 발두치(Balducci)의 공중부양임을 쉽게 알아차렸을 겁니다. 길거리 마술사들의 단골 메뉴인 이 공중부양은 비주얼 면에서는 매우 인상적이지만, 알고 보면 초콜릿으로 만든 3유로짜리 동전보다 더한 눈속임이었죠.

"믿음을 갖고 스승 넘버 90을 찾아가 보세요, 이건 럼주 애호가 선원의 말입니다! 그런데 정확한 행선지가 어디라고 했죠, 밀라디?"

남자는 넋 나간 상대방에게 물었습니다.

중국 남자의 목소리가 들리자 프로비당스를 다시 현실 세계로 돌아왔습니다. 그걸 현실이라고 부를 수 있다면 말이지만요. 모든 건 그만큼 믿기 어려웠다, 이런 말입니다.

"마라케시예요. 그런데 도대체 방금 전에 어떻게 한 거죠?"

남자는 하늘을 향해 두 눈을 치켜뜨고는 몸을 부르르 떨었습니다.

"아, 저주받을 잭! 당신의 비행 여정은 곧 취소되겠군요."

그가 마치 눈앞에서 또렷한 비전을 보는 사람처럼 확신에 찬 음성으로 말했습니다.

"붉은 옷의 잭의 해골을 걸고 단언하건대, 당신은 루아얄 에어 모로코 비행기를 탈 예정이었지, 안 그런가, 신참 선원?"

"그걸 당신이 어떻게 알죠?"

자기 등 뒤의 대형 전광판에서 벌써 조금 전부터 그녀가 타기로 예정되어 있던 비행 스케줄이 적힌 '취소'라는 글자가 빨간 빛깔로 깜박거리기 시작했음을 알지 못하는 프로비당스가 놀라서 물었습니다.

"실은 나에게도 약간의 능력이 있죠. 나는 심령술사거든요. 내가 당신이라면, '빨간 바르베수염(Barbés Rousse)'의 유령이 따라붙기 전에 있는 대로 돛을 올리고서 바르베스로 가겠습니다."

바로 그 순간, 확성기를 통해서 6시 45분 출발 예정이었던 마라케시행 루아얄 에어 모로코의 AT643의 비행이 취소되었다는 기계음이 울려 퍼졌다.

믿을 수 없어! 오렌지색 파자마 차림의 남자가 지닌 신통력에 프로비당스가 감탄하는 사이에 남자는 현대판 '윌리를 찾아라'의 오렌지색 버전이라도 되는 양 의기양양하게 군중 사이를 뚫고 자취를 감추어 버렸습니다.

10

프로비당스는 자헤라에게 인터넷 검색이 가능한 소형 컴퓨터 한 대를 선물했습니다. 자기가 곁에 없는 동안에도 아이가 세상에 대해 계속 배워 나가도록 해주려는 배려에서였죠. 프로비당스는 매번 이렇게 말했습니다.

"다음에 내가 다시 올 땐 아주 근사한 이야기를 들려줘야 해. 나도 모르는 신기한 이야기들 말이야."

그러면 방긋 미소를 지으며 그 즉시 근사한 것들을 찾아내기 위한 탐색에 빠져든 아이는 몇 시간이고 싫증 내지 않고 끈질기게 검색을 계속했습니다. 아이는 7년이라는 휴한기, 세상에 대해 아무것도 모르는 채 변두리 병원에서 비실비실 허송세월한 시간을 따라잡아야만 했던 거죠.

모든 것에 관한 모든 것을 알아야겠다는 거역할 수 없고 자기 파괴적인, 거의 광적인 욕망에 휩싸인 나머지 아이는 책상다리를 하고 침대에 앉아, 화면 불빛 때문에 다른 사람들이 깨어나는 일이 없도록 이불을 푹 뒤집어쓴 채 하얗게 밤을 지새울 때도 있었습니다. 아이는 인간의 지식 전부를 쭉쭉 빨아들이는 스펀지가 되어버렸다고나 할까요. 자혜라는 자기 주위의 모든 것이, 심지어 가장 멀리 떨어져 있고, 가장 가능성이 없어 보이는 것, 그들 사이에 전혀 아무런 연관도 없어 보이는 것조차도 모두 연결되어 있다는 느낌을 갖게 되었습니다. 이를 테면 실제로 모든 것을 연결해서 아주 거대한 하나의 지식망, 하나의 인간 지식 지도를 그릴 수 있을 거라고, 천장에 붙여둔 형광 빛깔 나는 플라스틱 별자리 같은 걸 만들 수 있을 거라고 생각하게 된 것입니다. 때문에 아이는 무슨 말이든 할 수 있었으며, 또 방금 말한 것과 정반대되는 사실을 말함에도 거침이 없었죠. 가령, 아이가 자기는 셰익스피어의 모로코 후손이라고 말했다고 치죠. 영국 출신 이 유명작가는 아이가 ?399세를 축하하는 날 문워크를 발명했다고 말하는 식입니다. 뿐만 아니라 아이는 생일 케이크에 초를 모두 거꾸로 꽂는 식으로 자신의 '거꾸로 나이'를 보여주는 기발한 방법을 고안해 내기도 했습니다. 그런데 그렇게 하니 예상과 달리, 하늘을 향해 솟아오르려는 우주선 또는 아주 무더운 여름이면 마그레브 해안을 찾아오는 해파리 형상이 얻어지기도 했죠.

그렇게 세상을 배워가는 과정에서 아이는 별들은 중국에서 오지 않으며, 밤이면 하늘과 사막을 밝게 비추도록 우주에 쏘아 올릴 별을 만드는 중국 어린이는 한 명도 없다는 사실도 깨닫게 되었습니다. 별이란, 위키피디아에 따르면, 다름 아니라 '플라스마 덩어리로, 지름과 밀도에 따라 중심부의 온도가 핵융합 반응을 야기할 수 있을 정도로 뜨거운 것들도 있다' 니, 그제야 자헤라는 라시드가 자기에게 복제품을 선사한 거짓말쟁이임을 알게 되었습니다. 약간 실망스럽긴 했지만, 그렇다고 어떻게 자기를 그토록 아껴주며, 하루 종일 기관지의 가래를 뽑아내 주는 라시드를 미워할 수 있겠습니까? 자헤라는 목숨에 관한 한 친아버지에게보다 자기를 기쁘게 해주려고 작은 조약돌을 선사해 준 라시드에게 더 많은 것을 빚지고 있다고 보아야 할 처지였습니다. 그래서 그를 상심시키지 않으려는 마음에서 자헤라는 그에게 모든 걸 다 알아버렸다고 이야기하지 않았습니다. 어쨌거나 그 돌멩이는 중국이라는 아주 멀고 이국적인 나라, 이름만 들어도 감탄과 호기심이 샘솟는 나라에서 왔으니까요. 그렇긴 하지만, 사실을 알게 된 날부터 자헤라는 밤마다 모로코 사막을 밝혀주는 일과는 아무 상관도 없는 중국 사람들을 위해 드리던 기도만큼은 그만두었죠.

불과 몇 주 만에 자헤라는 병원에서 바깥세상 일을 알려주는 전령으로 변신했습니다. 입원 환자들 대다수는 자헤라에게 병원에 들어오는 순간부터 줄이 끊긴 병원 밖 세상에 대해 수많은 질문을 던졌죠. 회복기에 들어선 환자들에게 아이는 최근에 개봉한 영화와 화장품, 최신형 휴대폰, 스타들에 관한 소문들을 전해주었습니다. 요컨대 아이자신이 대번에 신제품이 된 것이었다고나 할까요. 자헤라는 이를 테면 새로 얻은 신기한 장난감이었습니다. 아이는 모든 것을 알게 되었으므로 그 모든 것을 이야기할 수 있었고, 당돌하고도 감칠맛 나는 수많은 일화들을 곁들여가며 그 이야기들을 더욱 맛깔스럽게 요리했습니다.

다시 병원을 찾은 프로비당스는 아이의 실력을 테스트했습니다.

"서로 아무런 관계도 없는 두 개의 단어를 택해서 구글에 입력하는 거야. 그러면 그 두 단어가 함께 등장하는 사이트나 관련 기사들이 많이 뜨지. 그걸 보면 넌 아마 기절할걸."

"자, 여기!"

아이는 처음으로 마술 연기에 성공한 예비 마술사처럼 자랑스럽게 말하곤 했죠. 컴퓨터 화면은 히틀러(Hitler)와 땅콩(cacahuéte)이라는 두 단어를 한데 묶어 보여주는 사이트 십여 개를 보여주었습니다. 비록 그 두 단어의 조합이 빚어낸 결과는, 가령 후자가 전자의 심장 크기를 언급하는 식으로 황당하기 짝이 없었지만요.

"언제든 뭔가 관계가 있어. 언제나 그렇다니까."

프로비당스는 일 때문에 다시 프랑스로 돌아가야 했습니다. 프랑스 사람들은 장기간 여자 집배원이 배달해 주는 반가운 소식들을 전달받지 않고는 제대로 살 수 없는 모양이더군요. 그래서 자헤라는 썩 마음이 내키지는 않았지만 어쩔 수 없이 수백 명의 프랑스 사람들과 프로비당스를 나누어 갖는 것으로 만족해야 했습니다. 프로비당스가 곁에 없음을 잊기 위해 아이는 또다시 인터넷 검색 속으로 빠져들었으며, 그 과정에서 알게 되는 모든 내용을 게걸스럽게 삼켰죠. 가령 자헤라는 카나리아 제도의 자메오스에는 백피증에 걸린 눈먼 게들이 사는 작은 호수가 있다는 사실을 알아낸 다음에야 비로소 잠을 청했습니다. 아주 작은 그 게들은 호수에 동전을 던져 대는 방문객들의 극성스러운 행동 때문에 소리에 몹시 민감한 반응을 보인다더군요. 또, 파리의 기념품 상점을 찾은 중국인 관광객들이 싹 쓸어가는 에펠탑 미니어처 열쇠고리는…… 중국에서 만들어진다, 검은 아프리카에서는 밀렵을 막기 위해 드릴로 코뿔소의 뿔에 구멍을 뚫어 그 안에 빨간 독(poison rouge)을 넣는다, 러시아어로 인도(trottoir)는 trotoar이며, 재앙(catastrophe)은 katastrof, 전화(téléphone)는 telefon이다. 16,302번이나 칼에 찔리고도 용케 죽지 않고 살아난 남자도 있다(물론 연극 무대에서 일어난 일이다), 페르시아나 아랍의 양탄자 짜는 사람들은 양탄자를 짤 때 완벽한 균형을 깨뜨리기 위해 일부러 실수를 한다고 하는데, 그 이유는 오직 신만이 완벽한 것을 창조하기 때문이다 등등.

오직 신만이 완벽한 것을 창조한다니. 프로비당스도 그랬습니다. 프로비당스는 어느 모로 보나 완벽했기 때문에 자헤라는 이다음에 크면 프로비당스를 닮고 싶었죠. 그게 그러니까 자헤라가 어른이 될 수 있다면 말입니다. 거기에 상상이 미치자 아이는 자기를 괴롭히는 병에 대해 다시 생각하지 않을 수 없었습니다. 결국, 인터넷 세상 속에서나 실재 삶 속에서나 모든 것은 언제나 그 심술궂은 구름으로 귀착되곤 했죠.

11

프로비당스는 자기 눈을 믿을 수 없었습니다.

공항 터미널 벽에 걸린 삼성 50인치짜리 화면은 사납게 풍랑이 이는 바다에서처럼 격분한 군중들에게 이리 치이고 저리 치이는 기자의 모습을 내보내고 있었습니다. 기자는 넘어지지 않으려고 애꿎은 조명 기기 다리만 꽉 붙잡고 있더군요. 화면 아래쪽으로 해당 장면은 파리의 리옹 역 대합실에서 생방송으로 내보내는 것이라는 붉은 자막이 지나갔습니다. 역은 기차를 타려는 사람들로 그야말로 인산인해였죠. 가엾은 기자 뒤편으로는 오를리 공항과 다름없는 지옥 풍경이 펼쳐지고 있었고요. 넋이 나간 군중들의 아수라장. 프랑스 전체가 흡사 세상의 종말을 연상시키는 이 끔찍한 소란의 먹이가 된 듯한 분위기였습니다.

중국 해적이 갑작스럽게 자취를 감춘 직후, 예정되었던 비행 스케줄이 공식적으로 취소되었음을 확인한 프로비당스는 제일 가까운 기차역으로 가서 제일 먼저 떠나는 남쪽행 기차에 몸을 싣겠다는 요량으로 공항 철도 쪽으로 가려던 참이었습니다.

그런데 이 꽤 괜찮은 생각이 풍선껌 터지듯 그녀의 면전에서 빵 터져 버렸습니다. 프로비당스는 그 자리에서 샘소나이트 가방을, 이 물결 사나운 바다에서 그녀가 의지할 수 있는 단 하나의 작은 섬인 그 가방을 우뚝 세웠습니다. 만일 그 순간 하늘에 비행기 한 대가 날아갔다면, 그녀는 전속력으로 가방 위에 올라가 허공에서 양팔을 마구 흔들어 구조 신호를 보냈을 겁니다. 하지만 오늘 오를리 공항은 지구상에서 단 한 대의 비행기도 지나가지 않는 유일한 곳이었습니다.

물이 점점 그녀를 옥죄어 왔습니다. 매번 조금씩 더. 매번 젖은 빨래를 짜듯 나사가 한 바퀴씩 더 조여들었습니다. 비행기가 뜨지 않는다더니 이제 자동차도, 기차도 없었습니다. 제자리에서 꼼짝 말라는 선고를 받은 거나 마찬가지였죠. 파리에서는 지하철과 버스, 광역 전철만 운행을 하는 듯한데, 특별한 지시가 없는 한 그것들 중 어느 하나도 마라케시까지는 운행하지 않으니까요.

플랫폼에서 한 발은 여전히 공항 안에, 다른 한 발은 공항 밖에 어정쩡하게 걸친 채 망설이던 프로비당스는 결국 막 도착한 공항 철도 기차를 놓치고 말았습니다. 역에 간들 공항에서와 똑같은 세상의 종말을, 똑같은 살인적 광기를 맛보게 될 것이 뻔하다면 기를 쓰고 거기 가는 게 무슨 소용이 있겠습니까?

'히치하이킹을 해볼까?'

젊고 예쁜 여자라면 이 세상 끝까지라도 데려다주겠다는 남자를 그다지 어렵지 않게 구할 수 있을지도 몰랐지만 그러기엔 너무 위험부

담이 컸습니다. 정신이상자를 만날 수도 있고, 근처에서 휴가 중이던 전 IMF 수장을 만날 수도 있을 테니까요.

프로비당스는 우체국 근무 중에 사용하는 노란색 르노 픽업을 생각했지만, 그 차는 한 동료가 배달 중에 문자 그대로의 의미로나 비유적인 의미로나 질펀하게 물벼락을 만난 후 벌써 일주일째 카센터 신세를 지고 있는 중이었습니다. 그 동료가 하필이면 소화전을 들이받았기 때문이었죠. 집배원용 자전거일랑 아예 머리에서 지워 버리는 편이 나을 테고요.

휴우. 이것저것 다 빼고 나니 남은 수단이라고는 거의 없더군요. 그저 두 발 정도만 남았을까요? 하지만 그건 어느 모로 보나 가장 늦은 이동 수단이잖습니까. 지금이 비록 21세기라고는 해도, 인간의 능력은 이동속도 면에서 보자면 아직 그 한계가 분명합니다. 그러니 새로운 레오나르도 다빈치가 깨어나기를 기다리는 수밖에요! 그러면 할 일이 무지 많을 겁니다.

원격이동(téléportation)—인간은 아직 강제 이동(déportation)이나 추방(expulsion)의 초기 단계에 머물러 있을 뿐이다—같은 것은 아직 발명되지 않았으므로, 프로비당스는 할 수 없이 휴대폰을 손에 들고 병원 전화번호를 눌렀습니다.

'자헤라가 실망할 테지, 그건 안 봐도 확실해. 어쩌면 앞으로는 절대로 나를 믿지 않을 수도 있어. 하지만 어쩌겠어, 살다 보면 누구나 다 그렇게 돌발적인 상황(aléa)과 맞닥뜨리게 되는걸. 아, 그래도 보니 덕분에 아이가 'aléa'라는 새로운 프랑스어 단어를 배울 수 있겠네. 그런데 뭐라고 말해야 하지? 예정보다 조금 늦게 도착한다고? 그런데 조금 늦게가 도대체 정확하게 언제지?'

프로비당스는 나쁜 소식을 전하는 일이라면 질색이었습니다. 그녀가 집배원이 된 것도 다 그런 이유 때문이었죠. 사람들에게 언제나 좋은 소식만 전하고 싶었으니까요. 황새처럼 커다란 가방 속에 행운을 담아 가져다주고 싶었으니까요. 프로비당스는 스무 살에 잔뜩 푸른 꿈을 안고 우체국에 입사했습니다. 하지만 그간의 경험을 통해서 집배원은 제아무리 낙천적이라고 할지라도 때로는 각 가정에 나쁜 소식, 슬픈 소식도 전해야 한다는 점을 이제는 통감하고 있습니다. 그렇긴 해도 그녀는 낙심하지 않았습니다.

첫 번째 신호음 소리가 들렸죠. 이윽고 두 번째 소리.

프로비당스는 바닥 쪽으로 두 눈을 내리깔았습니다. 그때 샌들 옆, 그러니까 오른발 여섯 번째 발가락 근처에 떨어져 있던 종잇조각이 눈에 들어왔습니다. 그걸 버린 사람은 아마도 그 종이로 코를 한번 푼 다음 종이를 공처럼 둥글게 뭉쳐서 던진 모양인데, 그래도 검은 잉크로 찍은 굵은 고딕체의 단어 세 개만큼은 또렷하게 보였습니다.

현존하는 최고의 스승.

프로비당스는 다시 두 눈을 들어 올렸습니다. 그러자 이번엔 한 장의 포스터가 눈에 들어왔어요.

세 번째 신호음이 들려오는 순간, 프로비당스는 누군가가 전화를 받기 전에 전화를 끊어버렸습니다. 이렇게 두 손을 들어버리는 건 너무 쉬운 일이야. 물론 나는 할 만큼 다 했다고 말할 수도 있겠지. 하지만 적어도 불가능을 시도해 보지 않은 건 분명해.

12

요컨대 프로비당스로 하여금 혼신을 다해 일생일대의 모험에 뛰어들게 만든 건 우연히 보게 된 한 장의 광고 전단지와 한 장의 포스터였습니다.

문제의 포스터는 AIDS에 걸린 아프리카 어린이들을 돕는 비정부단체가 붙여놓은 홍보용 포스터로, 그 안에 등장하는 아프리카 대륙의 한 오지 마을 어린이들에게는 포토샵으로 그린 것 같은 하얀 날개가 달려 있었죠. '사랑은 날개를 달아준다'는 표어도 적혀 있었고요.

프로비당스의 머릿속에서는 그 말이 몇 번이고 뱅뱅 맴돌았습니다. 세탁기에 들어간 양말들이 본격적인 탈수에 앞서서 서서히 돌아가는 것처럼. 사랑은 날개를 달아준다. 시간과 더불어 이미 상투적으로 굳어버린 이 표현을 여자 집배원은 문자 그대로 받아들여야 한다고 확신했으며, 이 포스터는 분명 자기를 위해 그 자리에 붙어 있었던 것이 틀림없다고 믿게 된 거죠. 그 표어는 이렇게 말하는 것만 같았습니다.

"프로비당스, 사랑은 네 몸에 날개를 돋아나게 할 수도 있어, 네가 온 정신을 집중해서 자혜라를 생각한다면 말이야."

혹시 그녀도 겨드랑이에 날개를 달아 미노타우로스의 미로를 빠져나가자는 꾀를 내던 날의 이카로스 아버지 다이달로스처럼 분별없는 미친 짓의 포로가 된 걸까요?

'가방 안에 접착제는 아니라도 털 제거용 왁스는 있는데, 깃털은 어디 가서 구해오지? 더 이상 지체하지 말고 당장 오를리 공항 활주로에서 어슬렁거리는 비둘기들 사냥에 나서야 하려나? 그런데, 날개는 어찌어찌 마련한다고 해도, 현실에서는 존재하지도 않았던 남자, 더구나 그리스 신화 속의 맥가이버에 해당되는 남자와 내가 비교나 되겠어? 아니지. 나는 어쩌면 나 자신이 생각하는 것보다 훨씬 더 정신 나간 여자일 수도 있어. 하늘로 올라가기 위해서는 아무런 인공 장치 같은 것도 필요하지 않다고 자꾸 생각하는 것만 보아도 그렇거든. 판자나 한지로 만든 날개 같은 건 다 필요 없을지도 몰라.'

그녀는 그냥 무지 강력하고 정의로운 의지만 있다면 양팔을 조금 흔들기만 해도 될 것 같다고 생각하는 중이었습니다. 방금 전에 오렌지색 파자마 차림의 중국 남자와 한 것처럼 말이죠.

날아보자.

프로비당스는 사실 밤이면 하늘을 나는 꿈을 자주 꾸곤 했습니다. 꿈속에서는 접영 할 때처럼 팔을 몇 번 쓱 움직이면 바닥에서 몸이 둥실 떠올라 하늘을 날게 되는 것이었어요. 그녀는 새처럼 가볍게, 몸무게를 전혀 느끼지 못하면서 도시 위, 논밭 위 허공에서 유유히 수영을 했습니다. 하지만 그녀의 이름에서도 알 수 있듯이 꿈은 어디까지나

꿈이니까요. 잠에서 깨어나면 중력이 그녀를 하루 종일 지구상에, 단단한 땅에 못 박아두었으니까요. 그녀는 그때의 꿈들 중에 혹시 천연색 꿈이 있었는지 기억해 내려고 노력했습니다. 자혜라 나이였을 때 그녀는 금요일 저녁에 꾸는 천연색 꿈은 앞으로 일어날 일을 미리 알려주는 꿈이라고 배웠거든요. 그러니까 꿈속에서 일어났던 일이 실재 삶에서도 일어난다는 것이었죠. 사람들 말마따나 정말로 그렇다는 것이었습니다.

'맞아, 난 천연색 꿈을 꾸었어. 그렇긴 한데, 그 꿈 말고도 천연색으로 꾼 꿈들이 무지 많았거든. 예를 들어 로또에 당첨되는 꿈도 그랬어. 그런데 지금도 여전히 복권협회에서 수표 보내오기를 기다리는 중이잖아. 하긴, 이게 다 순진했을 때 얘기지. 미스터 프리즈에 홀딱 빠졌던 시절 얘기라고.'

프로비당스는 이제 어른이었지만 그래도 여전히 마음 한구석엔 어린 시절의 한 조각, 어른들이 맹신이라고 부르는 무엇인가를 간직하고 있었습니다. 성장하면서 호되게 뒤통수를 얻어맞은 후에도 여전히 버리지 못하는 그 무엇. 날아보자. 그런 희망을 품는다는 것 자체가 벌써 미친 짓이었지만요.

'그래도 뭐, 안 될 것도 없잖아, 안 그래? 내가 두 눈 뜬 채로 꿈을 한번 꾸어보겠다는데 누가 날 말린다는 거야? 꿈꾸는 걸 금지할 순 없어, 게다가 꿈은 공짜거든. 뿐만 아니라 그 중국 남자가 사람 많은 공항 터미널에서 공중으로 몇 센티미터쯤 솟아오르는 걸 내 눈으로 똑똑히 봤잖아. 그래, 미친 짓이긴 한데, 지금껏 살아오면서 나는 그보다 훨씬 복잡하고 불가능해 보이는 일들도 보란 듯이 성공했잖아. 가령 혼자 사는 여자라 외벌이 수입, 그것도 집배원의 박봉으로 살면서도

점액과다중에 걸린 일곱 살짜리 모로코 공주님을 입양하는데 성공했거든.'

그러니 기적이 또 일어나지 말란 법도 없었습니다.

프랑스 판사들은 이런 종류의 지원서는 달가워하지 않는 편이지만 운이 좋으려니까 그녀는 예외적이라 할 만큼 능력 있는 변호사를 만났고, 그가 뛰어난 언변으로 그녀의 입장을 변호해 주었습니다. 그래서 그녀는 인생에서는 좋은 사람들을 만나기만 한다면 얼마든지 꿈을 실현할 수 있음을 배울 수 있었죠. 무엇인가를 아주 강력하게 원하고, 운명이 우리가 가는 길에 적절한 인물을 만나게만 해준다면 불가능이란 없음을 깨달았죠.

'더구나 나는 이 세상 어느 누구보다도 어린 나이에 첫 걸음마를 했고, 다른 누구보다도 빨리 달렸으며, 누구보다도 먼저 수영을 했잖아. 그러니 하늘을 나는 일이라고 해서 왜 다른 사람보다 먼저 하지 못하겠어? 왜 다시 한 번 소아과 의사이신 부모님을 놀라게 해드릴 수 없겠느냐고? 어쩌면 오른발 여섯 번째 발가락이 그런 특별한 능력을 가지고 있을지도 몰라, 하늘을 나는 능력 말이야. 그 작은 발가락이 하늘을 나는데 필요한 열쇠일지도 모른다고. 왜냐하면 이제껏 나이를 서른다섯 살이나 먹도록 이 웃기는 발가락의 존재 이유를 찾아내지 못했거든.'

프로비당스는 우연이라는 걸 믿지 않는 사람이었습니다. 남들에게는 없는 이 여섯 번째 발가락은 그녀에게 꼭 필요하다고는 할 수 없었지만 그 발가락이 그녀를 특별한 존재로 만들어주는 건 엄연한 사실이었죠.

흔히들 말하는 것처럼 사랑이 날개를 달아주는 것이 사실이라면,

그녀가 자혜라에게 품고 있는 이 어마어마한 사랑인들 왜 그녀에게 날개를 달아주지 못하겠습니까? 레일라와 자혜라가 믿듯이 우리가 전생에 물고기이고 고양이였다면, 우리가 새였으리라고 믿는 것 또한 얼마든지 가능하지 않을까요? 우리가 물 혹은 뭍에 사는 동물이었다면, 하늘에 사는 동물이었을 수도 있지 않겠느냐고요.

프로비당스는 세차게 고개를 저었습니다. 그렇게 하면 머릿속에서 자꾸만 안개가 피어오르게 만드는 당치도 않은 생각들을 대번에 떨쳐내려는 듯이 말입니다.

'피곤해서 자꾸 이상한 생각을 하게 되는 모양이야. 서른다섯 살 먹은 여자, 더구나 금발도 아닌 데다(금발 여인이 갈색머리 여인보다 덜 똑똑하다고 믿는, 근거는 없으나 세계적인 집단 기만은 나 개인의 의견과는 무관함을 밝혀둔다) 심신이 지극히 건강하고 균형 잡힌 여자가 그렇게 어리석은 공상이나 하고 있다니.'

그런데 만일 그게 사실인데도 그녀가 그걸 모르고 지나쳤다면, 그녀는 자신을 절대 용서할 수 없을 것 같았습니다. 혼을 쏙 빼놓는 이 하루는 어쩌면 하나의 신호일 거야. 중국 해적 같은 남자와의 만남도 그렇고.

다시금 희망이 밀려왔죠.

'어쨌거나 지금 이 상태에서는 잃을 것도 없잖아. 상상할 수 있는 최악의 상황이니까. 예정되었던 비행이 취소되었으니, 여기서 이렇게 지체할 까닭이 없어.'

프로비당스는 혼자 미소 지었습니다. 처음부터 이렇게 되기를, 그러니까 비행이 취소되어 자기 딸을 위해서라면 무엇이든, 심지어 도저히 가능해 보이지 않는 일마저도 할 준비가 되어 있음을 입증해 보일 기회가 오기를 기다렸던 사람처럼.

자신감에 찬 그녀는 방금 자동문이 열린 열차 안으로 씩씩하게 들어갔습니다. 스승 위에가 전단지 돌리는 제자보다는 훨씬 요즘 시대에 맞는 프랑스어를 구사하기를 기도하면서.

13

"원격조종 비행기가 있었다면 솔직히 일이 훨씬 간단했겠군."

미용사가 간단히 요약해 말했다.

"그게 아니면 원격 조절 가능한 구름이었다고 해도 좋지요. 프로비 당스가 단추만 누르면 하늘에서 그 끔찍한 검은 구름들이 순식간에 다 사라졌을 것이고, 그러면 비행기가 순조롭게 이륙했을 테니까요. 자혜라 쪽에서 보자면, 리모컨만으로도 가슴속에 들어 있던 나쁜 구름을 몰아내고 편안히 숨을 쉴 수 있었을 테죠. 그래요, 모든 건 훨씬 간단했을 거고, 사람들은 훨씬 행복했을 겁니다."

나는 노인의 말에 맞장구쳤다.

"꼭 그렇게만 말할 수는 없지. 우리 미용 세계만 하더라도 원격 조종 가능한 구름은 아주 유용했을 것 같긴 하지만 말이야. 생각해 보라고, 예를 들어서 내 여성 고객들은 비 오는 날엔 절대 미용실에 오지 않네. 머리가 곱슬곱슬해지기 때문이지. 드라이는 말도 말게. 여기서 열심히 머리 쫙 피고 가면 뭐 하나, 집에 가면 물걸레처럼 고불고불 말리는걸. 이건 진담인데, 이건 모두에게 걸린 문제일세. 자기 농지 위를 좌지우지하는 기상 조건을 통제할 수만 있다면 너무 기쁘겠다고 생각하는 농부가 어디 한두 명이겠나? 곰곰 생각하면 말일세, 전 세계 곳곳에서 한날한시에 원격 조절 가능한 구름을 꿈꾸고 있는 사람들의 수는 어마어마하게 많을 것 같네……."

14

물리치료사는 여느 때보다 조금 일찍 도착했습니다.

그는 아이에게 인사를 건넨 다음 침대에 누운 아이 옆에 앉았죠. 2년 만에 처음으로 그는 아이의 눈에 비친 슬픔의 기색을 보았습니다. 프로비당스가 나타나기 전에 아이에게 깃들어 있던 슬픔과 같은 슬픔. 그가 즐겨 말하듯이 프로비당스 이전 시기에 보았던 슬픔. 인정할 건 인정해야 했습니다. 젊은 프랑스 여인은 자혜라에게 말로는 이루 표현할 수 없는 크나큰 기쁨을 주었거든요. 더구나 그건 치료사 자신에게도 마찬가지였습니다. 거듭되는 마라케시 체류 때마다 프로비당스가 잊지 않고 어린 소녀를 보러올 때면 치료사 자신도 아이가 입원한 층을 더 자주 찾는 것이 사실이었죠. 한마디로 아주 멋진 여자였습니다. 그리고 굉장히 호감 가는 여자이기도 했고요. 그가 무엇보다도 좋아한 건 아이에게 세상으로 가는 문을 열어주는 그 여자만의 방식,

아이에게 가져다주는 선물들이며 열정적인 사랑, 상냥함 등이었습니다. 그는 이제껏 병든 아이, 게다가 자기 아이도 아닌 아이를 보겠다고, 그 아이에게 다만 몇 시간이라도 행복감을 안겨주겠다고 그토록 먼 길을 달려오는 사람은 본 적이 없었습니다. 그 여자가 형광 빛깔 별들이 가득 들어 있는 상자를 들고 도착했던 그날처럼 말이죠.

천문학은 일반적으로 남자 아이들의 영역이지. 여자 아이들은 남자 아이들에 비해서 지상에 발을 단단히 딛고 있는 편이거든요. 지금까지 물리치료사 라시드는 그렇게 생각해온 게 사실입니다. 하지만 프랑스에서는 남녀의 차이를 줄이려고 노력한다는 사실을 그도 잘 알고 있었습니다. 그렇게 하는 것이 더 공정하니까요. 더구나 프로비당스는 자혜라에게 단지 여자라는 이유만으로 무언가를 금지하는 일이라면 절대 하지 않을 위인이었습니다. 집배녀보다 집배원으로 불러주기를 선호하는 여자라니 말 다 했지 뭡니까.

선물을 받아 든 자혜라는 그때까지만 해도 별이라고는 하나도 붙어 있지 않았던 천장에 닿도록 깡충깡충 뛰었습니다.

"난 너무너무 저기에 올라가고 싶었어."

모로코 소녀는 의자 위에 올라간 프로비당스가 설명서에 적힌 대로 하나씩 하나씩 붙이고 있는 형광 빛깔 플라스틱 별 조각들을 가리키며 말했습니다.

"이렇게 하면 벌써 조금은 별에 가는 거야, 아가야."

"난 파리에 가서 로켓을 탈 거야. 그 별은 조금 오른쪽에 붙여야 돼!"

"파리엔 로켓이 없어."

프로비당스가 별을 몇 센티미터쯤 옆으로 옮기며 대답했죠.

"적어도 아직까진 그렇다는 얘기야. 하지만 네가 거기 살러 올 때쯤
엔 생길 수도 있겠지."

무심한 투로 이렇게 말한 프로비당스는 아무런 내색하지 않고 두
손으로는 계속 벌벌 떨어가며 플라스틱 별을 붙이면서 힐끔힐끔 아이
의 반응을 살폈습니다. 자혜라의 얼굴이 깜깜한 밤중에 빛을 발하는
형광별처럼 환해졌죠.

"응, 꼭 그럴 거야! 정말로, 진짜지?"

아이가 외쳤죠.

"정말. 진짜고말고."

아이가 그토록 기쁜 마음으로 자신의 제안을 받아들여 주자 안심이
된 프로비당스가 얼른 맞장구쳤습니다.

아이는 프로비당스의 두 다리를 와락 얼싸 안았습니다. 아이의 작
은 몸 어디에서 상대팀 선수를 제어하는 럭비 선수만큼이나 강한 힘
이 나오는지 신기할 따름이었죠.

"너 때문에 넘어지겠어."

라시드는 빙그레 웃음 지었습니다. 프로비당스와 아이, 두 여자는
너무도 죽이 잘 맞는 한 쌍이었습니다. 이제야 서로의 반쪽을 찾은 것
같다고 말할 정도였으니까요. 두 사람은 서로를 입양했군, 이라고 라
시드는 생각했죠. 그때만 해도 그는 프로비당스가 어렵사리 자혜라의
보호자가 됨으로서 이 '입양'이라는 말을 전적으로 실현에 옮기게 되
리라는 건 전혀 모르는 상태였습니다.

"천문학자 아가씨, 오늘 저녁엔 해가 몇 시에 지나요?"

프로비당스가 의자에서 내려와 바닥에 발을 디디며 물었습니다.

자혜라는 보물처럼 베개 밑에 숨겨놓은 작은 공책을 열었습니다.

"19시 37분."

"좋아. 그러면 앞으로 몇 분 후면 넌 지금까지 한 번도 보지 못한 걸 보게 될 거야."

그 말이 끝나자 곧 병실은 어둠에 잠겼고, 마법처럼 별들이 빛나기 시작했습니다. 이글거리는 태양 아래서 초콜릿이 녹듯 서글프기만 하던 시멘트 천장이 녹아내리면서 감추어져 있던 모로코의 아름다운 별밤이 경이로워하는 아이의 눈앞에 그 찬란한 장관을 드러내는 것 같았습니다.

오늘, 프로비당스는 병원 사람들 모두에게서 아이를 빼앗아올 참이었고, 그러면 떠나는 아이를 보는 그들은 슬퍼할 것이었습니다. 아이는 태어나서 줄곧 그곳에서 살았으므로 말하자면 병원과 병원 가족의 일부였습니다. 하지만 그들은 슬픔과 동시에 엄청난 기쁨을 안고 아이가 마지막으로 입원실을 가로질러 그 작은 두 발로 조약돌 깔린 길을 지나 대로로 나서는 모습을 지켜볼 참이었습니다. 그들은 아이가 공항으로 데려다줄 구급차에 올라타기에 앞서 고개를 돌릴 때 모두들 창가에서 아이에게 손을 흔들어줄 참이었다고요.

라시드와 간호사 레일라는 프랑스에 도착하는 즉시 아이가 최고 의료진의 치료를 받을 것임을 알고 있었습니다. 프로비당스가 꼭 그렇게 하겠노라고 장담했으니까요. 폐 이식 외에 점액과다증을 근본적으로 치료할 수 있는 방법은 없습니다. 그렇지만 의술의 발달로 적어도 환자의 삶의 질을 향상시키는 일은 가능해졌죠. 그리고 지중해 반대편, 그러니까 유럽에서는 점액과다증 환자들의 기대 수명이 약간 길다는 사실도 인정해야죠.

라시드는 자혜라의 손에 자기 손을 포갰습니다.

"아직 전화 없었구나, 그렇지?"

치료사가 물었습니다.

"응. 나를 잊었나 봐. 벌써 11시나 되었는데 말이야. 비행기는 오늘 아침 현지 시간으로 7시 15분에 마라케시에 도착할 거라고 했어. 공항에서 택시 타면 네 시간이나 걸리지 않잖아. 당나귀가 끄는 수레를 타도 그보다는 빨리 도착할 텐데 말이야."

'리모컨 엄마는 도무지 믿을 수가 없어. 크리스마스 날 아침 어린아이들의 눈을 휘둥그렇게 만드는 장난감들이 설날도 되기 전에 쓰레기통으로 들어가는 신세가 되는 것처럼, 배터리가 완전히 방전되었다거나 기계 장치에 뭔가 문제가 생기면 어느 순간 갑자기 리모컨 엄마도 작동을 멈추게 되나 봐. 엄마는 이제 오지 않을 거야.'

아이는 자그마한 낙타 인형을 쓰다듬으며 임박한 구름 위기를 진정시키려고 애썼습니다. 요 며칠 아이는 보기에도 너무 안쓰러울 정도로 안색이 창백해진 상태였죠. 어찌나 창백한지 파르스름한 기운마저 느껴질 정도였으니까요. 섬세한 피부 안쪽으로 코린토 대리석 기둥에서 볼 수 있는 것처럼 기나긴 정맥이 그대로 드러났기 때문이었겠죠. 그사이에 체중도 몇 킬로그램이나 줄었고, 그와 동시에 흉곽은 거의 두 배로 커졌습니다. 그러니 아이의 작은 심장은 점점 기진할 수밖에요. 아이에게는 이제 단 한 가지 소망만 남았습니다. 차라리 죽어버리거나 프랑스로 떠나거나. 때문에 아이는 'I love Paris'라고 적힌 티셔츠, 자기가 제일 좋아하는 그 티셔츠까지 챙겨 입었습니다. 아이는 낙타 인형을 잡고 있던 손가락에 힘을 주었습니다.

"나는 그렇게 생각하지 않아, 자혜라. 프로비당스에게 아마도 무슨 문제가 생겼을 거야. 그녀가 어떻게 너를 잊을 수 있겠어? 너도 아는지 모르겠지만, 프랑스에서는 조종사들이나 관제사들이 자주 파업을 하곤 하지. 자기들의 월급이 적다거나 근무 조건이 좋지 않다고 생각하는 거지. 그러니 우리가 무슨 말을 하겠어?'

"에어 모로코의 에어버스 A320편을 엄마들처럼 리모컨으로 원격 조종해야 해."

"아하, 그건 너무 뻔한걸, 이 세상 모든 소녀들은 크리스마스 때 원격조종장치가 달린 에어버스 A320을 선물 받고 싶어한다지, 아마."

라시드가 밉살스럽지 않게 아이를 놀렸습니다.

"그런데 그 크리스마스가 나한테는 바로 오늘이거든, 8월이라는 점만 빼⋯⋯."

아이는 문장을 온전히 끝마치지 못했습니다. 이토록 어린아이의 양어깨에 올려놓기엔 이 모든 것이 너무 버거웠습니다. 스트레스와 슬픔, 분노로 한층 기고만장해져 아이를 서서히 질식시켜 가던 구름은 급기야 아이의 가슴을 한껏 부풀렸죠. 펄펄 끓는 우유가 냄비 밖으로 흘러넘치면서 허파 전체를 불같이 뜨겁게 달구는 것 같았습니다. 아이의 발작적인 기침 때문에 하얀 시트는 금세 빨간 딸기 잼으로 얼룩졌습니다.

"자헤라!"

라시드가 다급하게 외쳤습니다.

그는 아이를 옆으로 누인 다음 아이의 몸을 힘껏 마사지하기 시작했습니다. 목화솜 같은 덩어리들, 아이의 기도를 막는 커다란 구름 덩어리를 몸에서 빼내기 위해서였죠. 아이의 심장 깊은 곳에서 일어난 폭풍이 자기 갈 길을 막아서는 것들은 모조리 휩쓸어 버리는 통에 입원실은 공포에 휩싸였습니다. 매번 폭풍이 일 때마다 그랬듯이 이번에도 모두들 침묵했습니다. 여러 개의 검은 눈동자는 곧 두려움과 슬픔으로 촉촉하게 젖어갔죠. 입원실의 환자들이 그동안 얼마나 자주 아이를 잃게 될까 봐 염려했는데요. 아이는 그들의 희망의 바로미터이자 그들의 빛, 그들을 지탱하는 힘, 그들을 따뜻하게 지펴주는 불길인데, 이제 그 아이가, 그 불길이 사막의 모래바람 앞에 놓인 촛불처럼 꺼져 가고 있는 것이었으니까요. 하나의 생명은 그다지 무게가 많이 나가지 않습니다. 중력이 작용하는 우리 별 지구에서도 그건 달라지지 않습니다. 그저 우리를 데리러 온 질병이 우리를 별들이 반짝이는 천장 너머로 데려갈 때까지의 짧은 시간 동안만 목숨을 부지할 뿐인 거죠.

형광 빛깔 플라스틱 별들.

메이드 인 차이나.

15

전철역까지 데려다주는 무인 셔틀 안에서 프로비당스는 서서히 자신이 놓여 있는 상황에 대한 인식을 가다듬었습니다. 그도 그럴 것이 자신의 행동이 구체화되어 갈수록 그녀 자신은 전구 속에 갇힌 나방처럼 미친 현실의 벽에 부딪치게 되었기 때문이었습니다. 그녀는 자신이 마치 '4차원' 시리즈의 한 편 속에 투입된 듯한 느낌을 떨쳐 버릴 수 없었고, 그런 느낌이 들자 더 이상 불가능한 것은 없다는 생각이 고개를 들기 시작하는 것이었습니다. 인간 가운데 누군가가 하늘을 나는 공훈을 세우게 된다면 그건 다름 아닌 자신일 것이라고 확신한 프로비당스는 이제 막 신체와 이성이 명하는 규칙을 벗어던지려는 참이었습니다.

다른 때 같았으면 그녀는 이런 자신의 태도를 어처구니없다고 여기며 그 즉시 몸을 돌려 거대한 개미굴 같은 오를리 공항에서 지극히 정상적이고 균형 잡힌 어른들답게 발만 동동 구르고 있는 동료 승객들에게로 돌아왔을 테죠. 그런데 이날 아침엔 모든 것이 가능했습니다. 그래서 그녀는 중국의 어떤 도인이 지도한다는 속성 비행 강습에 참가하기 위해 파리의 한 서민 동네를 향하는 중이었고요. 그리고 그렇게 하는 자신을 더할 나위 없이 자연스럽게 받아들였죠.

사람 코 대신 코끼리 코를 가진 남자가 이 순간에 열차 안으로 들어와 그녀와 마주 보고 앉는다 해도 프로비당스는 그다지 놀라지 않았을 겁니다. 게다가 실제로 거의 그런 일이 일어났습니다. 세 정거장쯤 지났을 때 머리에 터번을 칭칭 두른 키 크고 마디가 툭툭 불거져 나온 데다 깡마른 체격에 얼굴 상당 부분을 가릴 정도로 콧수염을 기른 남자 한 명이 프로비당스 바로 옆자리에 못이 잔뜩 박힌 네모난 널빤지를 조심스럽게 놓더니 아무렇지도 않게 그 위에 엉덩이를 내려놓는 것이었습니다. 바지를 더럽히지 않기 위해 깐 신문지 위에 앉을 때만큼이나 자연스러운 태도였습니다. 남자는 책을 펴 들더군요. 형광 빛깔 노란색 바탕에 파란 글자로 제목을 새겨 넣은 책을 펴 든 남자가 하얀 치아 두 줄이 그대로 드러날 정도로 요란스럽게 웃기 시작하자, 남자의 피어싱도 덩달아 이리저리 흔들렸습니다.

흐음, 중국 스승에게 새처럼 나는 법을 배우러 가는 인도 고행자가 내 옆에 앉았군, 이라고 프로비당스는 생각했습니다. 세상에, 이보다 더 신기한 일이 어디 있을까요.

그렇지만 그녀의 예상은 완전히 빗나갔습니다.

16

이제 프로비당스는 실세 중의 실세라는 사람 앞에 섰습니다.

새들의 비밀을 아는 사람. 그녀에게 구름 위로 나는 법을 전수해 줄 사람.

지존 위에. 스승 넘버 90(스승이 앉아 있었으므로 프로비당스는 이 타이틀의 진위를 가늠할 수 없었죠). 녹색 젤라바로 몸을 감싸고 머리엔 구멍 나고 꼬질꼬질한 PSG(Paris Saint-Germain. 프랑스 프로축구팀의 하나인 파리 생제르맹의 약자:옮긴이) 캡을 쓴 세네갈 사람. 등받이에 댄 황마가 반쯤 찢어져서 너덜거리는 싸구려 캠핑용 의자가 용상을, 4색 Bic 볼펜이 금홀을 대신하는 모양이었습니다.

"뭐라고?"

집무실에 들어온 이후 한마디 말도 없이 그를 뚫어져라 바라보는 여자의 태도에 호기심이 발동하는 동시에 살짝 불쾌해진 남자가 버럭 외쳤습니다.

"저기, 그러니까 제가 상상했던 모습과는 많이 다르다고요."

남자는 웃음을 터뜨렸죠. 침대 용수철이 삐걱거리는 소리 혹은 아주 강력한 톱질 소리와 닮은 웃음소리였습니다.

"혹시 실제로 보니 더 충격적인가요?"

"네."

"내 짐작이 맞는다면 당신은 내가 중국 사람일 거라고 상상했을 겁니다."

"그것도 맞아요."

프로비당스가 짜증이 나긴 하면서도 인정할 건 인정했습니다.

"난 하청을 주었습니다."

"아, 하청을 주셨구나."

기분이 상한 프로비당스가 빈정거리는 투로 남자의 말을 되풀이했습니다.

"네, 노동력이 필요할 경우 하청을 주죠. 당신은 어디에서 전단지를 받았나요?"

"오를리."

"아, 그렇다면 창을 만난 게로군요. 그게 그자의 본명은 아닙니다. 본명은 발음하기가 너무 복잡해서, 그래서 난 그를 땡땡 만화에서처럼 창이라고 부릅니다. 재미난 사람이죠. 일도 잘합니다. 말을 좀 이상하게 하는 게 문제지만. 그자는 프랑스어를 〈카리브 해의 해적〉 프랑스어 더빙을 보면서 배웠죠. 마침 내 수중에 그것밖에 없었거든요. 그래서 그게 표가 나요. 하지만 그렇다고 해서 그자를 너무 미워하진 마십시오. 프랑스에 온 지 이제 겨우 3주 되었으니까요. 만일 당신이 중국어를 3주 만에 배운다고 상상해 보세요."

'아니, 난 절대로 공자님의 언어를 그렇게 짧은 시간에 배우겠다고 설치는 일은 없을 거야. 더구나 할리우드 블록버스터를 보면서 언어를 배울 생각을 하다니! 〈스타워즈〉를 중국어 선생님 삼아 배운다면, 3주 후에 잘해야 츄바카 수준 정도 되려나. 아니, 그것도 과분해. 그래, 그러고 보면 창은 천재급인가 봐. 천재는 천재인데, 괴상망측한 패션 취향을 가진 데다 거짓말을 너무 자주 하지.'

프로비당스는 문득 자기가 그에게 줄곧 속았다는 데 생각이 미치면서 왈칵 불쾌한 감정이 치솟는 걸 느꼈습니다. 창은 아주 뻔뻔스러운 방식으로 그녀에게 거짓말을 했습니다. 얼굴과 두 팔에 검정 구두약을 떡칠한 게 아니라면 위에는 아프리카 출신 주술사가 분명했으니까요.

"그리고 그 위에라는 이름말인데요."

프로비당스가 설명을 요구하며 말을 꺼냈다.

"쉬이이잇! 내 이름을 함부로 발설하지 말아요. 불행해지기 싫으면. 벽에도 귀가 있습니다. 아시는지 모르겠지만, 나는 시기와 질투의 대상입니다. 권력이 있는 곳엔 하이에나들이 꼬이게 마련입니다. 그 중국 이름은 마케팅용이죠. 기분 나빠하지 마세요. 내 입장도 좀 이해해 주십시오. 요즘엔 아프리카 주술사를 믿는 사람이라고는 한 명도 없어요. 질 나쁜 사기꾼들 때문에 우리 업계의 신용은 바닥으로 떨어졌고, 지금까지도 그 대가를 치르고 있습니다. 솔직히 대답해 보세요, 만일 전단지에 엠발리 교수라고 적혀 있었다면 당신이 여기까지 왔겠습니까?'

"절대 안 왔겠죠!"

프로비당스는 칼같이 대꾸했습니다.

시시각각 커져만 가던 낡였다는 불쾌한 감정이 이제는 히말라야 산맥만큼이나 높이 치솟은 상태였습니다.

"거보십시오. 내 방법이 당신의 관심을 얻는 데 성공하지 않았습니까. 요즘엔 너도나도 중국 사람들이라면 맹목적으로 신뢰하는 경향이 있습니다. 순진해 보이는 표정과 사람 좋아 보이는 미소 때문일 테죠. 하지만 그건 프리메이슨 작전 같은 거라고요. 앞으로 몇 년 후 유행의 물결이 한바탕 휩쓸고 지나가면, 아무도 그들을 상대하려 들지 않을 겁니다. 어차피 바퀴는 계속 돌아가기 마련이죠. 때가 되면 아프리카 주술사들이 다시 무대 전면으로 나서게 될 거라니까요. 방금 내가 한 말 명심하세요. 그러니 그때까지 나는 아슬아슬 줄타기를 계속하는 수밖에요."

그는 자신의 뒤쪽 벽에 걸린 증서를 가리켰습니다. 그 증서에는 엠발리 씨가 망트 트리코퇴즈 종단의 지존 자리에 오르기 위한 시험을 성공적으로 통과했음을 공화국의 대통령이 확인한다고 적혀 있었습니다.

"품질과 신용을 보장해 주는 징표입니다."

프로비당스는 단념한 듯 얌전하게 한숨을 내쉬었습니다.

"아시는지 모르겠는데, 나는 말이죠, 당신이 중국 사람이든 세네갈 사람이든 모나코 사람이든 그런 건 아무래도 상관 없어요. 당신이 내 문제를 해결할 방법만 찾아준다면 말이에요. 난 벌써 여기까지 오느라 지하철에서 시간 낭비가 많았어요. 이런 말 불쾌해하지 않으신다면 말인데요, 난 지금 엄청 마음이 급해요."

남자는 한 손을 높이 치켜들었습니다.

"이런, 이런. 딱한 숙녀분 같으니."

남자가 성난 망아지를 달래는 듯한 태도로 말했습니다. 사실 그는 성난 망아지라고는 이제껏 한 번도 다뤄본 적이 없는 사람이었지만요. 그럴 기회라고는 없었으니까요.

"암튼 먼저 마음을 가라앉힐 필요가 있습니다. 그러고 나서 내가 당신을 어떻게 도울 수 있을지 의논해 보도록 하죠."

"나는……."

"쉬이이잇! 우선 진정하시라니까요. 그동안 나는 점심식사를 할 테니."

아프리카 주술사는 발치에 놓여 있던 아이스박스 같은 데서 투명한 비닐로 포장한 샌드위치와 리들 상표가 붙은 산딸기 요거트 한 개를 꺼냈습니다. 실세 중의 실세라는 남자는 역 같은 곳에서 파는 간이 샌드위치와 디스카운트 스토어 상표의 요거트로 점심을 때우더군요.

프로비당스 입에서는 다시 한 번 깊은 한숨이 새어 나왔습니다. 어쨌든 잠깐 쉰다고 해서 특별히 손해가 날 것도 아니었습니다. 기계의 스위치를 잠시 꺼두는 셈이니까요. 그녀는 마주 보고 앉은 남자에게 모든 것을 맡기기로 결심했죠. 남자의 음성이며 표정엔 묘하게 사람에게 평안을 주는 매력이 있었거든요. 모처럼 남에게 모든 것을 맡기는 게 얼마나 좋던지요! 아무것도 생각하지 않아도 되니까 말입니다. 그저 시키는 대로 실행에 옮기기만 하면 되니까요. 프로비당스는 자기 손톱만 물끄러미 내려다보았습니다. 빨간 매니큐어가 군데군데 벗겨져 있었죠.

"좋아요."

몇 분쯤 지났을 때 남자가 키친타월 한 조각으로 입가를 닦더니 입을 열었습니다.

"무슨 문제가 있는지 들어보죠."

"난 불가능한 걸 원해요."

"당신은 여자니까 얼마든지 그럴 수 있다고 봐요."

이 정도의 여성 차별적인 언사는 굳이 콕 집어내지 않기로 한 프로비당스는 상담이 끝날 때까지 내내 평정심을 유지하겠노라고 굳게 다짐했습니다.

"나는 하늘을 나는 법을 배우고 싶습니다."

"그런 거라면 학교가 있을 텐데요."

"난 지금 비행기 조종법 이야기를 하는 게 아니거든요. 난 이렇게 날고 싶다고요."

그녀는 겨드랑이 사이를 환기라도 시키려는 듯 아래위로 양팔을 크게 움직였습니다.

"그러니까 당신은 겨드랑이 사이를 환기시키는 것처럼 팔을 크게 움직여서 나는 법을 배우고 싶다는 말이로군요."

"네, 맞아요, 바로 그겁니다."

프로비당스가 얼른 대답했죠.

"그런 거라면 문제없습니다."

"아, 그래요? 내 요청이 전혀 놀랍지 않으신가 보네요?"

"새장에서 태어난 새는 하늘을 나는 건 병이라고 생각하는 법이죠."

"무슨 연관이 있는지 모르겠군요."

"연관이 없습니다. 난 그냥 인용문을 암송하기를 좋아해요, 그게 나의 큰 즐거움이니까요. 방금 그건 알레한드로 조도로브스키의 말이었습니다."

"그렇군요. 그러니까 내 문제 말인데요……."

"우리는 지금 곧, 다음 주에 시작할 수 있습니다."

"지금 곧이라는 말인가요, 다음 주부터라는 말인가요?"

"다음 주."

"'다음 주'라는 의미로 말씀하시려거든 '지금 곧'이라는 말은 빼주셨으면 좋겠어요. 헷갈리게 만드니 짜증나잖아요. 그거 좀 보시고 혹시 '지금 곧' 시작할 수 있는지 말해주세요."

그는 프로비당스가 가리킨 가죽 수첩을 살폈습니다. 다이어리의 모든 난은 2043년까지 텅 비어 있더군요.

"요즘은 좀 바빠서요."

남자의 말에 프로비당스는 놀라지 않을 수 없었습니다.

"수첩이 텅 비었는데요?"

"텅 빔과 가득 참은 상대적이고 주관적인 개념이죠."

"나는 그렇게 기다릴 여유가 없어요."

그녀는 어쩔 줄 모르는 표정 4번, 즉 마지막 기회라는 애절함을 담은 표정을 지으며 말했습니다.

"정 그러시다면 돌아오는 금요일에 시작하죠. 그다음엔 매주 금요일에 오시면 됩니다. 이러면 되겠습니까?"

"솔직히 말씀드리자면, 난 당신이 단 한 번, 한 시간짜리 속성 강습으로 가르쳐 주기를 원했어요. 그러니까 지금 당장. 당신 표현대로 하자면 지금 곧 말이에요."

"그건 힘들겠는데요."

"혹시 모로코는 왜 항상 날씨가 화창한지 아세요?"

"아뇨."

"어린 여자아이가 구름이란 구름은 모조리 삼켜 버렸기 때문이죠.

그래서 병이 날 정도로."

단 2분 사이에 고작 30개의 문장으로 프로비당스는 아프리카 주술사에게 모든 걸 알려주었습니다. 시간이 없다는 섬, 사헤라, 그 아이가 삼킨 구름, 시트에 쏟아지는 딸기잼, 그 고약한 병, 자기가 아이에게 한 약속 등.

"한 시간 만에 하늘을 나는 법을 배우고 싶다……."

남자는 프로비당스가 말을 마치자 생각에 잠긴 듯한 표정으로 그녀가 한 말을 되풀이했습니다.

"제발 부탁이에요."

"어떻게 하면 좋을지 어디 생각 좀 해봅시다. 그런데 제발 당신 얼굴의 그 어쩔 줄 모르는 표정 4번은 접어두시죠. 나한테는 그런 건 안 통해요. 이래 봬도 내가 주술사가 아니겠소. 좋아요. 당신을 도와드리죠. 난 이 문제를 하청 줄까 합니다."

"이제 보니 당신은 하청 매니아로군요."

"세상이 그러니……."

"암튼 난 나는 법을 배우게 되는 건가요?"

"방금 그렇게 말했잖아요."

프로비당스는 자기 귀를 믿을 수 없었죠. 어딘가에 반드시 함정이 도사리고 있을 것만 같았거든요. 현실이라기엔 모든 것이 너무도 쉽고 너무 순조로웠으니까요.

"호기심에 하나만 물어볼게요. 당신이 사람들에게 하늘을 나는 방법을 가르쳐 줄 수 있는데, 하늘을 날아다니는 사람들을 통 볼 수 없는 건 왜죠?"

"누구나 그럴 수 있는 능력을 가진 건 아니니까요. 게다가 하늘을 날아보겠다고 우기는 사람들은 거의 없습니다. 아니, 아예 아무도 없다는 말이 더 정확하죠. 제로라고요."

"제로?"

"뭐, 내가 딱 한 명 알고 있긴 합니다만."

그가 3초쯤 망설이더니 우물쭈물 털어놓았습니다.

"그러니까 그 말은 이제껏 딱 한 명에게 하늘 나는 법을 가르쳤다는 뜻인가요?"

"아주 정확하게 말하자면, 나는 무지 많은 환자들(프로비당스는 환자라는 그의 말이 재미있다고 생각했죠)에게 가르쳐 줬지만 성공한 건 한 번이었다는 말입니다."

남자의 음성에서 회한과 향수가 묻어 나왔습니다.

"그러니까 창이 나는 법을 배운 유일한 사람이군요."

프로비당스가 알겠다는 듯이 결론을 내렸습니다.

"창이라뇨? 창은 날아다니지 못해요."

남자가 흥미롭다는 듯한 태도로 프로비당스의 말을 정정했죠.

"내가 공항에서 다 봤는데요? 지금 이렇게 당신을 보고 있는 것처럼 그때도 똑똑히 보았다니까요. 그자는 분명 바닥에서 둥실 떠올랐어요."

"아, 그거! 창이 공중부양을 한 겁니다. 하지만 날아다니지는 못해요. 기껏 몇 밀리미터쯤 공중으로 뜨는 것과 구름 속에서 헤엄치는 것 사이에는 엄청난 차이가 있죠."

"어머, 내가 너무 무식했군요, 사과드려요. 몇 초 전까지만 해도 나는 중력 때문에 인간은 반드시 바닥에 발을 딛고 있어야 한다고 생각했는데, 이제 세상엔 공중부양을 하는 사람도, 하늘을 나는 사람도 있다는 사실을 알게 되었어요."

"뭐든 배우기 전엔 모르는 게 당연하죠."

"지당하신 말씀입니다. 그런데 외람된 질문입니다만, 그 제자분은 어떻게 되셨죠?"

"오스카 말인가요? 오스카는 두바이에서 고층건물 유리닦이로 일했습니다. 추락하기 전까지는 그랬다는 말이죠."

프로비당스의 온몸에 소름이 쫙 끼쳤습니다.

"죄송해요, 그런 줄도 모르고. 그래도 좀 이해가 안 되는 부분이 있긴 해요. 새처럼 하늘을 날게 된 뒤에도 그 사람의 유일한 야심은 유리닦이였단 말인가요?"

"말이 좀 지나치시군요. 누구나 자기가 가진 역량껏 사는 겁니다. 그리고 그런 능력은 가능한 한 겉으로 드러내지 말아야 합니다. 나를 보십시오, 나는 세상에서 가장 강력한 능력을 가진 사람인데도 최대한 그런 티를 내지 않으려고 애씁니다."

"그래요, 아주 감탄할 정도로 잘하고 계시죠."

"고맙습니다. 지금쯤이면 세이셸 군도에서 요트를 띄우고 발가락을 물에 적시며 쿠바 리브레를 홀짝거리고 있어야 할 텐데, 이렇게 다른 사람들을 위해서 내 인생을 헌신하고 있지 않습니까? 다른 사람들의 문제를 해결해 주고 있다는 말이죠. 나는 사람들에게 그들이 가진 강점을 끄집어내는 법을 가르쳐 주려고 합니다. 그래서 여기, 에어컨도 없는 바르베스의 이 누추하고 작은 아파트에 머무는 겁니다. 여기서 당신들의 마음을 갉아먹는 걱정거리들을 해결해 줄 방법을 모색하는 거죠. 난 당신들을 행복하게 해주기 전에는 도무지 잠을 이루지 못하거든요."

"어머, 이 세상 사람들이 모두 다 당신 같기만 하다면."

"자기가 가진 능력은 큰소리로 자랑만 할 게 아니라 고귀한 명분을 위해 사용해야 합니다. 그건 어디까지나 수단일 뿐 궁극적인 목적이 아니니까요. 내가 보기엔 두바이에서 유리창을 닦는 것도 고귀한 일입니다. 오스카는 아주 좋은 청년이었죠."

남자는 잠시 묵상에 잠기더니 곧 PSG 운동모자를 벗고 이마를 닦았습니다. 프로비당스는 왜 적지 않은 아프리카 사람들이 여름에도 털모자를 쓰는지 몹시 궁금했습니다. 더구나 에어컨도 없는 아파트 실내에서 말이죠. 실내는 말 그대로 찜통이었습니다. 자기라면 벌써 티셔츠와 진 바지를 벗어 던지고 얼음을 가득 채운 욕조 속으로 뛰어들었을 텐데 말입니다.

"새처럼 날아보겠다……."

다시금 현실로 돌아온 아프리카 주술사가 말을 이었습니다.

"인간이 인간으로 살게 된 이후 줄곧 지녀온 환상이죠. 우리는 거의 완벽한 동물입니다. 우리는 걷고 달리고 헤엄치고 기는 등, 다른 동물들이 지닌 역량을 빠짐없이 거의 모두 지니고 있습니다. 우리에게 유일하게 없는 능력이 바로 우리 자체 힘으로 하늘을 나는 능력이죠. 인간의 뼈는 너무 무거운데다 우리에겐 날개도 없으니까요. 우리는 우리를 땅바닥에 붙들어 매는 사슬을 끊고 결정적으로 이륙하기엔 너무도 자주 세속적인 문제들에 발목이 잡혀 있습니다. 인간은 이미 많은 경이로운 일들을 해내고 있죠. 말을 하고 웃고 제국을 건설하고 거의 모든 환경에 적응하며, 신을 믿을 뿐 아니라 동성애자용 포르노 영화 같은 것도 만들고 낱말 맞추기 놀이도 하는가 하면 젓가락을 사용해서 음식을 먹을 줄도 알지 않습니까. 그 어떤 동물이, 제아무리 영리하다고 해도, 인간만큼 다양한 재능을 가졌습니까? 인간은 구름 속을 날기도 합니다. 물론 그러려면 약간의 속임수가 동원되어야 하지만, 어쨌거나 날긴 날죠. 비행기나 열기구, 비행선 등을 타면 날아가니까요. 자기 몸 자체로 나는 건 아니지만 말이죠. 어쩌면 그것만이 유일하게 인간이 하지 못하는 일일 겁니다. 그런데 그 같은 부족함을 해소하지 못하면 인간은 만족해하지 못합니다. 그러면 마치 장난감 사달라고 조르다 거절당한 어린아이처럼 발을 구르며 화를 내게 되죠. 당신 이야기도 애들이 학교 쉬는 시간에 조잘대는 우스운 이야기와 크게 다르지 않더군요. 가령 영국 사람, 스페인 사람, 독일 사람, 그리고 프랑스 사람이 한 명씩 있었는데 어쩌고저쩌고, 그런 이야기들 말입니다. 당신 이야기는 그러니까 프랑스 사람과 세네갈 사람, 모로코 사람이 등장하는 얘기쯤 되겠지요……."

"저기, 너무 조급하게 서두는 것 같아 죄송하지만, 곧 수업을 시작할 수 있을까요?"

프로비당스가 주술사의 말을 중간에서 끊었습니다.

남자는 빙그레 웃기만 하더군요.

"벌써 시작한걸요."

"네? 뭐라고요?"

"수업은 벌써 시작되었다고요. 아니, 아무것도 아닙니다. 그냥 영화에 나오는 대사죠. 〈가라데 키드〉라는 영화였을 겁니다. 요컨대 수업은 벌써 시작했습니다. 불과 몇 분 동안이었지만 우리는 당신이 상상하는 것보다 훨씬 진도를 많이 나갔습니다. 난 당신이 진정으로 어떤 사람인지 알게 되었으니까요. 손수레를 끌지도 못하는 사람에게 비행기 조종을 맡길 순 없지 않겠습니까."

이따금씩 인간의 이미지는 암호화된 메시지를 통해서 드러나게 되죠. 이 남자는 혹시 전쟁 중에 스파이였을까? 게다가 전쟁이라면 어떤 전쟁?

"무슨 말씀인지, 좀처럼 알아들을 수가 없네요."

"그러니까 당신은 하늘을 날기 위한 모든 요소를 벌써 다 갖추고 있다는 말입니다. 당신에게 부족한 건 딱 한 가지, 당신의 에너지를 한곳으로 모으는 법을 배워야 해요. 당신의 모든 힘을 난다고 하는 한 가지 목표에 집중해야 한다, 이런 말이죠. 당신 혈관을 타고 흐르는 이 보기 드문 액체를 함부로 여기저기 뿌리지 말고, 괜한 짓에 낭비하지 말란 말입니다. 당신은 아주 밀도 높은 여자입니다. 시속 1천 킬로미터로 달리는 여자죠. 하지만 때로는 시간을 벌기 위해 뒷걸음질 쳐야 할 필요도 있습니다. 그 나머지로 말하자면, 당신은 이미 모든 것을 다 갖추고 있습니다. 브루스 리(네, 맞아요, 딱히 그럴 듯한 이름이 생각나지 않아서 그렇게 되었습니다)라고 또 한 명의 광고 전단지를 돌리는 사람이라면 이렇게 말했겠죠."

'당신, 거심에 사랑의 오르간이 엄청 많으면, 날아갈 수 있어, 제7의 하늘에.'

'거시기에 홍합의 오르가슴이 많다고?'

프로비당스는 대관절 브루스 리라는 작자는 어떤 비디오로 몰리에르의 언어를 학습했는지 차마 물어보지는 못한 채 혼자서 속으로만 요령부득의 말을 반복했습니다.

"거심에."

남자는 자기 가슴을 두드리며 다시 힘주어 말했습니다. 그는 가슴을 거심이라고 발음합니다. 여기 온 지 사흘밖에 안 되었거든요.

"아, 네."

"내가 보기에 당신 가슴은 그것으로 차고 넘칩니다."

"뭘로요?"

"사랑으로."

"아, 네."

"내가 보기엔 이제 당신에게 필요한 건 다 가르쳐 준 것 같습니다. 나머지는 수도원으로 가서 계속하시죠."

프로비당스는 소스라치게 놀랐죠.

"수도원이라고요?"

스승 위에는 놀라는 그녀에게 전혀 아랑곳하지 않고 책상 서랍을 열더니 한쪽에 주소가 인쇄된 흰 종이 뭉치를 꺼냈습니다.

"그렇습니다. 한 시간 만에 하늘을 나는 법을 배우고 싶다고 하지 않았습니까? 아닌가요?"

"으음, 그건 그래요."

"좋아요. 그래서 난 당신에게 인가받은 티베트 수도원에서 초특급 속성 명상 연수를 받게 하려고요. 가서 나한테 받은 거라고 하면서 이 걸 그 사람들에게 보이십시오."

남자는 Bic 상표 4색 볼펜으로 두세 단어를 휘갈겨 쓰고는 서명했다. 프로비당스는 뭐가 뭔지 혼란스러웠습니다. 남자가 꺼낸 종이는 분명 처방전 용지였거든요. 아프리카 주술사는 스스로를 의사라고 여기는 게 틀림없었습니다.

"당신, 미쳤어요?"

프로비당스는 그가 자기를 티베트에 있는 수도원으로 보내려 한다는 걸 알자 꽥 소리를 질렀습니다.

"비행기란 비행기는 모조리 지상에 발이 묶였다는데, 나더러 지금 중국에 가서 명상을 하라는 거예요? 날아서 거기 가라는 게 아니라면 말이에요. 만일 그런 거라면 내가 알아서 마라케시에 갔지 왜 여기 있겠어요?"

홧김에 발딱 자리를 박차고 일어난 프로비당스는 주머니에서 10유로짜리 지폐 한 장을 꺼내 남자의 면전을 향해 던졌습니다. 소중한 시간을 허비하게 하고, 괜한 희망에 가슴을 부풀게 한 남자는 그런 대접을 받아야 마땅하죠. 아니, 그녀가 경찰을 부르지 않은 것만도 다행인 줄 알아야 할 판이었죠.

"당신은 남을 등쳐먹고, 그들에게 거짓된 희망이나 심어주는 나쁜 사람이야! 당신은 그저……."

"그저, 뭐죠?"

"그저 아프리카 사기꾼일 뿐이라고. 더구나 중국 사기꾼 행세하는 사기꾼!"

"당신은 참을성과 평정심에 관해서는 아직 배울 게 많군요. 그렇다면 초특급 속성 연수가 과연 당신에게 도움이 될지 의심이 가는군요, 촐싹거리는 빈대 여사. 하지만 당신에게 남다른 능력이 있는 것만은 확실합니다. 당신은 그러니까 하늘을 나는 데 성공한 나의 두 번째 제자이자 유일한 제자가 될 수 있을 겁니다. 이제 오스카는 이 세상 사람이 아니니까. 난 당신 안에 그 같은 힘이 있는 걸 느낄 수 있어요. 다만이제까지는 한 번도 시도를 해보지 않아 모르고 있었을 뿐이죠."

"그것도 무슨 B급 쿵푸 영화에 나오는 대사인가요?"

"아뇨, 이건 어디까지나 내 생각입니다."

"내가 제대로 이해한 거라면, 당신은 나를 티베트에 있는 수도원으로 보내려고 하는 거잖아요."

"누가 중국에 있는 티베트 수도원이라고 했습니까? 게다가 티베트는 더 이상 중국이 아닙니다. 아니, 이제까지 한 번도 중국이었던 적이 없어요. 아, 나도 잘 모르겠네요. 중국 사람들의 이야기라면 난 뭐가 뭔지 통 모르겠다고요."

"중국이든 일본이든, 아니면 다른 아시아 나라든 다 좋은데, 아까도 말했지만, 오늘은 비행기가 한 대도 뜨지 않는다니까요!"

"문제없어요, 전철 타고 가면 되는 데요, 뭐."

"어련하시겠어요."

있는 대로 화가 난 프로비당스는 무대에서 연기하듯 손바닥으로 이마를 탁탁 두드리며 빈정거렸습니다.

"바보 멍청이! 뭐, 전철 타고 가면 되니까 아무 문제가 없다고? 이봐요, 당신 정신이 있는 거야, 없는 거야? 나더러 지금 전철 타고 중국에 가라는 거야?"

"방금 전에도 말했지만 수도원은 중국에 있지 않습니다."

"아니, 당신은 나한테 티베트는 중국이 아니라고 말했어요."

"아니, 그보다 전에 난 당신한테 '누가 중국에 있는 수도원이라고 말했습니까?' 라고 했죠."

"오케이. 이제 그만! 난 다만 내가 지금 중국에 가는 건 말도 안 된다고 말하고 싶을 뿐이에요."

"베르사유, 거기가 중국입니까?"

"그럼 내 엉덩이는 닭똥집인가요? 도대체 그 두 가지가 무슨 상관이 있다고 그런 소리를 하는 거예요?"

태엽을 너무 많이 감은 괘종시계처럼 긴장한 데다 영화 〈스타워즈〉 연작에 출연하게 된 루이 드 퓌네스(Louis de Funés, 1914~1983 프랑스의

유명 코미디 배우:옮긴이)처럼 어리둥절한 프로비당스가 흥분해서 소리 쳤습니다.

"무슨 상관이 있냐 하면, 당신이 베르사유에 가면 된다는 겁니다."

"언제?"

"이 대화가 끝나는 대로 즉시."

"베르사유엔 가서 뭘 어쩌라고요?"

"베르사유에 있는 수도원에 가시라고요."

"베르사유 성을 말씀하시는 건가요?"

"당신이 말귀를 좀 더 빨리 알아들으면 좋을 텐데. 그게 아니라 베르 사유에 있는 망트 트리코퇴즈의 겸손 종파 수도원을 말하는 겁니다."

"아, 네. 뜨개질하는 사마귀 말이죠? 그러면 진작 그렇게 말하셨어 야죠!"

프로비당스는 여전히 빈정거리는 투로 말했죠.

"난 아까부터 그렇게 말했어요. 거기서 이야기하는 걸 잘 들으면, 과연 그럴지는 믿을 수 없지만, 하여간 오늘 오후 3시 전에 당신은 새 처럼 날게 될 겁니다. 그리고 오늘 저녁, 약속한 대로, 당신은 그 어린 아이를 당신 품에 안을 수 있을 겁니다."

너무도 놀란 프로비당스는 주술사가 내미는 명함을 덥석 받아 들었 습니다. 거기엔 주소와 전철역이 적혀 있었죠.

"23유로입니다. 신용카드는 받지 않습니다."

"23유로라고요? 그건 의사한테 진찰 받을 때 내는 진찰비 액수잖아 요."

프로비당스가 명함에서 눈을 떼지 않으며 중얼거렸습니다.

"베르사유에 티베트 수도원이 있단 말이죠?"

그녀는 도저히 믿을 수 없었습니다.

"게다가 의료보험에서 환불 받으실 수 있습니다."

남자가 덧붙였습니다.

그녀의 일생에서 가장 이국적인, 아니, 가장 믿기 어려운 곳으로 그녀를 데려다줄 지하철 좌석에 엉덩이를 들이민 프로비당스는 스승 위에의 말을 되새김질했습니다.

"당신 이야기도 애들이 학교 쉬는 시간에 조잘대는 우스운 이야기나 크게 다르지 않더군요. 가령 영국 사람, 스페인 사람, 독일 사람, 그리고 프랑스 사람이 한 명씩 있었는데 어쩌고저쩌고, 그런 이야기들 말입니다. 당신 이야기는 그러니까 프랑스 사람과 세네갈 사람, 모로코 사람이 등장하는 얘기쯤 되겠지요."

그자의 말이 맞아, 내 이야기는 시작은 농담 같았는데, 결말은 농담과 거리가 멀지. 자혜라가 죽어가고 있으니 말이야.

2부
티베트 수도승들은 기도하지 않는 동안엔
훌리오 이글레시아스 노래를 듣는다

1

현 위치 : 베르사유 티베트 사원(프랑스)

쾨르오메트르® : 2,087 킬로미터

1997년, 망트 트리코퇴즈의 겸손 종파 소속 십여 명의 승려들은 사원 안에 페라리 자동차 공장을 열 계획을 추진하던 중 현장에서 발각되어 티베트에서 추방되었습니다. 당시의 베스트셀러 가운데 하나였던 〈페라리 자동차를 파는 승려〉에서 영감을 얻은 승려들은 책의 주인공과는 반대로 자동차 대량 생산에 나서기로 결정했던 것이었죠. 그 무렵 지방지들은 관련 기사에 '페라리를 매입하려는 승려들' 이라는 제목을 달기도 했습니다. 좌우간 그들의 영적 지도자에 의해 추방된 승려들은 이렇게 해서 장사를 하겠다는 확고한 의도를 가지고 프랑스 땅, 파리 인근에 정착하게 되었습니다. 프랑스식 수도원 전통에 자극

받은 이들은 새빨간 호화 스포츠카를 제조하겠다는 생각은 포기하고 그 대신 치즈로 제조하는 의복 생산 쪽으로 가닥을 잡았다더군요.

치즈로 만든 옷은 한때 선풍적인 인기를 얻은 양귀비로 만든 구두의 맥을 잇는 최신 유행 아이템이었습니다. 베르사유에 위치한 작은 사원은 이렇게 해서 몇 년 만에 그 지역에서 가장 번창하는 기업 가운데 하나로 변신했습니다. 그런데 최근 들어 이 업종도 불경기의 직격탄을 맞았다고 합니다. 독점적인 위치를 점유하고 있다고 해도 예외가 될 수는 없었던 모양입니다. 올 들어 성사시킨 계약이라고는 프랑스의 버찌 씨 던지기(2013년 전 세계적인 체리 풍작에 따라 프랑스 올림픽위원회가 새로 고안한 종목) 올림픽 국가대표 팀에게 블루 치즈실로 짠 트레이닝복 공급 계약 건이 유일했으니까요. 초과 생산분(체리가 아니라 의복)은 라이크라 섬유가 들어간 트레이닝복을 우아함의 표본으로 이미지 쇄신시킨 인물로 추앙받는 피델 카스트로에게 보냈다고 합니다.

목적지 역에서 전철을 내린 프로비당스는 오를리 공항과 티베트 사원 사이에는 개미굴과 묘지 사이만큼이나 공통점이 없음을 즉각적으로 깨달았습니다. 문득 평화가 물밀 듯이 밀려오면서 마치 평정심의 거품 속으로 들어온 듯한 느낌이 들었으니까요. 이곳에서는 시간마저 멈춘 것 같았습니다.

망트 트리코퇴즈의 겸손 종파 수도원은 비록 왕궁이 위치한 곳에 자리 잡고 있다고는 해도 정작 베르사유 궁보다는 감자튀김 가게의 전형에 훨씬 가까웠습니다. 건물 자체와 출입문 위에 당당하게 걸려 있는 커다란 주물 간판으로 판단하건대, 티베트의 예배 장소는 버려진 채 방치된 구저분한 르노 자동차 공장부지 한쪽에 옹색하게 자리 잡은 모양새였거든요. 약간 현대적인 냄새를 풍기는 표지판에 그려진 유명한 르노의 상표, 곧 노랗고 검은 다이아몬드 형태 위에 박하 잎처럼 초록을 머금은 사마귀가 궁색하게 그려져 있더군요. 태양왕이니 앙드레 르노트르가 설계한 녹음 우거진 정원과는 아무래도 상당히 거리가 있었습니다.

작은 나무문으로 다가간 프로비당스는 문에 부착된 금색 문고리를 두드렸습니다.

초콜릿 바나 하나 먹고 다시 출발해야지, 라고 프로비당스는 광고에 등장하는 젊은 바람둥이처럼 생각했습니다. 광고에서는 젊은 남자가 승려가 되기 위해 수도원 문을 두드리다가 마르스 초콜릿 바를 하나 먹더니 마음을 바꿔먹죠. 하지만 프로비당스는 이 희한한 모험을 끝까지 해볼 참이었습니다. 기왕 여기까지 왔으니 이 기묘한 벽돌담 속에 무엇이 숨겨져 있는지 보지도 않고 돌아선다는 건 너무 어리석은 짓 같았기 때문이죠.

박박 민 머리에 오렌지색 풍성한 승복을 걸친 예순 살쯤 되어 보이는 체구 작은 남자가 문을 열더니 수도원장이라고 자기를 소개했습니다. 수염이 없고 빨간 모자만 쓰지 않았을 뿐, 남자는 공동체의 스머프 같아 보이더군요. 구멍 뚫린 모자를 쓴 세네갈 남자에게 프로비당스의 방문에 대해 미리 연락을 받았기 때문인지 스머프는 화창한 여름날 아리따운 젊은 여인이 자기 집 대문 앞에 서 있는 광경에도 전혀 놀라는 기색을 보이지 않았습니다. 그저 팔을 들어 오렌지색 승복을 깃발(이를테면 수영 금지를 알리는 경고 깃발)처럼 흔들며 안으로 들어오라고 했을 뿐이었죠.

두 사람은 건물 내부의 안뜰을 가로질렀습니다. 안뜰 한구석에서는 체구가 아담한 승려 몇몇이 초록 빛깔 토마토 같아 보이는 것으로 페탕크 놀이(pétanque. 프랑스에서 발생한 공놀이로 프랑스 북부보다는 남부, 젊은이들보다는 나이 든 남자들이 주로 즐김:옮긴이)를 즐기는 중이었죠. 안뜰을 지난 두 사람은 담쟁이로 뒤덮인 커다란 건물로 들어갔습니다. 출입구에서 이어지는 복도에서는 나이 든 수도원장을 꼭 닮았으나 나이는 훨씬 젊은 승려 두 명이 대기 중이었습니다. 수도원장은 얼굴 가득 미소를 지으며 그 두 사람을 소개했습니다. 마치 쌍둥이 같아 보였습니다. 나이 든 스머프까지 치면 무려 세쌍둥이. 머리를 밀고 풍성한 오렌지색 승복을 입은 것까지도 똑같았죠.

'풍성함에 대한 이 취향은 뭐지. 위험한 곳에서의 수영 금지 깃발을 이토록 애용하는 건 뭐냔 말이야.'

두 사람 옆에 서니 수도원장을 지칭하는 '큰 스님'이라는 용어 가운데 '큰'이라는 말이 모처럼 의미를 지니는 것 같더군요. 절대 큰 키는 아니었지만 큰 스님은 그의 두 복제품에 비해서 머리 두 개 정도는 컸기 때문이었죠. 순간적으로 프로비당스는 혹시 지금 자기가 쉬는 시간을 맞아 운동장에서 노는 아이들에게 둘러싸여 있는 건 아닌지 의심했습니다.

젊은 두 승려의 이름은, 아니, 성은 그녀가 절대 발음할 수 없을 정도로 복잡했기 때문에 프로비당스는 두 사람을 핑과 퐁으로 불러야겠다고 혼자 결정해 버렸습니다. 공처럼 둥근 형태의 두상에 대한 일종의 오마주랄까요. 그녀는 깊숙이 고개를 숙이며 한 사람 한 사람에게 공손히 인사를 건넸습니다.

"정 힘드시면 스승 넘버 30, 스승 넘버 35라고 불러도 됩니다."

수도원장이 그녀의 마음을 읽기라도 한 듯 넌지시 제안했습니다.

하지만 숫자보다는 글자를 선호하는 프로비당스는 처음 마음먹은 대로 핑과 퐁으로 부르겠다는 결심을 고수했습니다.

"지존께서……."

수도원장이 다시 말을 이어갔습니다.

"손님의 방문을 알려주셨습니다, 텔레……."

"파시로요?"

프로비당스가 그의 말을 마무리 지을 겸 물었죠.

"폰으로요."

승려가 흥미 있다는 표정으로 그녀의 말을 수정했습니다.

"전화 하셨다고요. 에펠탑만큼 커다란 구름을 삼킨 따님에 대해서도 다 알고 있습니다. 시간이 없으시다고요."

프로비당스는 고개를 끄덕였다. 마침내 온건한 정신을 가진 사람을 만난 기분이 들었죠.

"그렇다면 그걸 붙잡아야죠."

승려가 말을 계속했다.

"무얼 말이죠?"

"시간."

"아, 네."

승려의 말속에 담긴 역설을 제대로 이해하지 못한 프로비당스는 머뭇거리며 대꾸했습니다.

"이야기 하나 들려 드리죠. 오스발도 키글리스 제독은 위대한 탐험가였습니다. 쿠스토의 옛날 버전이라고 할 수 있겠죠. 명망 높은 가문의 상속자였던 그는 일하지 않아도 얼마든지 살 수 있는 부유한 형편이었습니다. 그래서 그는 여행을 하는데 많은 시간을 쏟았습니다. 지구본을 들고서 그걸 돌려 그 위에 손가락을 얹으면 그곳이 바로 다음

번 여행지가 되는 식이었죠. 이집트, 요르단, 세이셸, 폴리네시아, 캐나다, 아이슬란드 등. 그는 그 모든 곳을 직접 탐사했습니다. 더운 곳, 추운 곳, 육지, 바다, 높은 지대, 낮은 지대 할 것 없이 그야말로 모든 곳을 돌아다녔던 겁니다. 그러던 어느 날, 오스발도가 지구본을 돌리자 그의 손가락이 태평양 한가운데 아주 작은 섬에서 멈췄습니다. 갈라파고스 제도와 이스터 섬 중간쯤 되는 곳이었죠. 손가락이 멈추는 곳에 그의 두 발이 가야 한다는 것이 규칙이었으므로, 이 모험가는 자신의 용기만을 믿고 원정에 나섰습니다. 그는 우선 배로 그 지역을 샅샅이 훑은 다음 소형 비행기로 한 번 더 살폈죠. 섬이라고는 보이지 않았습니다. 그래도 그는 포기하지 않고 레이더가 달린 잠수정을 풀었습니다. 소용없었습니다. 섬은 발견되지 않았습니다. 하지만 오스발도는 그렇다고 포기할 위인이 아니었습니다. 고집쟁이였으니까요. 결국 원정대는 탐사 계획을 중지하기로 결정했는데, 대원들 가운데 아무도 그를 설득하지 못했습니다. 대원들의 감시를 따돌리는데 성공한 그는 어느 날 아침 작은 배를 타고 감쪽같이 사라졌습니다. 그는 바다를 탐사하다가 두 번이나 죽을 고비를 넘겼습니다. 처음엔 물에 빠졌고 두 번째엔 상어 밥이 될 뻔했죠. 모든 일엔 변화가 있어야 기쁨도 커지니까요. 그 부근에서는 태양이 작열하는 데다 가지고 간 식량과 식수는 금세 동이 났습니다. 몇 주가 지났을 때, 근처를 지나던 상선 한 척이 물에 떠다니는 쪽배에서 거의 미쳐 가는 그를 발견했습니다. 쿵! 두 다리가 그의 광기를 버텨낼 기운을 잃어버리게 된 탓에 그는 결국 바퀴 의자 신세가 되었죠. 키글리스(프랑스어에서 넘어진 사람이라는 뜻을 가진 'Qui glisse' 와 발음이 같다:옮긴이)라는 이름대로 된 거죠. 아마 탐험하는 동안 고약한 바이러스에 감염이 되었기 때문일 테죠. 요점만

간추려서 말하자면, 그로부터 한 달 후 파리의 자기 집으로 돌아온 오스발도는 바퀴의자를 굴려 노랗고 파란 둥근 지구본으로 다가갔습니다. 실컷 욕하고 저주를 퍼부은 다음 창밖으로 던져 버릴 참이었죠. 실제로는 존재하지도 않는데 지구본 상에는 분명 존재하는, 파란 플라스틱 표면에 작은 검은 점으로 표시된 그 섬에 얼굴을 들이댄 그는 그 검은 점 위에 손가락을 얹었습니다. 섬이 그의 검지 끝에 붙었습니다."

승려는 자기 손가락을 치켜 올리더니 위엄 있는 투로 덧붙였습니다.

"영원한 탐험가 오스발도 키글리스 제독은 그 순간 자신의 온전한 정신과 두 다리를 앗아간 섬은 지구본 위에 납작하게 붙어버린 작은 파리에 지나지 않았음을 깨달았습니다. 죽은 파리 한 마리를 섬으로 착각한 남자……."

프로비당스는 승려가 왜 그런 이야기를 들려주는지 좀처럼 연관성을 찾아내지 못했습니다.

"왜 그런 이야기를 하시는지 솔직히 감이 잘 안 잡히는군요."

"인생에서는 절대 너무 황급하게 서둘러서는 안 된다는 말씀을 드리기 위해서 이렇게 장황하게 이야기하는 겁니다. 이따금씩 지체하는 것이 시간을 버는 길이기도 하다는 말씀이죠. 시간이 멈춘 사원에 오신 걸 환영합니다."

수도원장은 과장된 몸짓으로 그녀가 서 있는 다소 생뚱맞은 곳을 가리켰습니다. 일행이 들어선 복도는 아시아 계열 식당의 복도와 비슷한 모양새더군요. 아닌 게 아니라 그곳에서는 시간이 1950년대쯤에서 멈춰 버린 것 같았습니다. 무수히 많은 종이 등과 형체도 잘 알 수 없는 빨간 플라스틱 부적들이 창문마다 걸려 있었고, 작은 탁자 위에는 어항이 하나 놓여 있었으며, 어항 위쪽 벽에는 폭포를 형상화한 반짝이 그림이 걸려 있었는데, 어찌나 심하게 비뚤어졌는지 폭포에서 떨어지는 물이 중력 법칙을 거슬러 수평으로 흐르는 것으로 보일 정도였습니다.

계속 앞으로 걸어가던 수도원장과 프로비당스, 핑과 퐁은 마치 일행을 붙잡으려는 듯 발 하나를 아래위로 계속 흔들어대는 황금색 금속 고양이를 지나쳐서 다다미가 깔린 널찍한 거실에 이르렀습니다. 커다란 도장 또는 대형 줌바 연습실 같은 곳이었습니다. 그래서인지 그 방에 들어서자 프로비당스는 다니는 헬스클럽에 재등록해야 한다는 사실을 떠올렸죠.

예전 르노 공장, 그중에서도 특히 괴물 같은 쇳조각들이 잔뜩 쌓여 있는 부품 조립 구역을 불교 사원으로 꾸미려니 손대야 할 점이 한두 가지가 아니었던 모양입니다. 하지만 업(業)에 입각하면 불가능이란 있을 수 없죠. 기계들은 승려들이 무술을 단련하는 펀칭볼로 탈바꿈했고, 창고는 참가자들이 각종 장애물과 함정, 잔뜩 비누칠 된 판자 같은 것들을 통과해야 하는 게임인 포르 부아야르(Fort Boyard)의 일본 버전인 풍운성에 등장하는 것 같은 거대한 훈련장으로 다시 태어났습니다.

"여기서 잠시 기다리시면, 강사가 올 겁니다."

이윽고 핑과 퐁을 거느린 수도원장은 발끝으로 살금살금 걸어 뒷문으로 자취를 감추었습니다.

혼자 남게 된 프로비당스는 문득 의혹에 휩싸였습니다. 이 모든 것이 과연 사려 깊은 행동이라고 할 수 있을까? 도대체 나는 지금 무슨 짓을 하고 있는 거지? 손목시계는 어느새 두 시를 가리키고 있었죠. 벌써 오전 시간은 다 지나갔고, 이제 괜한 짓을 하느라 오후 시간마저 허비할 판이었습니다. 혹시 지금 나도 파리 한 마리를 섬으로 잘못 본

건 아닐까?

하지만 사람의 일이란 끝이 나기 전까지는 결말을 알 수 없는 법이 아닙니까.

어쩌면 궁극적으로는 그 섬이 정말 있다고 판명될지도 모르는 노릇이죠. 맞아, 그러니 내가 거기 갈 수 있다면 얼마나 좋겠어. 그 꿈을 성취할 수만 있다면 말이야. 그렇게만 된다면 정말 근사한 이야기가 될 텐데. 지중해 반대편에서 병마와 싸우고 있는 어린 딸에게 가기 위해 새처럼 하늘을 나는 법을 배운 엄마의 이야기. 어쩌면 그와 반대로 베르사유를 근거지로 활동하는 중국-세네갈 합작 범죄 조직에게 사기당한 엄마의 이야기가 될지도.

그래도 프로비당스는 다시금 희망을 품었습니다.

'분명 오늘 나한테 이처럼 많은 일이 생긴 데에는 다 그럴 만한 이유가 있을 거야. 이 하루가 완전히 실패로 끝날 순 없어. 그런 일은 불가능하다고.'

그녀는 주위를 둘러보았습니다. 대형 포스터 속에 적힌 아름다운 검은 먹 글씨, 나무를 조각해서 만든 병풍, 벽에 비스듬히 세워둔 무시무시한 쇠창. 그리고 방 안 가득 퍼져 오는 레몬 뿌린 쌀 냄새. 그 냄새는 프로비당스에게 이른 새벽부터 지금까지 먹은 것이 없음을 새삼 상기시켜 주었습니다. 이 지구상에 하늘을 나는 법을 가르쳐 줄 수 있는 사람이 있다면, 나는 반드시 이곳에서 그 사람을 만날 수 있을 거야. 아마도 내가 소림사 승려들과 혼동하는 티베트 승려들만이 진정한 공중부양 전문가들일 거야. 프로비당스는 언젠가 말도 안 되는 시간에 아르테 방송에서 이 신기한 현상에 대한 다큐멘터리 영화를 본적이 있었죠. 명상을 토대로 이들은 자신들의 육체를 제어할 수 있으며, 심지어 물리학 법칙까지도 넘어설 수 있다는 것이었습니다. 요컨대 그들의 육체는 정신에 복종한다고 하더라고요. 이어서 방송에서는 놀라운 사례들이 소개되었습니다. 물구나무선 채로 혹은 손가락 하나만으로 바닥을 짚고서 자는 사람들, 고환에 발길질 세례를 받고도 꿈적도 하지 않는 사람들, 활활 타오르는 불길 속에서 맨발로 걷는 사람들, 팔꿈치로 한 번 쳐서 빗자루 막대를 부러뜨리는 사람들. 그 사람들은 얼굴 표정 하나 바꾸지 않으면서 아무렇지도 않게 그런 일들을 해내는 것이었습니다.

'그런 일을 할 수 있는 사람들이라면 두 팔을 흔들어 날 수도 있을 것이 분명해. 창도 내 앞에서 그렇게 해 보였으니까.'

도장 안에 들어온 이후 프로비당스의 귀에는 멀리서 흐느끼는 듯한 노랫소리가 계속 들려왔습니다. 그녀의 청각이 침묵에 익숙해진 건지 노랫소리가 약간 커진 건지 확실하게 판단할 수는 없지만, 어쨌건 노랫소리는 점점 더 또렷하게 들려왔습니다.

'아냐, 그럴 리 없어. 내가 잘못 생각한 걸 거야. 배가 고파서 헛소리가 들리는 걸 거야.'

멀찌감치 떨어진 사원의 어느 방에선가 들릴락 말락 한 바이올린 선율이, 잘못 들은 건지는 모르겠으나, 희한하게도 훌리오 이글레시아스가 부른 '가엾은 악마(Pauvre diable)'와 닮은 곡을 연주하는 것 같았습니다. 귀를 기울이자 그 라틴 계통 유명 가수의 감미로운 음성이 한층 또렷하게 들려왔죠. 하지만 뭔가 이상하긴 했어요. 그 목소리는 노래를 한다기보다 고양이처럼 야옹거린다는 표현이 더 들어맞는 것 같았거든요. 그마저도 불규칙하게 뚝뚝 끊어지는 소리였고요. 마치 세일 시작 첫날 백화점 출입구 회전문에 꼬리가 낀 몸집 큰 고양이 녀석처럼요. 프로비당스는 그래서 스페인 출신 가수가 고양이처럼 야옹 거릴 리는 없고 잘 안 되는 중국어로 노래를 부르는 중이라고 지레짐 작했죠. 후렴구가 그녀의 짐작을 뒷받침해 주었습니다. 분명 '가없은 악마'가 확실했습니다. 의심의 여지가 없었다고요.

말도 안 돼, 라고 프로비당스는 생각했죠. 어떻게 티베트 승려들이 훌리오 이글레시아스 노래를 듣는담? 아니, 승려들이 그런 가수를 알 기나 하겠어? 현대성, 아니, 우리 사회의 주변부에서 사는 것이 이곳 에 정착한 승려들의 철학일 텐데 말이야. 영화 〈위트니스〉에서 해리슨 포드가 아미시 공동체와 인연을 맺었을 때처럼. 프로비당스는 몇 번 이고 자기가 잘못 들은 거라고 스스로를 설득하려 했습니다. 하지만 배가 고프면 환청을 들을 수도 있다는 건 도대체 언제 확립된 설이람?

젖은 발로 다다미 위를 걷는 듯한 독특한 소리 때문에 프로비당스 는 퍼뜩 정신이 들었습니다. 그녀가 몸을 돌리자 운동선수처럼 다부 진 골격을 지닌 키 작은 승려 한 명이 다가오고 있었습니다. 이제껏 보 아온 승려와는 전혀 닮지 않은 모습의 승려였습니다. 검은 기모노를 입은 그의 짧게 자른 머리는 턱수염과 마찬가지로 붉은 빛깔이었죠. 요컨대 비행 강사 승려는 척 노리스의 아시아 버전이라고 할 만했습 니다.

붉은 턱수염이 그의 각진 얼굴 윤곽을 어느 정도 가려주더군요. 마 치 한 덩어리의 화강암을 통째로 깎아서 빚어낸 듯한 모습. 그의 눈이 나 입가에서는 아무런 표정도 읽을 수 없었습니다.

"스승 넘버 40입니다. 그런데 츄 누리라고 부르셔도 됩니다."

츄 누리라고? 프로비당스는 잠시 남자가 농담을 하나 보다 생각했 지만, 어느 모로 보나 남자는 농담과는 거리가 멀어 보였습니다. 그래서 그녀는 그냥 아무 말 말고 잠자코 있기로 했죠. 츄 누리가 슬쩍 건드리기만 해도 자기는 그 자리에서 세 바퀴쯤 빙그르 맴을 돌 것 같은 막강한 힘이 느껴졌기 때문이었습니다.

"당연한 말처럼 들리겠지만, 하늘을 날기 위해서는 최대한 몸이 가벼워야 합니다."

남자가 특별히 강의라고 할 만한 형식 따위는 완전히 무시한 채 단도직입적으로 말했습니다.

"그러니 불필요한 건 모두 제거해야 합니다."

프로비당스는 잠깐 동안 이 중국인 텍사스 레인저가 칼날 같은 손으로 자신의 허벅지에 붙은 군살을 모조리 도려내려나 싶어 오싹해졌습니다. 하지만 남자는 선 자리에서 꼼짝도 하지 않더군요. 50킬로그램 정도 나가는 체중과 날렵한 공기역학적인 가슴 정도면 그런 대로 해볼만 하다고 판단한 모양이었습니다. 하긴 지구상 남자의 99퍼센트 이상이 그렇게 생각했을 겁니다.

"말이 나왔으니 말인데, 뭐라도 조금 먹으면 안 될까요? 배가 고파 죽겠어요. 오늘 새벽 4시 반부터 먹은 거라곤 아무것도 없거든요. 뱃속이 텅 비니까 도무지 정신을 집중할 수가 없어요."

"시작부터 아주 좋군요! 불필요한 무게는 모두 제거하라고 방금 말했는데, 밥을 먹겠다고요?"

"그렇게 화내지 마세요, 난 먹는 대로 금방 체중이 늘어나는 체질은 아니거든요."

남자는 투덜거리더니 조금 전에 수도원장과 핑, 퐁이 사라진 그 뒷문으로 사라져 버렸습니다. 잠시 후 다시 나타난 그의 손엔 김이 무럭무럭 나는 쌀밥과 미트볼 몇 개가 들려 있었습니다. 츄 누리는 역사상 가장 뛰어난 마술사이거나 뒷문이 바로 주방으로 통하거나 둘 중 하나인 듯 했습니다.

"식사를 하는 동안 기초적인 몇 가지 원칙을 알려 드리죠. 이제부터 내가 하는 말은 글자 그대로 따라야 합니다."

"적힌 주소대로 따라가야 하는 집배원에게는 누워서 떡 먹기죠."

프로비당스가 어리둥절해하는 남자 앞에서 농담을 했습니다.

"원칙 1. 오스트레일리아에서 이륙하는 것이 최선이다."

"오프트레일리라라고요?"

입안 가득 레몬 뿌린 밥을 넣은 그녀가 어눌한 발음으로 되물었다.

남자는 중력은 지구상의 어느 장소에서 측정하느냐에 따라 달라진다, 다시 말해서 사는 곳에 따라 몸무게가 조금 더 나가기도 하고 덜 나가기도 한다고 설명했습니다. 이런 까닭에 오스트레일리아에서는 체중이 좀 덜 나간다는 것이었습니다. 적어도 장-피에르 주네의 '아멜리'에서처럼 정원에 세워두는 난쟁이 요정 조형물을 들고 세계 일주에 나선 세 명의 미국 물리학 박사들의 당돌한 실험이 입증해 보인 결과에 따르면 그렇다고 했습니다. 이들은 여행을 계속하는 동안 동일한 체중계로 측정한 요정 인형들의 무게가 장소에 따라 상당히 차이가 난다는 사실을 발견했던 것입니다. 런던에서는 308.66그램 나가던 무게가 파리에서는 308.54그램이 되고, 샌프란시스코에서는 308.23그램, 시드니에서는 307.80그램, 남극에서는 309.82그램이 되었으니까요. 결론적으로 오스트레일리아에서는 1그램 정도가 가벼워졌다는 말이었습니다.

"내가 제대로 이해했다면, 당신은 파리에서 이륙할 계획인 것 같더군요."

남자가 계속 말을 이었습니다.

"네, 피드니로 가는 건 불가능해요."

"오케이. 그러면 원칙 1은 잊으세요. 원칙 2. 머리는 짧게 자른다. 몇 그램 더 줄일 수 있죠. 스승 넘버 50, 아니, 수도사 음양이 아마 기꺼이 당신 머리를 밀어드릴 겁니다."

"민다고요?"

겁먹은 프로비당스가 입에 물고 있던 미트볼 조각을 남자의 검은 기모노 위로 쏟으며 다급하게 외쳤습니다.

"그 몇 그램, 다른 데서 줄일 수 있다면 좋겠는데요. 머리를 조금 자르는 건 괜찮아요, 가령 오드리 헵번 스타일로 말이죠. 하지만 양털이나 브리트니 스피어스처럼 박박 미는 건 절대 안 돼요! 다리, 겨드랑이, 회음부. 이런 곳에 난 털부터 시작하자고요."

제자의 태도와 하소연에 마음이 상한 승려는 마치 공중에서 비행 중인 파리를 강제 수직 강하시켜 납작하게 만들 때처럼 딱 소리 나게 손가락을 꺾는 방식으로 제자의 입을 봉해 버렸습니다.

"불평 좀 그만하시죠. 특히 입안 가득 음식을 넣었을 땐 더더구나 구시렁대지 말라고요. 내 옷에 미트볼 조각이 잔뜩 튀었잖습니까. 이 꼴을 보니 원칙 3이 저절로 떠오르는군요. 옷은 벗는다."

"그러니까 벌거벗으란 말씀이세요?"

"비키니 수영복 정도는 허용됩니다."

"여름이라 다행이로군요. 어쨌거나 그건 모처럼 내 마음에 들어요. 비키니는 제공해 주시나요? 아니면 제가 고를 수도 있나요? 입어봐도 되나요? 이 문제도 음양 수도사가 담당하시나요?"

"수영복은 직접 가서 사 오셔야 합니다. 고르곤졸라 치즈로 만든 팬

티를 입어보실 의향이 있으시다면 별문제지만."

처음으로 화강암 덩어리같이 무표정하던 승려의 얼굴이 웃음기로 씰룩거리더군요. 돌덩어리 같아 보여도 나름대로 유머 감각이 있는 승려였던 게죠. 최근 들어 수도원에서 벌이는 사업이 지지부진한지라, 이유야 어찌 되었든 치즈로 만든 옷을 팔 기회만 생긴다면 마다할 이유가 없었을 테죠.

"아닙니다. 난 코가 너무 예민해서 그런 종류의 옷은 도저히 입을 수가 없습니다."

"알겠습니다. 그럼, 원칙 4로 넘어가겠습니다. 명상, 명상, 또 명상. 사랑과 의지. 많은 사랑과 강철 같은 의지. 동양 철학은 우리에게 제일 중요한 건 목적이 아니라 수단이라고 가르친다는 걸 나도 잘 압니다. 가장 아름다운 건 산의 정상에 도달하는 것이 아니라 거기까지 가는 과정이라는 둥. 그런 멍청한 말은 다 잊으십시오. 하늘을 날기 위해서는 결과에 모든 신경을 집중해야만 합니다. 오직 날자, 날자, 날자, 이것만 생각해야 한다는 말입니다. 부인에게 화병을 사주고 싶은데 돈이 없었기 때문에 투르 드 프랑스에 나가 우승자에게 주는 화병같이 생긴 트로피를 타야겠다고 생각한 남자처럼 말입니다. 그 남자는 자전거 페달을 밟는 동안 내내 부인에게 선사할 꽃병만 생각했습니다. 그리고는 기어이 투르 드 프랑스에서 우승을 했죠."

프로비당스는 생전 처음 듣는 이야기였습니다. 그래서 그게 실화인지, 아니면 승려가 자신의 주장을 뒷받침하기 위해 지어낸 이야기인지 알 도리가 없었죠. 하지만 꽤 그럴 듯한 이야기였습니다. 반면, 투르 드 프랑스의 우승컵은 정말 끔찍하게 추하다고 생각해 온 프로비당스의 의견엔 변함이 없었지요.

"사랑과 의지에 관해서라면, 당신은 벌써 충분한 자격을 갖춘 것으로 알고 있습니다. 그러니 명상의 중요성을 강조해야겠군요. 당신은 주의가 산만한 여자입니다. 따라서 당신 안에 있는 에너지를 단 하나의 유일한 목표를 향해 모으는 방법을 익혀야 합니다. 물론 긍정적인 목표여야 하죠. 하지만 정서적인 상관관계를 가진 목표여서는 안 됩니다. 잊지 마십시오, 목표만 생각해야 합니다. 투르 드 프랑스 우승컵만 생각하라고요."

프로비당스는 그렇게 우스꽝스러운 것에 모든 신경을 집중시키기는 정말 어렵겠다고 생각했습니다. 그래서 자기는 다른 걸 생각하기로 결심했죠. 너무도 정서적인 관계로 꽁꽁 얽혀 있는 딸아이를 생각하면 안 된다고 했으므로 줌바 강사의 수박 같은 엉덩이에 집중하기로 마음먹었습니다.

2

의료 보조 인력들이 자혜라의 침상으로 달려와 아이를 급히 중환자
실로 옮겼습니다. 아이는 의식을 잃은 상태였습니다. 구름이 아이의
온몸을 휘감아 버렸기 때문이었죠.

수많은 플라스틱 튜브에 의해 간신히 생명을 이어가는 아이는 고약
한 운명의 장난으로 잠이 든 공주처럼 주먹도 움켜쥐지 않은 채 미동
도 하지 않고 백마 탄 의사가 나타나 구해주기만을 기다려야 하는 처
지였습니다.

위급한 상황 속에서 공주님은 신고 있던 유리 슬리퍼 한 짝을 잃어
버렸는데, 마침 그 순간에 누군가가 공주님의 발에 눈길을 주었다면
왼발에 달린 여섯 번째 발가락이 작은 지렁이처럼 꼼지락거리는 광경
을 놓치지 않았을 겁니다.

3

두 팔과 두 다리를 트위스터 놀이 할 때처럼 뒤엉키게 한 채 한 시간 동안 명상을 하고 난 프로비당스는 긴 숨을 내쉬었습니다.

"지금부터 2분 동안 실컷 기지개를 켜셔도 좋습니다. 그사이에 나는 마지막 강의를 준비할 테니까요."

휴식이라면 얼마든지 환영이었죠. 프로비당스는 단 한 번의 명상이 이토록 힘들 거라고는 전혀 상상도 하지 못했습니다. 그러고 보면 앞으로 줌바 대신 명상으로 바꿔 타는 것도 생각해봄 직하다 싶었지요.

츄 누리는 Wii 기계와 연결된 대형 TV 수상기를 켜더니 닭이 주인공으로 등장하는 게임 하나를 입력했습니다. 닭을 날게 만들어서 목적한 지점에 내려앉게 해야 점수를 따게끔 고안된 게임이었습니다. 2분간의 휴식 시간이 끝나기도 전에 츄 누리는 프로비당스에게 두 팔을 크게 벌리고 화면 앞에 서라고 지시했습니다.

프로비당스는 기가 막혀서 말도 안 나올 지경이었죠. 승려들이 비디오 게임으로 훈련을 한다니! 불교 교리, 수도원에서의 공동체 생활 등 전통적인 가치를 수호한다고 주장할 땐 언제고 최신식 Wii를 동원하다니. 그러자 문득 케냐 여행이 떠올랐습니다. 염소 똥으로 지은 어두컴컴한 움막 속에서 그와 그의 부족이 어떻게 누(아프리카 산 작은 영양:옮긴이)의 피를 먹는지 열심히 설명하던 마사이족 족장이 그녀 앞에서 미친 듯이 몸을 떨기 시작했던 것입니다. 프로비당스는 처음엔 TV에서 방영되는 아프리카 주술사에 관한 다큐멘터리 영화에서 보듯이 족장이 최면상태에 들어간 모양이라고 짐작했습니다. 그가 손을 빨간 토가 속으로 넣어, 모든 문명세계로부터 차로 4시간이나 떨어진 이 오지 마을에서는 누구나 그렇게 한다는 듯이 더할 나위 없이 자연스럽게 아이폰 4를 꺼내 '중요한 통화'에 응답하기 전까지는 그랬습니다. 그 순간 프로비당스는 왠지 속았다고 느끼면서 케냐의 사바나에 위치한 헐벗은 사람들의 마을 방문을 위하여 40달러를 지불한 걸 몹시 후회했습니다. 와서 보니 그녀보다도 오히려 더 풍족하게 사는 사람들이었으니까요. 화가 치민 그녀는 젊은 유럽 아가씨에게 매력을 느낀 족장이 뻔뻔스럽게도 페이스북에 올리겠다며 그녀와 함께 사진을 찍는 순간 입장료 즉시 환불을 요구했습니다. 그야말로 거꾸로 가는 세상이 아닙니까. 마사이족 관광객들이 프랑스 사람들의 풍습을 체험하겠다면서 그녀의 40평방미터짜리 파리 아파트를 찾을 날도 멀지 않았습니다.

"시대에 맞춰 살아야 합니다."

티베트 승려가 프로비당스의 속마음을 읽기라도 한 듯 말하더군요.

"더구나 팔과 몸통의 코디네이션 학습을 위해 이만한 것이 없더군요. 이 놀이를 고안해 낸 자들은 정말이지 천재들입니다."

'고작 해동 상태에서 날개를 퍼덕이는 닭을 주인공으로 삼은 놀이를 상상해 냈다고 해서 어떻게 그런 사람들을 천재라고 부를 수 있담?'

프로비당스는 어처구니가 없었습니다. 하지만 그녀가 뭐라고 대꾸도 하기 전에 고문관 승려가 얼른 닭 날개를 퍼덕이게 하라고 냅다 소리를 질렀죠. 더 빨리! 언제나 더 빨리 더 빨리! 점점 더 높이! 러시아 출신 트레이너가 체조 종목 제자에게 올림픽 표어를 외쳐 대는 것과 다를 바 없었습니다.

머물던 섬에서 이륙한 프로비당스는 바다 위를 나릅니다. 날개를 힘차게 저을수록 점점 더 높이 올라갑니다. 그녀가 날갯짓을 멈추자마자 닭은 요란스럽게 꼬꼬댁거리며 천천히, 애절하게 수면을 향해 수직 강하합니다.

"집중하시고 날갯짓을 계속하세요! 당신은 지금 닭이라고요. 앞서 명상을 통해 훈련한 것을 적용하세요, 그걸 신체 활동과 하나 되게 만들라니까요."

중국판 척 노리스는 마치 군대식 서바이벌 게임 시설 조교라도 되는 듯 연신 고함을 질러댔죠. 그는 프로비당스에게 모욕을 주는 것이 기뻐서 어쩔 줄 모르는 사람 같았습니다.

"목표를 생각하시라니까요! 화병을 생각하란 말입니다!"

'아니, 그건 아니지. 그 끔찍한 투르 드 프랑스 우승컵을 생각하라니 말도 안 돼!'

주의가 산만해지면서 잠시 동작을 멈춘 프로비당스는 곧장 바다로 떨어지기 시작했습니다. 그 순간 리카르도의 탄탄한 근육질 애플 힙

이 떠올랐습니다. 그녀는 몇 번쯤 양팔을 크게 휘두른 끝에 겨우 다시금 구름을 향해 상승하기 시작했죠. 마침내 중간 기착지에서 잠시 휴식을 취할 수 있는 순간이 왔습니다. 그 기착지의 중심부에 도착하면 100점을 얻게 되어 있었습니다.

"100점, 100점!"

미트볼 조각이 덕지덕지 붙은 기모노를 입은 남자가 외쳤습니다. 방금 전까지만 해도 군대 서바이벌 게임장 조교였던 남자는 금방이라도 한창 유행 중인 TV 쇼의 신이 난 출연자로 돌변할 기세였습니다.

"100점! 100점!, 100점!"

남자는 신들린 사람처럼 발까지 굴러가며 계속 같은 말을 반복했습니다.

그의 격려에도 불구하고 닭이 된 프로비당스는 10점짜리 구역에 불시착하고 말았습니다. 츄 누리의 얼굴엔 실망의 빛이 역력했죠.

"Ta ma deeee!"

그가 허공으로 주먹을 날리며 소리쳤습니다.

중국어를 모르는 프로비당스였지만, 축하 인사가 아니라는 것쯤은 짐작할 수 있었죠.

다시금 하늘을 향해 치솟은 닭은 산 위로 날았습니다. 프로비당스는 도저히 더는 못할 것 같았습니다. 팔꿈치 아래쪽과 이두박근에 심한 통증이 느껴졌거든요.

"이런 훈련이 정말로 유용한가요? 이제 정말로 비행 실전에 들어가면 안 될까요?"

"하늘을 날기 위해서는 고도의 집중력과 에너지가 필요합니다. 결정적인 순간을 위해서 당신이 가진 모든 힘을 비축해 두어야 하죠. 게다가 당신의 여정은 아주 길고 힘들 겁니다. 수천 킬로미터나 되니까요. 그러니 미리부터 기운을 빼고 숨차게 만드는 건 좋은 생각이 아니죠."

"그래서 말인데요, 지금 이렇게 하는 게 바로 내 기운을 빼고 숨차게 만든다고는 생각하지 않으세요?"

분을 이기지 못한 프로비당스가 톡 쏘아붙이고는 양팔을 내려 버렸습니다.

그러자 화면 속의 닭은 앞으로 거꾸러지면서 전나무 둥지에 부딪쳐 떨어지고 말았습니다. 게임 오버.

"저 보세요, 그렇게 하면 당신은 죽은 목숨입니다."

티베트 승려가 말했습니다.

하지만 일생일대의 도전에 나서는 제자의 단호한 표정을 보며 그녀가 준비되었다고 판단한 츄 누리는 프로비당스의 머리 손질을 위해 음양 수도사를 불렀습니다.

4

　머리 몇 그램만큼의 무게를 덜어내 조금이나마 더 가벼워진 프로비당스는 말 잘 듣는 어린아이처럼 복도에서 기다렸습니다. 이윽고 대중 무도회에서 흔히 보듯 서로의 어깨에 손을 얹어 하나의 긴 줄을 만든 수도승들의 모습이 그녀의 눈에 들어왔습니다. 작별 인사를 할 시간이 된 거죠. 작별 인사와 더불어 마지막 충고를 곁들이는 시간.

　"잘 어울리는군요."

　수도원장이 손가락으로 프로비당스의 새로운 헤어스타일을 가리키며 먼저 입을 열었습니다.

　"고맙습니다. 두 발로 당당히 새 삶을 시작하기 위해서는 머리 모양을 바꾸는 것만큼 효과적인 것도 없죠."

　"그건 그래요. 좋습니다. 이제 강습을 마쳐야겠군요. 나에게 위임된 권한으로 나는 이제부터 당신은 하늘을 날 수 있다고 선언합니다."

"육지에서는 간단해 보이지만, 진짜로 높은 곳에 올라가면⋯⋯."

프로비당스가 회의적인 표정으로 우물거렸습니다.

"진짜로 높은 곳에 올라가면⋯⋯."

핑이 그녀의 말을 이어받았죠.

"당신은 정신을 집중하고 양팔로 날갯짓을 계속합니다."

퐁이 덧붙였습니다. 수도원장의 두 복제품은 마치 탁구공 치듯 서로 말을 주고받았어요.

"혹시 뭔가가 내 주의를 산만하게 흐트러뜨리거나 내가 날갯짓을 멈춘다면?"

"당신은 떨어집니다."

츄 누리가 주저하는 기색이라고는 전혀 없이 단호하게 말했습니다.

"게임에서처럼?"

"게임에서처럼. 게임 오버가 되는 거죠. 더구나 현실에서는 목숨이 하나밖에 없다는 점을 명심하셔야 합니다."

"거침없이 말씀하시는군요! 보다 실질적인 조언 같은 건 없나요?"

"보다 실질적인 조언이라면?"

음양 수도사가 반문했습니다.

"그러니까 이를 테면, 이런 거⋯⋯."

"화장실에 가고 싶다거나?"

"그렇죠."

"그럴 경우 수영복을 약간 벌리고⋯⋯. 오줌 방울이 대기권에 흩어질 겁니다."

"흩어진다고요?"

"흩어진다고요."

츄 누리가 주먹 쥐었던 손을 허공에서 펼쳐 보이며 대답하자 프로비당스는 깜짝 놀라지 않을 수 없었습니다.

"혹시나 해서 물과 요깃거리를 배낭에 넣어가지고 갈까 생각 중이었어요."

그녀가 솔직히 털어놓았습니다.

"긴 여정이잖아요. 그리고 체력과 기가 필요하고요."

"최대한 몸을 가볍게 만들어서 떠나야 한다고 말씀드리지 않았던가요? 원칙 1, 2, 3. 그런데 배낭을 메고 가겠다고요? 여자들이라면 나도 좀 압니다. 핸드백 속에 생수병과 과자, 화장품 주머니랑 껌, 반창고, 휴대폰, 화장솜 등등을 죄 집어넣죠."

원, 세상에! 프로비당스는 경악을 금치 못했죠. 승려라면서 어떻게 여자들의 습성에 대해서 저렇게 환한 거지? 승려가 되기 전에 다른 인생을 살았던 걸까? 혹시 저도 페라리 자동차 영업 사원이었나? 프로비당스는 부끄러운 나머지 얼굴이 새빨개졌습니다.

"옳은 말씀이군요. 배낭은 잊어버리기로 하죠."

"내친김에 묻겠는데, 혹시 케이터링 서비스는 필요 없으신가요? 비행기에서처럼 말입니다."

비행 강사가 기가 막힌다는 듯이 빈정거렸습니다.

"당신은 배낭을 멘 새 보신 적이 있나요? 난 없습니다. 필요한 모든 건 지상에 다 있습니다. 그러니 내려온 다음에 챙기면 됩니다. 그리고 마실 것이 염려되신다면, 구름을 마시면 됩니다."

"구름이라고요?"

"네, 아주 좋죠."

핑이 맞장구쳤어요.

"대기 중에 있는 수증기가 모인 것이 구름이니까요……."

"게다가 아주 순수하죠."

퐁도 거들었고요.

"아직 지구의 오염 물질로 더럽혀지지도 않았거든요."

"당신들은 혹시 구름을 마셔본 적이 있으신가요, 구름 속에 들어 있다는 그 물을 마셔보았나요?"

두 사람은 주춤거렸습니다.

"당신은 빗물을 마셔본 적이 없습니까?"

이윽고 두 사람이 합창하듯 동시에 묻더군요.

"빗물이라면, 어렸을 때 마셔봤어요."

"그거 마셨다고 해서 죽지는 않았잖습니까."

음양 수도사가 감탄스럽다는 투로 반응을 보이더군요.

"구름 물도 똑같은 거죠."

"마지막으로 충고하는데, 절대로 뇌우를 동반한 구름, 쉽게 말해서 폭풍을 몰고 오는 구름 가까이 접근하지 마십시오."

수도원장이 진지한 태도로 말했습니다.

"그런 구름 속엔 대형 세탁기의 드럼처럼 미친 듯이 빠른 속도로 회전하는 얼음덩어리들이 들어 있습니다. 그것들은 비행기 동체에 커다란 구멍을 뚫어놓기도 합니다. 그러니 그 덩어리들이 인간의 몸에 닿았다고 상상해 보시죠. 당신은 즉사할 겁니다. 폭풍우 구름 내부의 힘은 원자폭탄 두 개를 합친 것만큼 엄청납니다. 그 구름들이 보이면 즉시 도망치십시오. 절대로 당신 자신을 과대평가해선 안 됩니다. 명심하세요. 티베트엔 어디를 가든 온갖 철학 이론이 범람하지만, 구름을 길들이는 법을 가르쳐 주는 이론은 어디에도 없습니다. 안타까운 일이죠."

"그 폭풍우 구름을 어떻게 알아볼 수 있죠?"

"그건 아주 쉽지요."

핑이 자신 있게 말했습니다.

"요리사 모자처럼 생겼거든요."

퐁이 덧붙였죠.

"당신이 모자보다는 채소와 더 친하다면, 커다란 컬리 플라워랑 닮았다고 할 수도 있겠군요."

정확을 기하는 편이 좋겠다고 판단한 수도원장도 거들었고요.

프로비당스는 방긋 웃어 보이고는 출발을 알리는 의미에서 손목시계를 힐끗 바라보았습니다.

"저를 환대해 주시고, 또 이 모든 가르침을 주셔서 고맙습니다. 이 아름다운 만남을 절대 잊지 않겠습니다."

프로비당스는 수도원장의 어깨에 부드럽게 한 손을 얹었습니다.

"당신은 우리에게 당신 자신에 대해서, 또 세상에 대해서 많은 것을 가르쳐 주었습니다."

원장이 응답했죠.

"늘 바쁘게만 살면 당신은 실수하는 겁니다. 하긴 실수는 아주 인간적이죠. 연필 끝에 지우개가 달린 것도 다 그 때문입니다. 바깥세상은 너무도 빨리 돌아가기 때문에 잠시 멈출 시간, 여유를 가지고 아름다운 것을 바라볼 시간, 가령 지는 해를 감상한다거나 모든 어린아이들의 눈에 가득 찬 사랑을 읽을 시간이 없습니다. 세상은 걷기도 전에 날고 싶어하는 갓난아기와 마찬가지입니다. 이건 꼭 당신 들으라고 하는 소리는 아닙니다. 인터넷을 비롯해서 모든 게 너무 빨라요. 뉴스는 알려지자마자 과거지사가 되어버리고 말죠. 태어나기도 전에 죽어버린다는 말입니다. 여기서는 아름다운 것들을 즐기는 법을 배웁니다. 외발수레를 끌기도 전에 전투기 조종을 배우는 일은 있을 수 없습니다."

프로비당스는 그제야 은유를 즐기는 스승 위에의 화법이 어디에서 비롯된 것인지 짐작할 수 있을 것 같았죠.

"오늘 오후에 당신은 현존하는 최고의 스승을 뵈러 파리 북쪽 끝 바르베스까지 갔다가 이곳으로 왔습니다. 대중교통 수단으로 이동하느라 허비한 시간이며, 이곳에서 명상하고 Wii 기계로 하늘 날기 연습하느라 보낸 시간들을 생각해 보십시오. 단 한 순간도 당신은 의문을 제기하지 않았습니다. 고통으로 당신 마음은 피폐해졌죠. 딸이 죽어가고 있으니 당신 머릿속엔 얼른 가서 그 아이를 구해야겠다는 한 가지 생각뿐이었죠. 그렇지만 당신은 당신에게 그토록 특별한 날의 오후 시간을 우리와 함께 보냈습니다. 나는 당신에게 시간은 값어치가 있음을 가르쳐 드리고 싶었습니다. 디디에 바르브리비앵(Didier Barbelivien, 1954- 프랑스의 가수이자 작곡, 작사가: 옮긴이)이 영리하게 노래했듯이 시간에게도 시간을 주어야 한다는 말입니다. 아니, 훌리오 이글레시아스였던가, 잘 모르겠네요."

프로비당스는 다시 한 번 깜짝 놀랐죠. 이로써 티베트 승려들이 훌리오 이글레시아스를 잘 알고 있음은 분명해졌습니다.

"방금 그 말씀을 하시니, 한 가지 여쭤볼게요. 조금 전에 도장에서 강사님을 기다리는 동안 제 귀에 중국어로 부르는 '가엾은 악마' 가 들린 것 같았어요. 제가 잘못 들었나요?"

"아가씨는 귀가 무척 밝으시군요. 수도원에서 음악 프로그램을 담당한, 다시 말해서 수도원의 DJ라고 할 수 있는 스승 넘버 54(사실은 55가 맞지만 나와 혼동하지 않기 위해서 키를 줄였습니다), 그러니까 로랑 갸

르니에에 해당되나 취향 면에 있어서는 훨씬 규범적인 DJ⋯⋯."

"취향이 훨씬 규범적이라면?"

"네, 그게 그러니까 훌리오 이글레시아스는 유럽 가수들 가운데 가장 아시아적이라고 할 수 있습니다. 그자는 우리의 생각하는 방식을 진정으로 이해하고 우리가 매일 실천하는 원칙들을 일깨워 주죠. 우리 인간이 살아가면서 어려운 시간을 맞이하게 될 때마다 거기에 잘 어울리는 훌리오 이글레시아스의 노래가 있다고 생각합니다. 이 스페인 출신 귀족 가수는 게다가 사시사철 구릿빛 얼굴로 노래하면서 인생의 모든 문제에 답을 제공하죠. 그자의 노랫말에서는 뛰어난 통찰력이 느껴집니다. 제목만 봐도 감이 오잖아요. '세상은 미쳤어, 세상은 아름다워', '언제나 누군가는 패자가 되어야 해', '나는 사는 법을 잊었어' 공자님도 훌리오 이글레시아스보다 더 잘 표현하지는 못했을 겁니다. 그는 예언가예요. 그자 때문에 모든 훌리오란 이름을 가진 사람들은 전부 예언가라는 생각이 들 정도라니까요."

프로비당스는 자기 귀를 의심했습니다. 그녀는 한 시대를 풍미한 대중가요 가수의 낭만적인 노랫말에 기초하여 인생철학이라는 담장을 쌓아올리는 외계인 승려들의 손아귀에 떨어진 것이 분명했습니다.

"때문에 우리는 '망트 트리코퇴즈들은 남편을 죽이지 않을 때면 훌리오 이글레시아스의 노래를 듣는다'를 우리의 표어로 정했습니다."

"아, 네. 속담에 대한 여러분들의 매우 독특한 취향은 잘 알겠습니다. '외발수레를 끌기도 전에 전투기 조종을 배우는 일은 없다', 등등."

"스페인 가수 이야기로 빠지기 전에 하던 대화로 돌아오자면, 당신은 하늘을 나는 천부적인 재능을 타고났습니다, 프로비당스."

나이 든 수도원장이 다시 말을 이었죠.

"당신 마음속에 그 재능이 깃들어 있습니다. 당신은 참을 수 없는 가벼움을 가지고 태어났다는 말이죠. 사랑에 빠진 여자 집배원의 참을 수 없는 가벼움."

"사랑에 빠진 여자 집배원의 참을 수 없는 가벼움?"

베르사유의 티베트 승려들이 Wii 놀이에 홀리오 이글레시아스 노래만 듣는 게 아니라 쿤데라 소설까지 읽는 데에 놀란 프로비당스가 되물었습니다.

"그래요. 그 아이와 당신의 이야기는 분명 사랑 이야기입니다. 당신은 사랑에 빠진 여자(이 자의 문화적 소양은 귀감이 될 만하군. 방금 미레유 마티외를 인용하는가 했더니 이제는 바바라 스트라이샌드까지 들먹이니)예요. 빛의 속도로 시간이 흘러가는 두 여자의 만남을 그리는 이야기라고요. 당신 둘 다 바쁘게 사는 사람들이지만, 각각 다른 이유 때문에 바쁘죠. 당신은 말하자면 오스발도 키글리스 제독에 해당됩니다. 죽은 파리를 섬으로 착각하고 산다고요. 당신 딸도 역시 시간이 촉박하긴 하지만, 그건 그 아이 때문이 아닙니다. 병 때문이니까요. 그런데 운명의 장난으로 당신들 두 사람은 만나게 되었죠. 운명이란 때로 아주 얄궂은 면이 있으니까요. 그 때문에 당신들은 같은 리듬으로, 심장박동 수가 같아지도록 맞춰가며 살아야 하죠. 당신이 오늘 쓸데없이 허비했다고 생각한 그 모든 시간이 사실은 벌어들인 시간입니다, 프로비당스. 그 시간이 당신으로 하여금 당신 인생에서 가장 멋진 여행을 감행하도록 해줄 겁니다. 그러니 하늘에서 보내는 매 순간을 만끽하십시오. 하늘에 올라가면 구름을 느끼고 그걸 호흡해 보십시오. 여유를 가지십시오. 공기와 하늘과 비의 냄새도 맡아보시고요. 그것들이야말로 천국의 향기일 테니까요."

승려는 주머니에서 작은 물건을 꺼내 프로비당스의 손바닥에 놓고는 그 손을 주먹 쥐듯 꼭 닫아주었습니다.

"이걸 가져가서 자혜라에게 한 방울 주세요. 굉장히 강력한 '구름 제거제' 입니다. 하지만 이 음료가 과연 효과가 있을지는 잘 모르겠군요. 아직 어떤 환자에게도 써본 적이 없거든요. 하지만 만일 효과가 있다면, 한 방울이면 충분해요."

수도원장은 존경의 표시로 고개를 숙였습니다. 이윽고 다른 승려들도 키 순서대로, 그러니까 스승 넘버 30, 스승 넘버 35, 스승 넘버 40, 스승 넘버 50, 스승 넘버 55 순으로 프로비당스에게 인사를 건넸습니다.

"화강암같이 무표정한 얼굴로 '죽음의 조교' 처럼 몰아대도 당신은 '슈(chou. 프랑스어에서 배추를 뜻하는 슈는 다정한 사람이라는 뜻으로 사용됨: 옮긴이) 누리' 였어요, 츄." 프로비당스가 미트볼 묻은 도복 차림의 승려에게 고개를 숙이며 인사했습니다.

그녀는 자기 입에서 나온 말장난에 혼자 빙그레 웃었습니다. 남자도, 그녀의 말장난을 이해한 것 같진 않았지만, 어쨌건 미소로 화답했습니다.

"여러분들을 절대 못 잊을 거예요."

프로비당스가 모두를 향해 덧붙였습니다.

"여러분들을 보러 다시 올게요. 그때까지 뜨개질 잘하세요, 망트 트리코퇴즈 여러분들!"

"당신은 해내고 말 거니까, 돌아오면 우리에게 꼭 자혜라를 소개시켜 줘야 합니다."

수도원장이 신뢰를 가득 담아 화답했죠.

승려들의 작은 체구는 왠지 모르게 정감을 불러일으키는 매력이 느껴졌습니다. 프로비당스도 예외는 아니었죠. 열쇠고리만큼이나 자그마한 그들의 체구는 어디든 데리고 가라는 초대장이나 마찬가지였습니다. 그들과 함께라면 프로비당스는 그녀에게 늘 부족한 지혜와 인내심을 지닌 것 같아 늘 마음 든든하겠다고 생각했죠. 위급하거나 침울할 때, 믿음이 부족하거나 자신감이 없을 때에 대비해서 항상 주머니에 티베트 승려를 대동할 수만 있다면요.

잠시 후, 새롭게 발견한 재능과 구름 잡는 묘약으로 무장한 여자 집배원은 오를리 공항행 전철의 역사로 뛰어 들어갔습니다. 발은 아스팔트 위를 달리면서도 그녀의 머리는 이미 구름 속으로 둥실 떠올랐죠.

3부

내 집 담당 여자 집배원이 모나리자만큼 유명해진 날

1

수도원장의 마지막 말 때문에 프로비당스는 깊은 향수에 빠져들었습니다. 서부 영화에 등장하는 역마차만큼이나 심하게 흔들리는 열차에 앉아 차창에 비친 거대한 지하 터널의 암흑 속을 막연히 응시하면서 프로비당스는 노승의 충고를 되새김질했죠. 구름과 비, 하늘의 냄새를 맡아보라, 그것이 바로 천국의 향기니까. 시간을 갖고 그 모든 것을 느껴보라.

프로비당스는 한동안, 그러니까 젊었을 때 '미스 코'로 일하다가 집배원이 되었거든요. 그녀는 직업란에 '코'라고 적는다면 오를리 공항의 여자 경찰이 어떤 표정을 지을지 상상해 보았습니다.

'이건 발로 작성했군요. '코'라고 적으셨네요. 혹시 다른 칸에도 이런 식으로 신체 일부분을 하나씩 열거하셨나요?'

그녀는 아마도 이렇게 빈정거렸을 겁니다.

그래요, 프로비당스는 남성용 유명 데오도란트의 '코', 다시 말해서 '겨드랑이 냄새 맡는 사람'으로 일했는데, 그만 사장이 죽으면서 회사가 도산하고 말았다더군요. 가엾은 사장은 〈완다라는 이름의 물고기〉라는 제목의 영화를 보면서 웃다가 죽음으로써 그렇지 않아도 길디긴 인류 역사상 가장 우스꽝스러운 죽음 목록을 조금 더 길게 만들었답니다. 이 사장의 죽음은 후식을 열네 가지나 먹고 죽은 스웨덴의 아돌프 프레데리크 왕과 갑옷을 입은 채 물놀이를 즐긴 바르브루스의 중간쯤에 위치시킬 수 있을 겁니다. 그 사장은 정말로 웃다가 죽었다니까요. 웃다가 심장이 멈추는 바람에 사망에 이르렀는데, 평소 심장 따위는, 그러니까 따뜻한 마음 따위는 없는 사람으로 알려졌던 자인지라 그 죽음이 아주 특별하게 여겨졌다죠, 아마.

그렇다고 해서 프로비당스의 재능이 사라진 건 절대 아니었습니다 (그녀가 쓰레기봉투를 핸드백으로 착각한 몇 분은 예외에 해당되겠죠). 2년 동안 '미스 코'로 일한 덕분에, 그녀는 동일한 데오도란트 제품이 그것이 분사된 겨드랑이에 따라 제각기 다른 향기를 낼 수 있다는 사실에 늘 놀라움을 금치 못하게 되었습니다. 하긴 그건 재능이라기보다 필요악이라는 편이 더 정확할 수도 있는 노릇이었죠. 만일 우리 모두가 동일한 제품에서 동일한 냄새를 맡는다면, 연인들 사이의 '밀당'에서 대단히 중요하다고 여겨지는 페로몬은 더 이상 아무런 역할도 하지 못할 테니까요. 그리고 그렇게 되면 인류의 미래에는 아주 드라마틱한 결과를 초래하게 될 테죠.

가장 최악의 시나리오로는 가령 사람들이 전혀 서로에게 끌리지 않아 후손의 번식이 중단되고, 그 결과 인류가 세운 문명은 멸망에 이른다는 식의 이야기를 상상해 볼 수 있겠죠. 반대로 최선의 시나리오로는, 여자와 오물 수거용 덤프트럭, 뮌스터 치즈 사이에 아무런 차이가 없게 되어버리는 날이 오게 될 수도 있다는 내용을 상상해 볼 수 있습니다. 이렇게 된다면 아마도 치즈로 짠 의류 제조 사업을 하는 망트 트리코퇴즈의 겸손 종파 승려들에게는 좋은 일일 수도 있겠죠. 하지만 나머지 사람들에게는 전례를 찾아볼 수 없는 후각적 재앙이 될 것이 뻔하죠. 이처럼 회사의 흥망이 걸린 중차대한 문제이기 때문에 각 기업은 설사 개인적인 체취를 뛰어넘어 이를 승화시키는 제품들을 만들려고 불철주야 노력하면서도, 이 체취를 아예 제거해 버리려 들지는 않는 겁니다.

프로비당스는 남자들의 겨드랑이 밑을 훑고 다니던 2년이라는 짧은 기간 동안 만나게 된 모든 냄새들을 하나도 빠짐없이 차곡차곡 열거하여 목록을 작성해 두었습니다. 예를 들어 백인 남자는 젖은 풀에서 나는 냄새를 풍기는가 하면, 흑인 남자에게서는 가죽이나 나무껍질 냄새가 나고, 아시아 남자는 바다 안개와 레몬 냄새, 인도 남자는 향신료 냄새를 풍긴다고 하네요.

이렇게 해놓으니 여간 편리한 것이 아니었습니다. 특히 잠재적인 파트너를 판단하는데 아주 실용적인 도움이 되었죠. 체취를 느끼는 것은 젊은 여자가 남자를 만날 때 제일 먼저 하는 일이니까요. 여자는 남자의 얼굴, 목 등의 피부에서 나는 체취를 맡습니다. 원숭이들이라고 해서 이보다 더 특별한 방법을 고안해 내지는 않았습니다. 원숭이들도 냄새를 통해서 적과 동지를 구분한다죠. 어떤 한 개인에 대해 우리는 그의 말보다 체취를 통해서 더 많은 것을 알 수 있습니다.

문득 이 문제에 대해 자혜라와 벌였던 토론이 프로비당스이 머릿속에 떠올랐습니다.

"나한테서는 무슨 냄새가 나?"

아이가 물었죠.

"너한테서는 향신료 냄새가 나지."

프로비당스는 거짓말을 했습니다. 실제로는 각종 약이며 벤토린 분무기, 감기 시럽 냄새가 났거든요.

"그럼 엄마는? 엄마한테서는 무슨 냄새가 나는데?"

다른 사람들의 냄새를 맡던 어느 날 호기심에 이끌린 프로비당스는 자신의 겨드랑이 아래로 코를 들이밀어 보았습니다.

"프랑스 출신 여자 집배원에게서는 이른 새벽, 이슬이 내리기 전, 참나무와 전나무 잎들이 아직 물방울을 머금기 전의 퐁텐블로 숲 냄새가 나지. 아니, 정확하게 말하면 면과 폴리에스터 냄새가 나는데, 이건 내가 그런 소재로 된 셔츠를 입고 있을 때 그렇다는 거야. 아니면 대부분의 프랑스 사람들한테서는 치즈와 마늘 냄새가 난단다."

프로비당스는 마늘 냄새라면 사실 질색이었죠. 어찌나 싫어하는지, 그 때문에 뱀파이어로 몰리는 경우도 자주 있을 정도였습니다.

이제 그 뱀파이어를 태운 전철 B선은 마늘이나 발효된 치즈 냄새보다는 땀 냄새를 풍기며 남쪽을 향해 달립니다.

절대 후각을 가진 자의 장점이라면 각각의 역이 지닌 독특한 냄새만으로도 모든 지하철역을 구분할 수 있다는 점일 겁니다. 개개인의 지문이 모두 다르듯, 지하철역들은 저마다 하나의 냄새를 지니고 있고, 그 냄새는 희한하게도 모두 달랐습니다. 예를 들어 나시옹 역은 갓 구운 크루아상 냄새, 리옹 역은 오줌 지린내, 콩코르드 역은 더러운 비둘기 냄새, 샤틀레-레알 역은 커피 냄새. 이런 식이었죠. 결과적으로 프로비당스는 파리엔 상쾌한 냄새보다 불쾌한 냄새가 나는 지하철역이 더 많다는 결론에 도달했습니다. 만일 파리 시장으로 선출된다면 그녀는 모든 지하철역에서 좋은 향기가 나도록, 그러니까 지하철역마다 각기 다른 꽃향기가 나도록 하는 일부터 시작을 하겠노라고 생각했습니다. 프로비당스가 이용하는 역에서는 락스와 레몬 냄새가 났어요. 그럴 수밖에 없는 것이, 그녀가 아침에 우체국에 출근하기 위해 역에 내릴 때면, 청소부 아줌마가 물걸레질을 하고 있었거든요. 반면, 장이 서는 화, 목, 일요일엔 생선 냄새가 났죠. 그런가 하면 결혼식이 많은 토요일엔 익히지 않은 생쌀 냄새가 났고요.

프로비당스는 오를리의 한 서민 동네 담당 집배원이었습니다. 그녀는 우편배달을 하기 위해 관할 구역을 돌 때면 유치원 앞에 멈춰 서기를 좋아했어요. 예정보다 이른 날은 대략 오전 11시 무렵 그 근처를 지났고, 그때마다 잠깐 엉덩이를 붙이고 앉아서 빨간 사과를 먹곤 했죠. 그 안에서 뛰어노는 어린아이들의 다양한 피부색과 거기에서 배어 나오는 다양한 문화적 색채가 유난히 프로비당스의 마음에 들었던 겁니다. 어린 흑인 소년들이 어린 백인, 마그레브인, 아시아인, 머리에 키파를 쓰고 허리춤엔 치치스(tsitsit. 유대 교리를 엄격하게 지키는 자들이 그들의 기도복 탈리드에 매다는 일종의 매듭:옮긴이)를 찬 유대인 아이들과 스스럼없이 어울려 놀더군요. 작지만 조화로운 세계. 유치원의 아이들은 너무도 순진했고 이 아이들에게 자기들의 부모가 세계 곳곳에서 서로를 상대로 증오하고 싸움을 벌이고 있다는 생각은 가당치 않았죠. 아이들은 그 모든 것에 무관한 채 그저 함께 놀 뿐이었습니다. 자전거도 사이좋게 번갈아가며 타고, 플라스틱 양동이, 삽 등을 가지고 모래성도 함께 쌓았죠. 아이들의 삶은 그 자체로 어른들이 본받아야 할 삶의 교훈이었습니다. 천국이 있다면 이 유치원 같지 않을까요. 수도원장이 가슴 가득 그 향기를 들이마시라고 했던 바로 그 천국.

　프로비당스는 그가 건네준 물건을 손에 꽉 쥐었습니다. 그러나 단한 방울만으로도 어쩌면 자혜라를 낫게 하는 효과가 있을 거라는 귀중한 호박 빛깔 액체가 든 병이 깨질 정도로 힘을 준 건 물론 아니었죠. 이 액체는 내 눈동자만큼이나 소중한 거야. 그렇게 생각하면서 프로비당스는 그 병을 팬티 속에 넣었습니다.

2

프로비당스는 어디에서건 이륙할 수 있는 처지였습니다. 발코니나 테라스, 지붕 심지어 인도에서도 가능한 일이었으니까요. 하지만 바야흐로 마지막 고비를 넘으려는 순간, 이륙의 시간이 임박해지자 점점 더 두려운 감정이 솟아오르면서 누군가가 그녀의 배를 쥐어짜는 듯한 극심한 복통이 느껴졌습니다.

그러자 비디오 게임이 끝나면서 화면을 채우던 '게임 오버'라는 문구가 떠올랐죠. 실제로 새가 아닌데 새처럼 날기 위해서는 위험이 따를 수밖에 없습니다. 감히 온몸으로 하늘을 느껴보겠다는 허영심을 품은 그녀는 어쩌면 자기 목숨으로 그 대가를 치러야 할지도 모르는 거고요. 티베트 승려들은 이제 만반의 준비를 끝마쳤다고 그녀에게 말했죠. 그렇지만, 진짜 그렇다는 걸 증명해 줄 만한 근거라고는 어디에도 없지 않습니까. 티베트 승려들이란 한낱 사회의 가장자리를 맴도는 주변인들에 불과하지 않은가 말입니다. 더구나 프로비당스는 자신의 목숨을 주변인들의 손에 맡기는 거라면 딱 질색이었습니다.

그래서 그녀는 항공 전문가 쪽을 알아보는 편이 조금 더 신중하리라고 판단했죠. 마침 그녀는 오를리에서 일하는 항공 관제사 한 명을 알고 있었습니다. 그는 분명 그녀의 당돌한 요청에 놀랄 것이고, 어쩌면 그녀를 미친 여자 취급할지도 모르겠으나, 암튼 그 정도는 그녀가 감수해야 할 몫이었으니까요.

'그 남자는 내가 잘해낼 수 있도록 도와주는 것조차 거절할 수는 없을 거야, 내 덕분에 우편물을 받아보는 처지이니 말이야. 자기 집 담당 집배원의 청을 거절하는 사람은 없어. 그편이 본인한테 득이 되거든. 만일 그 반대로 행동한다면, 두고 보라지, 반가운 소식이라고는 하나도 안 전해주는 건 물론이고, 다른 사람한테 갈 나쁜 소식까지 몽땅 그자의 편지함에 다 넣어버릴 테니까. 그뿐인가, 벌써 몇 년째 부인한테는 감쪽같이 숨기고 있는 정기 구독 포르노 잡지를 오가는 사람 모두 볼 수 있도록 우편함을 활짝 열어젖힌 채 꽂아놓을 거고. 게다가 부인이 주문한 잘라도 구두 배달은 무기한 뒤로 미룰 거야. 그러면 기쁨에 넘쳐 괴성을 지르게 한다는 구두 광고와는 좀 다른 양상이 벌어질 테지. 하긴, 그 항공 관제사는 부인이 없긴 한데, 어쨌거나 내 부탁을 거절할 처지는 아니란 말이야. 게다가 그자는 그렇게 행동할 스타일이 아니거든.'

문제의 항공 관제사는 레오 마샹이라는 자였습니다. 앤틸리스 제도 출신치고는 독특한 이름을 가진 그는 부드러움과 힘을 동시에 지니고 있었죠. 적어도 프로비당스는 그에게 소포 수령을 확인받던 날 그렇게 느꼈습니다. 그에게서는 진솔함과 엄격함, 그리고 마르세유 비누 향기가 풍겼습니다. 호르몬 분무기, 페로몬 불꽃놀이 같은 그 향은 프로비당스에게 태어나서 처음으로 전율을 느끼게 해주었죠. 두 사람이 자주 만난 적은 없으나 프로비당스는 적어도 그의 집에 다른 사람은 살고 있지 않다는 사실 정도는 알고 있었습니다. 말하자면 그는 꽤 괜찮은 독신 남이었다는 말입니다. 그러니만큼 매혹시키기도 한결 수월할 터였죠.

프로비당스는 그에게 오를리 이륙 허가를 부탁할 작정이었습니다. 그녀는 전투기들이 자기 꽁무니에 따라붙어 다시 지상으로 내려가라고 압박하거나 그 자리에서 즉시 그녀를 향해 발사하는 위기 상황 따위는 맞고 싶지 않았으니까요. 공항이라면 보는 눈도 많으니 혹시 이륙 시 무슨 문제라도 생기면 도움을 받을 수도 있을 테죠. 물론 그건 가능한 한 자신의 재능을 은밀하게 간직하라는 지존 위에의 가르침에 어긋나는 행동입니다만. 하지만 프로비당스는 이미 오래전부터, 좀 더 정확하게 말하자면 이 정신 나간 이야기가 시작된 이후부터 줄곧 '가능한 한'의 범위를 넘어선 터였습니다.

'레오라면 나한테 저기 저 높은 곳에서는 어떻게 해야 하는지 현명한 조언을 해줄 거야. 솔직히 승려들의 충고는 어쩐지 허황된 것 같거든.'

"오를리로 돌아가는 거야."

프로비당스는 혼자 중얼거렸다.

공항으로 돌아온 프로비당스는 자신이 공항을 나설 때보다도 상황이 더 나빠졌음을 금세 알 수 있었습니다. 화가 난 수백 명의 관광객들이며 사업가들이 남자 승무원들을 인질로 잡고서 즉각적인 해결책을 요구하는 중이었거든요. 그런가 하면 공항 바닥에 앉거나 누운 채 되어가는 꼴을 멍하니 바라만 보고 있는 사람들도 적지 않았습니다. 여기에다 앙앙거리며 보채는 어린아이들의 울음소리까지 더해지니 제리코가 그린 '메두사 호의 뗏목' 현대 버전이 따로 없었죠.

관제탑을 향해 걸어가던 중 문득 츄 누리가 가르쳐 준 원칙 3번이 생각난 프로비당스는 비키니 수영복이 없는지 주변을 두리번거리기 시작했습니다. 공항 터미널의 면세점을 모두 훑었지만 담배, 향수, 술 등을 파는 상점은 많은 반면 해수욕에 필요한 의복을 파는 곳은 전혀 눈에 띄지 않았습니다. 하는 수 없이 담배 상자 여러 개를 가지고 옷을 만드는 식의 대안을 궁리하던 그녀의 눈에 소박한 수영복 진열대가 들어왔습니다.

비키니 수영복들은 날이 갈수록 작아지면서 값은 비싸지는 추세더 군요. 초창기엔 성냥갑 속에 넣어서 팔 정도의 크기였다면 지금은 재봉용 골무 안에도 들어갈 정도로 작아졌으니까요. 그런데 솔직히 바느질용 골무라는 물건은 투르 드 프랑스 우승컵만큼이나 촌스럽잖아요. 꽃병, 꽃병! 프로비당스의 귀에 고함 소리가 들려왔지만, 아시아 출신 텍사스 레인저는 근처 어디에도 보이지 않았습니다.

프로비당스는 꽃무늬가 프린트된 비키니를 골랐습니다. 그녀 자신이 할머니 방 양탄자 조각을 가지고 디자인했음직한 복고풍의 수영복이었지만, 좌우지간 가볍다는 장점만큼은 확실했죠. 프로비당스는 탈의실로 가서 문을 걸어 잠근 채 옷을 벗고 그 수영복을 입었습니다.

거울에 비친 모습은 제법 예뻤습니다. 균형 잡히지 않은 다이어트와 운동 부족에도 불구하고 그녀의 몸은 거리에서 적지 않은 남자들이 뒤돌아볼 만큼 근사했거든요. 프로비당스는 정반대되는 요소들이 결합된 뛰어난 유전자적 형질을 타고났습니다. 예를 들어 날씬한데, 딱 달라붙는 스웨터를 입으면 동그랗고 단단한 가슴이 도드라진다거나, 말벌까지 시샘할 정도로 가느다란 개미허리임에도 엉덩이는 빵빵한 탓에 숱한 별명도 얻었을 뿐 아니라 그녀가 나타나는 곳이면 어디든 어김없이 형성되는 남성 팬클럽 회원들의 상상력을 자극하는 식이었죠.

이러한 신체적 조건은 완전히 자연적인 것이었습니다. 태어날 때부터 그랬다는 말입니다. 원래 유전자가 그렇다 보니 그녀는 몸매를 유지하기 위해 특별히 운동을 하거나 근육을 키울 필요가 없었습니다. 하긴 쉽게 흥분하는 기질과 열심히 발품을 팔아야 하는 직업, 열정적인 성격만으로도 그녀는 한자리에 죽치고 앉아 체중을 불리는 것이 애초에 불가능한 위인이었죠. 원할 때면 몸매 걱정 따윈 전혀 할 필요 없이 먹고 싶은 거 다 먹어도 언제나 날씬한 그녀였다고요. 어쩌면 이게 다 그녀가 내내 용도를 알 수 없는 여섯 번째 발가락 덕분인지도 모를 노릇이죠.

얼른 수영복 위에 옷을 걸쳐 입은 프로비당스는 진 바지와 티셔츠 밖으로 바코드가 찍힌 가격표가 보이도록 꺼낸 다음 계산대로 가서 돈을 냈습니다. 그녀의 이상한 행동에 판매사원은 잠시 당황했으나 몇 분 후에 벌어질 일에 비하면 그 정도는 아무것도 아니었습니다.

계산을 마친 프로비당스는 제일 처음 눈에 띈 사물함에 소지품들을 모두 넣었습니다. 이제 그녀가 지닌 거라곤 비키니 수영복과 '구름 제거제'가 든 병, 그리고 50유로짜리 지폐 한 장이 전부였습니다.

그러자 마법처럼, 아니, 어쩌면 그녀가 영화 〈맨 인 블랙〉에 등장하는 인간의 기억을 모두 지워 버리는 윌 스미스의 기계를 가지고 사람들을 모두 장님으로 만들어 버린 것처럼, 하여간 지체니 취소니 비행기니 화산재 구름이니 분노니 하는 모든 것이 한순간에 머릿속에서 사라져 버렸습니다. 그런 현상은 남자들의 머릿속에서 한층 더 뚜렷하게 관찰되는 것 같더군요. 단 몇 초 만에 프로비당스는 공항 전체에서 유일한 관심사로 등극했으며, 공항에 설치된 모든 감시 카메라는 그녀를 향했으니까요. 그녀와 꽃으로 가득 찬 그녀의 탱탱한 엉덩이를.

3

"자, 이제 우리 집 담당 여자 집배원이 수영복 차림으로 내가 일하는 관제탑에 도착하는 대목입니다. 보안 구역을 통과하기 위해서 그 여자는 아마 내 이름을 댔을 테죠. 하긴 그런 절차쯤이야 뭐, 경비원들의 됨됨이로 보아……. 그 시각쯤이면 청소 직원들이 여전히 청소를 하고 있을 때였는데, 그 여자가 다가오는 걸 본 경비원 두 명은 아예 맡은 일에서 손을 떼어버렸죠. 물론 여자는 무기 따위는 하나도 지니지 않았지요. 그건 확실합니다. 폭탄이 있다면 그건 그녀가 몸에 지닌 것이 아니라 그녀 자체가 폭탄이었죠!"

"그래. 진짜 재미난 이야기는 이제부터 시작이구만. 그렇지 않아도 서두가 좀 길다 생각했어."

나이 든 미용사가 두 손을 비비며 입맛을 다셨다.

"그럼 이제까지 들려 드린 이야기는 재미 없으셨어요?"

"꼭 그런 건 아니지만 내 진짜 관심사는 처음부터 그 여자가 정말로 날았느냐 아니냐였으니까."

"자헤라에겐 어떤 일이 벌어졌는지 궁금하지 않으세요?"

"그 어린아이 말인가?"

"네. 제 이야기를 아주 최소한만 들으셨군요."

"우선 하늘을 난 이야기 먼저 하게, 제발 부탁이네. 난 일하는 중이고, 하루 종일 자네 이야기만 들을 순 없지 않겠는가."

"기회 되시면 베르사유 티베트 사원에 한번 가보세요. 그 사람들이 프로비당스의 급한 성격을 성공적으로 치료해 준 게 확실하다면, 분명 아저씨도 도와줄 수 있을 겁니다. 게다가 아저씨는 지금 제 머리 커트도 완전히 끝내지 않으셨거든요. 그리고 나 말고 다른 손님이라고는 한 명도 없고요."

"그게 이유가 될 순 없지."

"이제껏 들은 이야기 중에서 가장 아름다운 이야기라고 말한다면, 그렇다고 인정하시겠습니까?"

4

그에게 오를리에서 이륙할 수 있도록 허락해 달라고 요청하던 프로비당스는 순간적으로 자신의 요청이 황당하다는 걸 깨달았죠. 그보다 훨씬 덜 황당한 요청만으로도 정신병원에 갇히는 신세가 되기도 하니까요. 하긴, 그녀에겐 차라리 정신 이상자들이 모여 사는 베르사유 수도원에 그대로 머물러 있는 편이, 거기서 조용한 가운데 치즈로 만든 실로 뜨개질이나 하고 녹색 토마토로 페탕크 놀이나 하면서 여생을 보내는 것이 나았을지도 모르죠. 그럼에도 프로비당스는 쉽사리 단념하지 않았으며, 자존심을 꾹 누르고 끝까지 자신의 말을 책임지면서 관제사의 답을 기다렸습니다.

그는 대답하지 않았습니다.

"나는 항공 교통을 교란시키려는 게 아니에요, 관제사님."

프로비당스가 그를 안심시키고자 말을 이었습니다.

"난 그저 관제사님께서 나를 비행기로 여겨주시기만 바랄 뿐이라고
요. 난 화산재 구름의 영향을 받을 만큼 높이 날지도 않을 거예요. 공
항세를 물어야 한다면, 문제없어요, 자, 여기 있으니 받으세요."

그녀는 왼손에 쥐고 있던 50유로짜리 지폐를 관제사에게 내밀었습
니다.

자기를 비행기로 간주하라는 건 그 자체로는 문제가 아니지, 라고
레오는 생각했습니다. 저 여자는 진짜로 굉장한 전투기라고 할 만하
니까!

"이거면 충분한지는 잘 모르겠지만, 어쨌건 내가 가진 전부예요."

여자가 덧붙였습니다.

관제사가 여전히 꿈쩍도 하지 않자 여자는 제일 애절한 표정을 지
으며 그의 이름을 불렀습니다. 그의 눈에 조금 더 인간적으로 비치기
위한 노력의 일환이었겠죠. 어떤 엄마가 미디어를 통해서 납치당한
자신의 딸 이름을 연거푸 부름으로써 유괴범으로 하여금 그 아이를
한낱 이름 없는 물체가 아니라 그 자신의 딸처럼 여기게끔 만들었다
는 미국 영화가 떠올랐기 때문일 겁니다. 프로비당스는 이런 식으로
그녀가 꽃무늬 비키니를 걸친 여자 집배원 이상 가는 존재임을 관제
사에게 상기시키려 했습니다.

관제사에게서는 선량한 냄새가 났고, 언제나처럼 마르세유 비누 향
기도 났죠. 그가 수용할 듯한 기색을 보이는 것 같았으므로 프로비당
스는 사정 이야기를 털어놓았습니다. 마라케시에서 급성 맹장염에 걸
린 일화부터 오늘까지의 흥미진진한 모험담을 하나도 빠짐없이 낱낱
이.

"그 아이는 지금 죽어가고 있어요, 레오."

마침내 그 대목에 이른 프로비당스의 뺨 위로 수천 개의 조개껍질처럼 자개 빛깔이 영롱한 눈물방울이 주르륵 흘러내렸습니다.

"그 아이는 내 딸이에요. 이 세상에서 내가 가진 것의 전부죠."

관제사는 여자 집배원의 가슴이 에어버스 A320 모델의 제트 엔진만큼(우리들 각자에게는 항상 나름대로의 기준이 있기 마련이다)이나 크다고 생각했습니다. 그는 자신의 생각을 여자에게 곧이곧대로 이야기할 뻔했으나, 아마 이야기했어도 여자는 잘 이해하지 못했을 테죠. 그러니까 여자는 그걸 칭찬으로 받아들이지 않았을 것이라는 말이죠. 솔직히 말해서 에어버스의 터보 엔진은 생김새가 전혀 낭만적이거나 시적이지 않은 것이 사실이니까요.

레오는 회의적이었습니다. 당연한 말이지만 그는 단 한 순간도 여자 집배원이 하늘을 날을 수 있으리라고는 생각하지 않았으니까요. 본질적으로 인간은 자신의 힘만으로는 하늘을 날지 못한다…… 이건 물리학의 기본이 되는 법칙이며, 레오는 이 법칙을 세상 어느 누구보다도 확신하는 사람이었습니다. 그건 그의 직업이자 종교이기도 했고요. 그는 항공관제 전문 엔지니어, 자기들끼리 쓰는 은어로는 ICNA(Ingégieurs du contrôle de la navigation aérienne)라고 하는 사람이 아닌가 말입니다. 요컨대 허황된 것이 아닌 확고부동한 것을 믿는 과학자라는 말이죠. 그런데 어찌 된 영문인지 그의 내부에서 슬그머니 심경의 변화가 일고 있음이 느껴졌습니다. 젊은 여자 집배원이 그에게 행사하는 마력에 끌려들어 가는 기분이었다고요. 마력 혹은 매혹이라고 해야 할까요. 거역하기 힘든 마력. 우선, 그 여자는 그가 이제 껏 본 중에서 가장 예쁘면서 애절한 표정을 짓고 그의 앞에 서 있었습니다. 게다가 그는 그녀의 늘씬한 다리와 가는 허리, 약간 그을린 흰

피부, 군살 없는 팔과 연약한 손목 등에 절대 무심할 수 없었죠. 뼈가 그대로 드러나는 앙상한 팔목. 한마디로 완벽한 팔목이었습니다. 그의 마음 같아서는 당장 자를 들고서 그녀의 팔목 둘레를 재보고, 그 결과치가 이제껏 그가 알았던 사람들의 팔목 둘레 가운데 가장 가는지 비교했을 것입니다. 그는 자신과 일생을 함께할 여인은 세계 신기록, 그러니까 가장 가는 손목의 소유자여야 한다고 굳게 믿어온 터였으니까요. 더구나 그 가는 손목을 통해서 그는 그 손목의 소유자가 자신의 여자임을 알아보게 될 거라고 굳게 믿었으니까요. 이 희한한 집착 탓에 그는 동료들에게 적지 않은 놀림을 받은 것이 사실이었습니다. 어차피 우리는 커다란 가슴에 대한 환상이 가는 손목에 대한 취향보다 훨씬 쉽게 받아들여지는 사회에 살고 있으니까요. 요컨대 지금 자기 앞에 서 있는 젊은 여자의 가는 손목을 보면서 레오는 마침내 그가 원하는 존재, 그가 여생을 함께하기 위해 늘 찾아 헤매던 완벽한 존재를 찾았다고 생각했다, 이런 말입니다.

그런데 이 여자는 도대체 어떻게 해서 스스로 하늘을 날 수 있다고 믿을 만큼 강인한 힘과 의지, 사랑을 갖게 되었을까요? 바로 그 대목에서도 그는 여자에게 끌렸습니다. 전혀 다른 세상에서 온 듯한 여자의 천진함. 여자의 아름다운 몸. 게다가 아름다운 마음까지.

그는 여자에게 기회를 주기로 결심했죠. 여자가 일단 활주로에 서서 어떻게 하는지를 보고 싶은 단순한 호기심 차원에서라도 그러고 싶었던 거죠. 마침 활주로는 붐비지 않았습니다. 비행기들은 모두 지상에 발이 묶인 데다 이제 공항마저 폐쇄된 터였으니까요. 의자에 앉아 그저 하염없이 시간이 흘러가 주기만 기다리는 것보다는 그편이 훨씬 나아보였습니다. 뿐만 아니라 여자와 함께하는 시간은 유쾌하기 그지없었습니다. 여자를 보자 그의 가슴은 격하게 방망이질해 댔고, 이런 식으로 기분 좋은 심장의 격렬 반응은 얼마든지 환영이었으니까요.

레오는 여자가 자기 이름을 불러주자 크게 감동했습니다. 그는 자신의 일, 상사들의 반응을 생각했습니다. 이 여자를 관제탑 안에 받아들이고 게다가 활주로까지 동행했다는 사실 때문에 어쩌면 징계위원회에 회부될 위험도 있었습니다.

세상은 정말이지 미친 속도로 돌아갑니다.

그의 머리도 마찬가지였습니다.

한순간, 아빠와 함께 파리의 팡테옹을 찾은 어린 레오의 모습이 그의 머리에 떠올랐죠.

"아들, 지금 넌 우주의 고정점을 가리키는 유일한 표시계 앞에 서 있는 거야. 미소를 머금은 아빠는 금속 줄에 매달린 채 허공에서 움직이는 푸코의 진자를 가리키며 설명했죠. 우리는 움직이는 세상에 살고 있어. 그 세상에서는 변하지 않는 거라곤 없지, 영원한 거라고는 없다고. 우리 주위의 모든 건 다 바뀐단다. 우리 안에서도 마찬가지고. 모든 건 아주 빨리 지나가지. 이런 대혼란 속에서 너만의 고정점, 네 우주의 고정점을 찾거든 절대 그걸 놓치지 말아야 한다. 그 고정점이 변화와 의심의 순간에 너를 도와줄 거야. 사람들이 너의 모든 표지판이며 집, 습관 등 네 주위의 모든 것을 파괴할 때 그 점이 너에게 좌표 역할을 해줄 거란 말이지. 이 아빠한테는 네 엄마가 바로 그 점이야. 네 엄마는 나한테 안정감이고 변하지 않는 상수이며 부동성이란 말이다. 말하자면 네 엄마는 나의 개인적인 푸코의 진자인 셈이야."

그 순간 레오는 이날 이후 프로비당스를 그의 고정점으로 삼겠다고 마음먹었습니다.

5

고정점이 짐을 챙겨 여행을 떠나겠다니, 그것도 무려 2천 킬로미터나 떨어진 곳으로 가겠다니 시작이 썩 좋다고 하기는 어려웠죠.

레오는 방금 프로비당스에게 이륙 허가를 내준 터였습니다.

그는 그녀가 얼른 딸과 만나는 모습을 보고 싶어 안달이었죠. 그는 무엇보다도 자기의 두 눈으로 직접 비키니 차림의 여자가 구름을 향해 날아가는 광경을 보고 싶어 조바심쳤습니다. 비록 정말 그런 일이 일어날 수 있으리라고는 단 1초 동안도 믿지 않았지만요. 그녀는 그에게로 몸을 던지더니 그를 힘껏 끌어안고 그의 뺨, 입술에서 가까운 곳에 입을 맞추었습니다. 여자의 피부는 보드라웠죠. 두 사람의 팔이 엉키면서 만들어내는 색의 조화는 얼마나 아름답던지. 기름 잘 먹인 검은 가죽 조각에 떨어진 한 방울의 우유 같다고나 할까요.

"고마워요!"

프로비당스는 꿀 빛깔의 그윽한 눈동자에 온 마음을 담아 그에게 감사를 전한 다음 진지한 표정으로 돌아와 그에게 이제부터 어떻게 해야 하는지 필요한 절차를 물었습니다.

레오는 항공 관제사의 헤드폰 겸 마이크를 쓰고서 전파를 들었습니다. 공항 폐쇄 이후에도 여전히 활주로 초입에서 대기 중인 외국인 조종사들을 향해 영어로 경고 메시지를 보낸 그는 빙그레 미소 지으며 프로비당스 쪽으로 몸을 돌렸죠.

"자, 됐습니다. 이제 길이 활짝 열렸습니다. 너무 높이 올라가진 마십시오. 높이 올라갈수록 기온이 떨어지는데, 당신은 그런 환경에 적절한 복장이 아니니까요. 그리고 반드시 기억해야 할 사항은 올라갈수록 산소가 줄어든다는 점입니다. 아마 금세 몸으로 느끼시게 될 겁니다. 제가 활주로까지는 동행하겠습니다."

무슨 이유로 나는 이 여자에게 이토록 친절한 조언을 아끼지 않는 걸까? 이 여자는 아스팔트 바닥에서 1밀리미터도 올라가지 못할 것이 뻔한데도 나는 마치 이 여자가 민간 항공기의 평균 고도인 3만 피트 상공까지 올라갈 것을 예상하는 투로 말을 하는 거지?

"난 당신이라면 좋은 충고를 해줄 거라고 예상했어요."

여자가 상대를 잡아끄는 매력적인 미소를 머금으며 대답했습니다.

바닷가 등대를 닮은 나선형 계단을 내려간 두 사람은 곧 비행의 최전방, 다시 말해서 활주로 입구에 도착했습니다. 우연치고는 대단한 우연인지 이륙용 활주로가 곧 착륙용 활주로였습니다. 공항 터미널의 대형 통 유리창 뒤엔 구경꾼 몇몇이 모여서 흥미진진하다는 표정으로 두 사람을 바라보고 있는 중이었습니다.

행운을 빕니다, 라고 관제사가 말했습니다.

그 말이 끝나자 프로비당스는 더 이상 지체하지 않고, 참을 수 없이 가벼운 여자 집배원들의 경박함에 이끌려 두둥실 하늘로 떠올랐습니다.

6

"아니, 잠깐, 당신은 나를 완전히 무시하는 거요, 뭐요? 당신은 벌써 한 시간째 그다지 중요하지도 않은 디테일만 늘어놓고 있잖아. 이제 야 정말 재미있는 대목인 프로비당스 뒤푸아의 비행이 시작되려는 판 이었는데 말이야. 그런 얘긴 1초면 끝낼 수 있잖아. '더 이상 지체하지 않고 어쩌고저쩌고…… 그 여자는 하늘로 둥실 떠올랐다' 니. 당신은 내가 그 정도만 말해줘도 좋다, 신나할 줄 알았어?"

7

프로비당스의 상승을 최적화하는 동시에 괜한 노고를 덜어주려는 의도에서 레오는 비행기의 제트 엔진을 사용해야겠다는 생각을 했습니다. 그 엔진이 공기를 데우면 주변의 작은 분자들이 상승하면서 그녀의 몸도 끌고 올라갈 것이라는 계산 때문이었죠. 열기구의 원리에 약간의 공상 과학 소설적 판타지를 접목시킨 아이디어였습니다. 하지만 예상대로 되어주기만 한다면 프로비당스가 하늘로 올라가기 위한 처음 몇 미터 정도 상승엔 분명 적잖은 도움이 될 것(그리고 그는 노벨상 후보에 오르거나 정신병원 입원을 허락받거나 둘 중 하나)이 확실했습니다. 일단 몇 미터만 올라가고 난 후엔 프로비당스가 양팔을 움직여서 멋진 비행을 시작할 수 있을 테니까요.

혹시 저 여자가 나에게 최면이라도 건 걸까?

평소 같으면 그는 다른 어느 누구의 미친 짓에도 선뜻 거들겠다고 나설 위인이 아니었습니다. 하지만 이번엔 달랐어요. 그는 확실히 이성의 개입이 허용되지 않는 알 수 없는 힘에 이끌리고 있었거든요. 마음속 가장 깊은 곳에서 그 자신을 끌어내는 묘한 힘. '광기'라는 이름을 붙이기 싫다면 기꺼이 '사랑'이라는 이름으로 불러도 좋을 힘. 레오가 신봉하는 논리적인 사고는 그가 곧 부인할 수 없는 명백한 실패를 목격하게 될 거라고, 프로비당스는 불덩이처럼 달아오른 아스팔트 활주로에서 손톱만큼도 날아오르지 못할 거라고 속삭이는 반면, 그의 마음은 반대로 그녀가 하늘 높이 훨훨 날아오를 것이라고 장담했죠.

그야 뭐 두고 보면 알 테지만 암튼 여자 집배원은 단호해 보였습니다.

관제사는 비행기 앞에서 헤드폰을 쓰더니 루프트한자 비행기 조종사와 대화를 나눴습니다. 그런 다음 그는 프로비당스를 왼쪽 제트엔진 뒤로 데려가 충분히 거리를 둔 곳에 세워두고는 모든 과정을 관리하기 위해 다시금 조종사와 교신했죠.

엔진의 날개가 빙빙 돌아가기 시작했습니다. 처음엔 천천히 돌더니 차츰 회전속도가 빨라졌어요. 레오는 스스로도 실험 결과에 대해서 회의적이었지만 그럼에도 끝까지 가보겠다는 의지를 불태웠습니다. 그를 지켜보는 조종사들의 눈에 한심하기 짝이 없는 멍청이로 보이는 위험을 무릅쓰고 말이죠. 그는 모든 것이 순조롭다고 전하기 위해 프로비당스를 향해 몇 가지 동작을 취했습니다. 비행기엔 백미러가 없는 관계로 날개 뒤에서 벌어지고 있는 비현실적인 광경을 전혀 보지 못하는 독일인 조종사의 눈은 이 순간 아마도 호기심으로 충만했을 겁니다.

뜨거운 바람이 일면서 사내아이처럼 짧게 자른 프로비당스의 머리카락이 제멋대로 흩날리더니 가냘픈 그녀의 몸이 떨리기 시작하더군

요. 그로부터 몇 초 후 그녀는, 그녀와 꽃무늬 비키니는 공중으로 솟아
올랐습니다. 다 구워진 빵이 토스터 밖으로 튀어 오르듯.

8

현 위치 : 하늘, 좀 더 정확하게는 '대기층'(프랑스 영공)이라고 불리는 곳
쾨로메트르® : 2,105킬로미터

두 눈을 뜬 프로비당스는 자신이 분명 하늘에 있음을, 지상에서 1백 미터 이상 되는 곳에 있음을 확인할 수 있었습니다. 그녀의 아래쪽으로는 지상에 발이 묶인 수많은 비행기들이 대기 중인 광대한 공항이 마치 건축 모형처럼 조그맣게 보였습니다. 활주로로 쏟아져 나온 사람들은 손으로 차양을 만들어 붙인 채 고개를 공중으로 쳐들고서 그녀가 하늘을 나는 광경을 지켜보는 중이었고요. 그들도 그녀만큼이나 깜짝 놀라는 중일 테죠. 그건 확실했어요. 웅성거리는 소리가 아련하게 들려왔습니다. 사람들이 환호라도 하는 모양이었습니다.

'됐어, 성공했어.'

스승 위에와 수도원장이 옳았던 겁니다. 프로비당스는 하늘을 날수 있었습니다. 그녀의 내부엔 그 같은 재능이 숨어 있었던 거죠. 태어날 때부터.

도무지 믿기 어려운 일이었습니다.

지상에서는 공항 터미널의 확성기를 통해 같은 메시지를 반복적으로 전한 레오 덕분에 프로비당스의 미션을 알게 된 여행객들이 취소된 비행 스케줄, 그로 인해 참석할 수 없게 된 각종 회의나 휴가 등 자신들이 겪고 있는 불편 따위는 잠시 잊고 사랑의 이름으로 날개를 만들어 바다 반대편에서 그녀를 기다리는 딸을 찾아 나선 용감한 엄마와 하나가 되었습니다. 너무도 감동스러운 사랑의 메시지인 탓에 사람들은 국적과 종교를 초월하여 인간이라는 하나의 민족, 하나의 인종이 되어 그녀를 지켜보고, 그녀와 함께했죠. 한 명의 인간, 강철 같은 의지로 자신의 꿈을 실현시킨, 아니, 꿈이라는 걸 품은 유일한 인간. 조지 오웰의 작품 속에서는 예외지만, 그 외의 곳에서라면 짐승들도 혹시 꿈이라는 걸 지니고 있을까?

프로비당스는 저기 아래, 까마득히 아래쪽에서 커다란 몸동작으로 그녀에게 작별 인사를 건네는 레오를 발견했습니다. 행복에 겨워 그녀도 두 팔을 조금 더 힘껏 휘저어 몇 미터쯤 고도를 올렸습니다. 그래도 너무 높이 올라가지는 말라는 관제사의 조언은 잊지 않았죠. 구름 너머에서는 추위와 산소 부족이 그녀를 호시탐탐 노리고 있으니까요.

곧 공항이 시야에서 사라지면서 녹색과 노란색이 어우러진 광활한 공간이 발아래로 보이는 풍경의 대부분을 잠식했습니다. 이케아에서 파는 욕실 깔개만큼이나 알록달록한 색상을 자랑하는 광대한 네모진 대지가 한 필의 천처럼 발밑에서 펼쳐지면서 그녀가 가야 할 방향을 알려주더군요. 프로비당스는 나침반 같은 건 몸에 지니고 있지 않았지만 어느 방향으로 가야 할지는 본능적으로 알 수 있었습니다. 이 땅의 어머니들이라면 사실 누구라도 그런 건 다 알 테죠.

문득 자크 브렐의 노래가 떠올랐습니다.

그건 최초의 꽃이었지
그리고 최초의 소녀
최고로 상냥한
그리고 최초의 두려움
맹세컨대 나는 날았지
맹세코 나는 날았지
내 마음이 두 팔을 활짝 벌렸지

벨기에 출신 가수 브렐이 마치 프로비당스를 위해 쓴 것 같은 그 노래.
그것도 꼭 오늘을 위해.
지금 여기 있는 나를 위해.

얼마 지나지 않아 첫 번째 구름에 다다른 프로비당스는 주저하지 않고 구름을 향해 헤엄쳐 나갔습니다. 배추 또는 요리사 모자를 닮은 구름이 아니었으니까요. 그저 구멍이 숭숭 뚫린 커다란 솜 덩어리 같은 구름일 뿐이었거든요. 그녀는 미끄러지듯 그 안으로, 목화솜의 섬유질 틈 사이로 들어갔습니다. 구름의 중심에 닿자 구름을 구성하고 있는 과용해 상태의 물이 마치 거대한 미스트처럼 방울져 그녀의 얼굴을 타고 흘러내리고 벗은 팔다리까지 적셨습니다. 아, 전혀 새로운

이 감촉! 수도원장이 옳았습니다. 구름을 느껴보는 건 너무도 기분 좋은 일이었거든요.

'흠, 내 후각 체험 목록에 새로 첨가해야지!'

천국의 냄새라고 해야 하나. 암튼 그런 종류의 냄새를 맡는 건 매일 할 수 있는 일이 아니니까요.

공중에 둥실 뜬 프로비당스는 마치 어렸을 때 자주 가곤 했으며, 어른이 된 지금도 꿈속에서 자주 찾아가는 투렐 수영장에 와 있기라도 한 듯 접영 자세를 잡았습니다. 하늘에서 수영을 하다니. 하지만 웬걸, 꿈속에서보다 한결 쉬웠죠.

새 한 마리가 곁을 지나가면서 그녀의 귀 가까이에서 휘파람을 불었습니다. 뜬금없이 하늘 한구석을 차지한 인간의 모습에 호기심이 발동했는지 녀석은 몇 미터쯤 프로비당스와 같이 날다가 이내 파란 창공으로 자취를 감추더군요. 친구들에게 이 믿기 어려운 만남이 소식을 전해주려는 것이었죠.

프로비당스는 어렸을 때, 늘 뜬구름 잡기에만 정신을 판다고 선생님들한테 꾸지람을 듣곤 했습니다. 그런데 오늘 그녀는 문자 그대로 두 발을 구름 속에 담그고 있었습니다.

'집중해야 해. 그녀는 스스로를 다잡았습니다. 투르 드 프랑스 우승컵만 생각해야 한다고.'

그때 갑자기 왼쪽에 세 번째 구름이 나타나자 프로비당스는 덜컥 의심에 사로잡혔습니다.

이제 겨우 시작인데 혹시 잠시 날다가 피곤에 지쳐서 쇠 절구공이처럼 바닥으로 추락하는 건 아닐까. 그녀는 지금 등장인물이 허공 속에서도 자유자재로 걸어 다니고, 그 사실을 알아차린 순간에야 비로소 추락하기 시작하는 만화영화 속에 있는 것이 아니었습니다. 현실에서라면 떨어지는 즉시 그녀는 토스트 빵 조각처럼 납작해질 테니까요. 자혜라와 간식 먹을 때 이따금씩 벌였던 빵 떨어뜨리기 놀이에서처럼 말입니다.

마른 빵에 버터와 잼을 조금씩 바른 다음 팔을 쭉 내밀면서 빵을 쥐고 있던 손을 펼치는 놀이였습니다. 아무것도 바르지 않은 면이 바닥에 닿도록 떨어뜨리는 사람이 이기는 놀이였죠. 프로비당스가 동심으로 돌아가 즐거워하는 동안 자혜라는 훨씬 진지한 태도로 통계표를 작성했습니다. 가령, 스무 번을 떨어뜨렸을 때, 빵의 잼 바른 면이 바닥에 닿는 경우는 열여섯 번이었고, 세 번은 반대쪽이 닿은 반면, 나머지 한 번은 떨어지지 않고 손에 그대로 붙어 있었다는 식이었습니다. 대부분의 경우, 다른 환자들의 웃음소리에 수상한 낌새를 눈치챈 청소부 아줌마가 번개처럼 주방으로 달려와 바닥에 떨어진 잼 자국을 보며, 당사자들이 우주의 운명이 달린 아주 중요한 과학 실험 중이었다는 설명을 할 사이도 없이 그들을 향해 빗자루를 휘두르는 것으로 놀이는 끝나게 마련이었죠. 한눈에도 우주의 운명보다는 주방 바닥 타일의 운명에 훨씬 관심이 많아 보이는 청소부 아줌마는 아랍어로 폭풍 잔소리를 퍼부으며 범인들을 주방에서 내쫓곤 했습니다. 병실로 돌아온 자혜라는 실험 결과를 공책에 빠짐없이 기록하고 거기서 결론을 이끌어냈죠.

가정 1.
일단 손에서 놓으면 빵은 항상 떨어진다.

가정 2.

빵은 거의 언제나 잼이 발린 면부터 바닥에 닿으면서 떨어진다. 문화라는 것은 잼과 같아서 적으면 적을수록 넓고 얇게 펴 바른다고 하듯이, 빵은 거의 언제나 문화가 발린 쪽부터 떨어진다(이것이 아무 뜻도 없는 말이라고 하더라도).

가정 3.

예외적으로 버터 발리지 않은 쪽이 바닥에 닿은 경우라면, 그건 버터를 발라야 할 면을 잘못 선택했기 때문이다.

　프로비당스는 현실로 돌아왔습니다.

　그녀에게는 집중이 필요했어요. 승려들도 그렇게 충고했죠. 한 번뿐인 이번 생에서는 게임 오버가 허락되지 않는다고요.

　지금으로선 여행이 순조로워 보였습니다. 하지만 돌아오는 길은 어떨 것인가? 프로비당스는 자혜라를 데리고 어떻게 돌아와야 할지 벌써부터 걱정이었죠. 그때까지도 그녀가 프랑스로의 귀국을 위해 준비한 비행기와 의료 인력은 이륙하지 못할 것이 뻔하니까요.

　그 경우 어떻게 자혜라를 안고 돌아온담? 둘이 같이 날 수는 없는 노릇이잖아. 너무 무거우니까. 게다가 아이의 몸속엔 이미 구름이 잔뜩 끼었으니까. 그 아이가 과연 구름 사이를 헤쳐 가며 헤엄칠 수 있을까?

　프로비당스의 눈에서 눈물이 몇 방울 떨어졌습니다.

　그곳에서 수천 킬로미터 떨어진 곳에서 기상학자 한 명이 컴퓨터 화면에서 이 눈물을 포획했습니다. 그 순간 그가 고안한 습도계 모델이 아름다운 청록 색상으로 뒤덮였죠. 마치 하늘 역사상 처음으로 구름 위에서 비가 오는 것 같았다더군요.

9

그날 오후 프랑수아 올랑드 프랑스 대통령은 지하철을 타기로 마음 먹었습니다. 지하철은 그가 평소엔 전혀 이용하지 않는 교통수단이었죠. 우선 그는, 아랍 식료품점이나 중국 식당, 미국 서부영화에 나오는 술집 주인들의 살림집이 가게 위층인 것과 똑같은 이치로 근무처인 엘리제궁에서 거주하는 데다, 그의 경호를 맡은 직원들이 뭐라고 딱히 이름 붙이기 어려울 정도로 골치 아픈 상황의 연속일 것을 우려한 나머지 아예 그런 돌출 행동은 하지 못하도록 대통령을 방해하기 때문이었습니다. 방해라는 말엔 사실 어폐가 있는데, 아니, 일국의 대통령이 자신이 원하는 방식으로 행동하는 것, 다시 말해서 지하철 타는 것을 어떻게 감히 방해한단 말입니까, 계약 기간이 끝나기도 전에 해고당할 각오를 하지 않은 다음에야 말입니다.

암튼 이날만큼은 경호원들이 그가 파리 지하철의 뱃속으로 들어가는 걸 막지 못했죠. 하지만 가는 날이 장날이라고, 대통령이 지하철역으로 들어가는 것과 거의 동시에 보좌관이 뒤따라와서(21세기의 동굴이라 할 만한 지하철 역사에서는 휴대폰이 안 터지므로) 이제껏 전례를 찾아볼 수 없는 굉장한 사건이 발생해서 지금 온 세상이 요동치고 있다고 보고했습니다. 웬 여자가 하늘을 날고(voler) 있다는 소식이었습니다.

"아, 말도 안 돼, 지금 나한테 굶주린 자식들을 먹이려고 슈퍼마켓에서 다진 고기를 훔친(voler) 엄마 이야기를 반복하려는 건가? 2007년 사건을 리메이크할 생각은 말아요! 그 여자를 당장 끌어내요, 그때 사르코지가 했던 것처럼 말이오!"

"대통령님, 그 여자는 슈퍼마켓에서 물건을 훔치는 게 아닙니다. 하늘을 날고 있다고요."

"뭐라고, 뭘 훔친다고? 구름을 훔친단 말인가?"

평소 자기가 한 농담에 자기가 웃는 경우가 잦았던 올랑드 대통령은 이날 꼬꼬댁하는 닭 소리와 닮은 웃음소리를 냈습니다. 수행원들도 따라 웃었고요. 그러자 웃음은 삽시간에 99.9퍼센트의 경찰과 0.1퍼센트의 민간인(두 명의 거구 경찰관 사이에 낀 이 50대 여인은 비밀을 지키겠다는 각서에 서명할 것을 강요받았죠. 서류엔 아무리 재치 있는 말일지라도 대통령이 한 말을 그 즉석에서 잊겠다는 내용도 명시되어 있었습니다)으로 구성된 승객 전체로 퍼졌습니다.

"그 여자는 새처럼 날고 있습니다, 대통령님."

"새처럼 난다고? 그거 아주 흥미롭군. LPO(조류보호연맹)도 알고 있나?"

"아닙니다."

"좋아. 그럼 DGAC(민간항공국)는?"

"아닙니다."

"다행이군. 그렇다면 DGSE(대외보안국)는?"

"아닙니다."

"자네가 전해주는 소식이라면 응당 그 정도 수준은 되리라고 짐작했네. 좋아, 그럼 모두 샤를드골로 가지!"

"그 여자는 오를리에서 출발했습니다."

"아, 그렇군. 그렇다면 오를리로 가지!"

"대통령님, 오를리 공항은 폐쇄되었습니다."

"좋아, 그렇다면 모두 샤를드골로 가야지!"

"대통령님, 모든 공항이 폐쇄되었습니다. 오늘 아침 올려 드린 요약 문서 안 읽으셨습니까?"

"오늘 아침 급하다면서 오전 11시쯤 가져온 백 쪽쯤 되는 빨간 표지 서류라면 읽지 않았네. 퐁피두 대통령처럼 나도 한 문장이 넘어가는 요약은 읽지 않는다네. 한 문장이 넘어가면 그건 요약이라고 할 수 없지!"

"그러시다면 다음엔 전보를 쳐야겠군요."

보좌관이 구시렁거렸다.

"뭐라고 했나?"

"아닙니다, 대통령님. 방금 하신 말씀이 옳다고 말했습니다. 다음번 요약은 한 문장이 넘지 않도록 신경 쓰겠습니다. 괜찮으시다면 두 문장 정도까지는 용납해 주시죠."

"말이 나온 김에 한마디만 더 하지. 앞으로는 두꺼운 빨간 서류 같은 건 없는 걸세. 난 그런 건, 그러니까 그렇게 두꺼운 빨간 서류 같은 건 절대 열어보지 않는다네. 무섭거든. 빨간 서류가 아무 때고 자네 시야를 가로막는다고 상상해 보게나. 얼마나 무서울지 이해가 가나? 자,

그럼 다시 공항 이야기나 해보자고."

"모두 폐쇄되었습니다."

"프랑스의 어느 공항도 대통령에게 문을 닫을 순 없네."

"거대한 화산재 구름 때문에 비행기들이 날 수 없습니다. 그게 바로 오늘 아침 요약 서류 내용입니다."

"거보게, 자네는 방금 단 한 문장으로 훌륭하게 요약하지 않는가 말일세! 거대한 화산재 구름 때문에 비행기들이 날 수 없습니다. 복잡할 거 하나도 없지 않은가. 그건 그렇고, 자네가 알아두었으면 하는데, 그 어떤 화산재 구름도 프랑스 대통령 전용기의 이륙을 막을 수 없다는 사실을 명심하게!"

서둘러 지상으로 올라온 일행은 오토바이 기동대를 동원하여 요란하게 사이렌을 울리며 올랑드 대통령을 오를리 공항으로 안내했습니다. 공항에서는 콧수염을 기른 국경 경찰대 소속 경찰 한 명이 대통령에게 상황을 브리핑하기 위해 대기 중이었죠.

"안녕하십니까, 신사 양반. 상황이 어떤지 들려주시오."

"대통령님, 저는 신사가 아닙니다."

콧수염 기른 여자 경찰이 이의를 제기했습니다.

"아, 그거야 당신 문제지."

공무원들의 사생활에 끼어들고 싶지 않은 프랑스 대통령이 오히려 한술 더 떴습니다.

"나는 지금 상황에 대해 물었지 당신의 성 정체성에 대한 답을 요구한 건 아니오. 비록 당신이 유로비전에 나와서 보여준 재능은 아주 내 마음에 들었지만 말이오."

여자 경찰의 콧수염이 분노로 씰룩거렸습니다.

"여자 도둑(voleuse)은, 아, 죄송합니다, 비행녀(volante)는 방금 스페인 국경을 넘어갔습니다."

"뭐라고? 그 여자가 벌써 파에야 애호가들 나라로 들어갔다니! 이럴 때가 아니로군, 괜히 시간만 낭비했어. 에어 프랑스 원(Air France One)으로 가겠다! 지금 당장!"

10

"난 올랑드가 좋아."

미용사가 말했다.

"전 별로긴 하지만 그래도 또 다른 프랑수아보다는 나은 것 같아요."

"프랑수아 미테랑 말인가?"

"네, 맞아요, 미테랑. 난 그 인물한테는 어쩐지 정이 안 가더라고요. 내가 보기엔 굉장히 냉정하고 근엄한 것 같아서."

"그래, 그건 자네 말이 맞아. 너무 냉정하고 근엄하지. 이런 말 하긴 뭐하지만 그가 죽은 이후로……."

11

현 위치 : 피레네 산맥 상공(프랑스-스페인)

쾨로메트르® : 1,473킬로미터

구름은 거대한 봉투처럼, 계절 인사를 적어 보내는 편지 봉투처럼 헤엄친다고 알바니아 출신 시인 이스마엘 카다레가 말했죠. 여자 집 배원이 시인보다 더 좋은 표현을 찾아낼 수는 없었겠죠.

위에서 내려다보는 세상은 얼마나 아름답던지. 비행기를 탈 때와는 완전히 다른 느낌이었습니다. 요즘 마르세유에서 관광객 몰이에 성공하고 있다는 유람선들처럼 유리로 만든 항공기 동체는 아직 발명되지 않았으니까요. 그렇게만 된다면 그야말로 대박일 텐데. 하긴 그렇다 해도 얼굴을 스치고 지나가는 이 부드러운 상쾌함과 촉촉함, 완전한 자유로움, 그리고 냄새는 느낄 수 없을 테죠. 천국의 냄새. 프로비당스는 온전히 자신의 몸짓과 자신이 가는 방향, 날고자 하는 고도를 결정하는 주인이었습니다.

그녀는 대성당 꼭대기에 풍향계를 설치 중인 사람들을 보았고, 고층건물 유리창을 닦다가 잠시 유리 지붕에 쪼그린 채 휴식 중인 인부들도 보았습니다. 어디 그뿐인가요. 발코니에서 떨어지는 것들이 어찌나 다양한지 돌아버릴 지경이기도 했죠. 눈물 흘리는 소녀들, 아마추어 등산가들, 히즐랭의 노래에서 튀어나온 듯한 인물들……. 불과 몇 시간 만에 프로비당스는 프랑스 주요 도시들의 상공을 지나고 프랑스와 스페인을 갈라놓는 거대한 산맥들도 가로질렀습니다. 그러자 어느 순간 그녀의 발밑에 펼쳐진 양탄자들이 마법처럼 확 바뀌더군요. 노란 빛깔이 주조를 이루는 가운데 훨씬 건조하면서 녹색이 드문드문한 풍경이 시작되는 것이었습니다. 메마른 땅은 남쪽으로 내려갈수록 점점 더 목마름을 호소하는 듯했죠.

프로비당스는 물을 마시고 기운을 추스르기 위해 두 번 정도 날갯짓을 멈췄습니다. 구름 속에서 입을 벌리는 것만으로는 갈증을 없애는데 충분하지 않았거든. 5미터쯤이나 떨어진 곳에서 미스트를 뿌리는 것과 비슷하다고나 할까. 그런 식으로라면 한 컵 채우는 데만도 몇 시간은 족히 걸릴 판이었죠. 그래서 그녀는 피레네 산맥을 넘기 전, 강줄기들이 암벽의 핏줄처럼 협곡 주변으로 퍼져 나가는 곳, 소들이 지천으로 흩어져서 풀을 뜯는 곳으로 잠시 내려왔습니다. 그 후 다시 하늘로 올라가는 데에는 아무런 문제도 없었고요.

하늘에서 지표면을 내려다보던 프로비당스의 눈엔 가끔 개미처럼 작게 보이는 인간들의 행렬이 보이기도 했습니다. 한눈에도 그녀의 비행을 지켜보는 사람들의 무리 같았죠. 마드리드 근처를 지나면서 열기구와 마주친 그녀는 자신의 추측이 맞았음을 확인할 수 있었습니다. 어머, 오늘은 열기구들이 자유롭게 하늘을 날아다니네! 그녀가 미처 생각하지 못했던 교통수단이 있었던 거죠. 열기구에 탄 네 사람이 가장자리로 다가오더니 그녀에게 요깃거리를 건네주었습니다. 바나나 한 개, 그녀에게 우정을 표하고 아름답고 강력한 사랑의 교훈을 준 데 대해서 감사의 마음을 전하고 싶은 '팬들'이 집에서 손수 구운 과자 몇 조각. 마치 우리 모두가 당신과 함께 구름 속을 날아다니는 것 같아요, 라고 적힌 카드가 타파웨어 속에 들어 있었죠. 당신은 우리의 팅커벨 요정입니다! 카메라와 마이크로 무장하고서 열기구에 타고 있던 기자는 아래 세상, 그러니까 지상에서 사람들이 벌써 그녀를 '노란 4L 요정(그녀가 우체국에서 일하니까)'이라고 부르기 시작했다고 알려주더군요.

노란 4L 요정. 보통 요정은 날개가 두 개뿐이죠. 그런데 프로비당스에게는 날개가 네 개였습니다.

나쁘지 않은 별명이었습니다.

유명세도 나쁘지 않았고요.

하루아침에 프로비당스는 모나리자만큼이나 유명해졌습니다. 소피 모르소, 쥘리에트 브리오슈, 오드리 투투, 마리옹 코티용, 앙젤리나 파트레졸리, 나탈리 포르트말, 페네로페 크뤼즈처럼 프랑스와 미국 영화계를 주름잡는 모든 여배우들만큼이나 유명해졌다니까요.

하지만 이 사건에서 가장 감동적인 것은 뭐니 뭐니 해도 전 세계가 프로비당스의 모험에 엄청난 반향을 보내고 있으며, 지구 전체를 거대한 사랑의 감정 속으로 빠뜨렸다는 사실이었습니다. 잠시 동안이나마 전쟁과 분쟁의 포격 소리가 멈추었으며, 잠시 동안이나마 증오의 심장박동이 잠잠해졌으니까요. 'Heal the world, make it a better place'라고 마이클 잭슨은 지치지 않고 노래했죠. 그런데 그는 이 광경을 보지 못했습니다. 넬슨 만델라도 마찬가지고요. 마틴 루터 킹도 간디도 테레사 수녀도 사정은 다르지 않았습니다. 서글픈 운명의 장난이라고나 할까, 세계 평화를 위해 투쟁한 모든 사람들은 이미 이 세상을 떠났으니까요. 시리아인들도 모래 포대 위에 무기를 내려놓고 손으로 차양을 만들어가며 하늘을 살폈습니다. 그러나 그들은 프랑스 여자 집배원이 벌써 너무 서쪽으로 간 탓에 결코 그녀를 볼 수 없었을 겁니다. 그래도 그들은 일단 전투를 멈추었습니다. 싸움 끝에 몇 주째 냉전 중이던 부부가 우연히 애정 영화를 보게 되어 결국 같이 손을 잡고 소파에서 얼싸안고 뒹구는 것처럼 갑작스럽고 예기치 않았던 정전이었죠. 자, 이제 모든 걸 잊어버립시다, 라며 팔레스타인 사람은 자동소총을 겨누던 이스라엘 인에게 외쳤습니다. 세계 각지에서 해체되었던 가족들이 봉합되고, 집을 나갔던 아버지들이 가정으로 돌아왔으며 파멸 직전까지 갔던 어머니들은 방금 전에 쓰레기통에 버리고 간 갓난아기를 되찾으러 돌아왔다더군요.

결국 이렇게 해서 세상은 바뀔 수 있습니다.

꼭 자기가 그걸 제안하지 않는다고 하더라도 말입니다.

프로비당스는 아침에 쓰레기를 버리러 나갔다가 돌아오는 길에 세상을 구했습니다.

하지만 지구상의 모든 텔레비전이 브레이킹 뉴스라고 호들갑을 떨며 이 멋진 소식을 제대로 전하기도 전에 세상은 다시금 예전과 똑같아졌습니다. 이 모든 것은 고작 몇 분 동안 지속되었을 뿐이었던 거죠. 3분. 사람들이 다시금 정신을 차리고 자기 일에만 몰두하는 데 필요한 시간. 천사가 지나가고 나자 팔레스타인인은 방아쇠를 당겼고, 같은 순간 독일에서는 백인이 흑인을 죽였으며, 남아프리카에서는 한 흑인이 두 명의 백인을 죽였습니다. 미국의 한 대학에서는 젊은 정신이상자가 은행 계좌 개설 기념으로 선사받은 소총으로 총기 난사 사건을 벌였으며, 한 무리의 밀렵꾼이 아마존 유역에 거주하는 아와족 다섯 명을 살해했습니다. 이란 사람은 이라크 사람을 죽였고, 이라크 사람은 이란 사람을 죽였으며, 파키스탄 남자는 다른 파키스탄 남자를 쳐다보았다는 이유로 자기 아내의 얼굴에 황산을 뿌렸죠. 브라질 남자는 핸드백을 빼앗으려고 할머니를 죽였으며, 알노스라 전선 소속 테러리스트는 다마스커스의 한 시장에서 자살테러를 감행함으로써 열두 명을 살해하고 마흔 세 명에게 부상을 입혔습니다. 우울증에 빠진 한 페루 남자가 판초와 플루트를 움켜쥔 채 8층 건물에서 몸을 던진 탓에 아무 잘못도 없는 두 명의 행인이 깔려 죽기도 했고요.

요컨대 세상은 다시금 정상적으로 돌아가기 시작했다는 거죠.

그렇다고 해서 억울한 사망자가 한 명도 없었던 그 3분을 기억에서 완전히 지워 버린 건 아니었습니다. 심지어 자연사까지도. 노인들이나 환자들마저도 잠자는 어린아이가 깰까 봐 재채기 참듯 어금니를 꽉 물고 버텼으니까요.

젊은 여자 집배원의 무훈은 우리가 살고 있는 이 지구촌 주민들의 정신과 마음에만 긍정적인 효과를 준 것이 아니었습니다. 그들을 한결 인간적으로 만들어주며 어디를 가나 짊어지고 다녀야 하는 육체라는 살점들에도 영향력을 발휘했습니다. 그날, 지구의 구석구석에서(지구는 둥그런 구형이므로 구석이란 것이 있을 수 없다는 사실을 나도 잘 안다. 내가 《이케아 옷장에 갇힌 인도 고행자의 신기한 여행》을 쓸 때 이미 출판사에서는 그 같은 지적을 했다. 하지만 그래도 나는 이 표현이 마음에 들기 때문에 기어이

쓰고야 만다) TV 수상기를 통해 프로비당스가 딸에게 가기 위해 하늘을 나는 모습을 지켜본 사람들 중에 병이 나아버린 사람들도 적지 않았다는 건 전혀 과장이 아니었으니 말입니다. 세계 언론들도 이러한 사례들을 대거 소개했습니다. 암으로 고생하던 사람, 백혈병을 앓던 사람, 마음의 상처로 고통받던 사람 등, 사연도 제각각이었죠.

그런데 이 방면에서도 모든 것은 곧 정상으로 되돌아갔습니다.

이 모든 현상에 대해 전혀 알지 못했던 프로비당스는 한 손으로는 열기구를 붙잡고, 나머지 팔로만 열심히 날갯짓을 계속했습니다. 스폰서의 자동차에 한 손을 얹고 페달을 밟는 자전거 선수들처럼 조금이라도 힘을 아끼기 위해서였죠. 프로비당스는 미소를 지어가며 기자의 질문에 답했습니다. 힘이 들어도 내색하지 않으며 약간의 외교적 수완을 발휘했다고 해야 하나요. 스승 위에가 보고 있다면 찜통 같은 바르베스의 아파트 혹은 진짜인지 확인할 길은 없으나 어쨌건 파리 16구의 고대광실에 놓인 싸구려 TV 수상기 앞에서 노발대발했을 테죠. 어쩌면 모자, 그러니까 파리 생제르맹 로고가 들어간 털모자를 질겅질겅 씹고 있을지도 모를 노릇이었고요. 하긴, 모자라고 해도 그가 먹던 샌드위치보다 더 맛이 없으란 법도 없을 겁니다. 그래도 그라면 자신의 재능을 세계만방에 드러내 보이는 제자의 행동을 이해해 줄 겁니다. 그건 어디까지나 두바이에서 제일 높은 빌딩의 유리창을 닦으려는 것이 아니라 지극히 고귀한 명분을 위해서 하는 일이었으니까요.

젊은 여자 집배원의 모험은, 비록 그녀가 이미 국경을 넘은 지 꽤 되었지만, 진정한 의미에서 투르 드 프랑스만큼이나 주의 깊게 지켜보아야 할 사건 중의 사건이 되었습니다. 그녀는 곧 그 끔찍한 꽃병을 손에 넣게 될 것이었죠. 그러면 츄 누리는 그녀를 자랑스럽게 생각하게 될 것이었고요.

열기구가 그녀로부터 멀어지자(어쩌면 프로비당스가 그것으로부터 멀어진 것일 수도 있습니다) 프로비당스는 이내 평온한 안식처, 새로 장만한 집에 들어간 듯한 기분을 맛보았습니다. 이제 구름이 그녀의 집이었습니다. 프로비당스는 두 팔을 힘껏 휘저었습니다.

팔다리가 마비된 것 같은 느낌이 들 때마다 프로비당스는 자혜라를 생각했죠. 그러면 통증이 견딜 만하게 느껴졌으니까요. 흘러가는 1분 1초가, 지나치는 도시 하나하나, 가로지르는 강줄기 하나하나, 따라잡는 구름 하나하나가 그녀를 딸에게 조금씩 더 가까이 데려갔습니다. 이렇게 하늘에 있다는 것이 도저히 믿기지 않았습니다. 꼭 마법에 걸린 것만 같았죠. 프로비당스는 꿈을 꾸는 것 같은 기분이 들었지만, 그러기엔 감각이 너무도 생생했습니다.

문득 둔중한 소리가 들리면서 그녀는 공상에서 벗어났습니다. 청색과 백색으로 칠한 비행기 한 대가 그녀에게 다가오고 있었습니다. 동체엔 대문짝만 한 글자로 유나이티드 스테이츠 오브 어메리카라고 적혀 있더군요. 비행기는 영화에서 해적선이 전투 개시를 위해 다른 배 옆에 바짝 선체를 붙이듯이 그녀 가까이에서 우뚝 멈춰 섰습니다. 비행기가 너무도 가까이에서 정지했으므로 그녀는 조종석에 앉은 조종사들이 껌을 씹는 모습까지 지켜볼 수 있었습니다. 바다에서라면 그녀는 돌고래들과 함께 수영을 했을 테지만, 공중에서는 열기구들과 에오포스 원 사이에서 헤엄을 쳤다는 거 아닙니까! 다른 비행기들은 모두 공항에 발이 묶여 있을 때 유일하게 미국 대통령을 태운 전용기만이 하늘을 누비고 다녀도 된다는 허락을 받은 거죠.

너무 높지 않은 곳에서 날고 있었으므로 대통령 전용기의 출입문이

열리는 순간에도, 재앙 영화에서 흔히 보듯, 그 기체 안으로 빨려 들어가는 사람은 한 명도 없었습니다. 검은 양복을 입은 남자 두 명이 프로비당스의 허리를 잡아 자기들 쪽으로 끌어당겼습니다. 그제야 젊은 프랑스 여자 집배원은 저절로 전용기 안으로 미끄러지듯 들어가게 되었죠. 요청한 것도 아닌데 어느새 그녀의 한 손엔 빨대가, 다른 한 손엔 얼음 두 개를 띄운 위스키 잔이 쥐어졌습니다.

이렇게 해서 파리 남부 교외 지역 담당 여자 집배원은 이 세상에서 가장 강력한 실세, 다시 말해서 스승 위에 이어 두 번째로 힘이 센 남자를 만나게 되었습니다.

12

그가 가진 어마어마한 권력에도 불구하고 오바마는 아주 소박한 사
람이었습니다. 그는 집에 있을 때면(또는 전용기를 탈 때면, 하긴 그게 그거
지만) 여느 보통 사람들과 마찬가지로 반짝반짝 광나게 닦은 구두 대신
호머 심슨의 얼굴이 담긴 엄청 편해 보이는 빨간 실내화를 신었습니
다. 짙은 감색 양복에 흰색 넥타이, 빨간 실내화 등 조국인 미국 국기
색으로 차려입은 그가 얼굴 가득 미소를 머금고 젊은 프랑스 여자 집
배원을 맞이했습니다.

"My dear Providence, I jumped right away in my Jumbo the
very moment I······."

그때 순백의 치아를 가진 금발 여인이 마법처럼 그녀의 곁으로 오
더니 통역을 시작했습니다.

"친애하는 프로비당스 양, 나는 당신의 모험 소식을 듣는 순간 내

점보 비행기에 뛰어들었습니다. 사실 그 순간에 나는 올림픽 개막식에 참석하기 위하여 그리스로 떠나야 하는 상황이었죠. 올림픽 종목 중에서도 특히 프랑스 팀이 유력한 우승 후보라는 소문이 자자한 버찌씨 던지기 종목을 참관할 예정이었죠. 그 선수들의 유니폼은 블루 치즈로 짰다던데, 사실인가요? 그렇지 않아도 프랑스 사람들은 좋은 냄새가 난다고 할 수 없는 편이었는데 요컨대 나는 내 두 눈으로 직접 당신이 하늘을 나는 모습을 보고 싶었다는 말입니다. 당신이 지금 하고 있는 일은 매우 아름답고 격려받아 마땅합니다. 심지어 꿈만 같은 일이죠. 닐 암스트롱이이라면 '남자(프랑스어에서 'homme'은 남자를 뜻하지만 인류 전체라는 의미로도 쓰임: 옮긴이)의, 아니, 여자(femme)의 자그마한 팔 젓기'라고 했을 법하네요. 그러니까 '인류의 위대한 팔 젓기'인 거죠. 프랑스 여성이 최초로 그 일을 하게 된 것이 유감이긴 합니다만. 나는 미합중국의 이름으로 당신에게 축하를 보냅니다. 당신의 최초의 비행을 위하여! 나는 당신에게 미국 평화훈장을 수여합니다. 평화와 당신의 행동이 무슨 관계가 있느냐고요? 없지요, 하지만 유일하게 그 훈장만 남아 있거든요. 만들어놓은 훈장이 고스란히 재고로 남았어요. 달리 소진할 방법이 없었습니다."

버락 오바마는 조금 전과 마찬가지로 역시 마법처럼 나타난 또 다른 순백 치아의 금발 여인이 내민 별 모양 상자에서 작은 파란색과 흰색 천 조각을 꺼내 프로비당스가 입은 비키니 상의에 달아주었습니다. 그런 다음 그는 감격한 태도로 여자 집배원의 두 뺨에 키스했죠.

"생큐."

영광스럽기도 하면서 한편으로는 늘어난 무게가 비행에 방해가 되지는 않을지 염려가 된 프로비당스가 머뭇거리며 인사했습니다.

검정색 옷을 입은 정보부 직원 두 명이 단호한 태도로 다시금 그녀를 꽉 잡아 비행기 출입문으로 안내했습니다. 거기서 프로비당스에게 여행 잘하라는 인사를 건넨 두 남자는 그녀가 미처 제로니모오오오를 외칠 사이도 없이 그녀를 허공으로 떠밀었죠.

프로비당스가 비행 리듬을 되찾는 데에는 적어도 몇 초가량이 필요했습니다. 그녀가 원래 페이스를 되찾았다 싶었을 때 또다시 귓가에 둔중한 소리가 들려왔죠. 이번에도 역시 비행기였습니다. 백색 동체 위에 프랑스 공화국이라고 적혀 있는 비행기는 불과 몇 분 전에 미국 비행기가 했듯이 그녀에게 접근했습니다. 공항이 모든 사람에게 폐쇄된 건 아닌 모양이야, 라고 프로비당스는 생각했습니다.

기체의 앞쪽 출입문이 열리더니 강인해 보이는 두 개의 손이 나와 그녀를 낚아챘습니다. '휴우' 소리를 낼 틈도 없이 그녀는 프랑스의 프랑수아 올랑드 대통령과 대면하게 되었습니다.

"내가 처음입니까?"

대통령이 거두절미하고 불쑥 묻더군요.

"네, 대통령님."

프로비당스는 거짓말을 했습니다.

"잘됐군요."

안심이 된다는 듯이 대통령이 말했습니다.

"오바마보다도 내가 먼저입니까?"

"오바마보다도 먼저입니다."

"아주 잘됐군요. 아시는지 모르겠는데, 난 당신 소식을 접하자마자 에어 프랑스 원에 올라탔습니다."

"그러셨겠죠, 대통령님."

만일 프로비당스 자신이 대통령이었다면, 벌써 오래전에 딸을 데리러 전용기에 올라탔을 텐데요.

'어쩌겠어, 나 같은 서민은 죽어라 팔을 저어가며 나는 법을 배우는 수밖에. 천재들이 발명한 비디오 게임 속 통닭들처럼 말이야.'

미국 대통령과 마찬가지로 프랑수아 올랑드도 그녀를 치하했습니다. 이번엔 순백 치아의 금발 여인의 통역 따윈 필요 없었죠. 프랑스 대통령은 그녀에게 공로 훈장을 달아주었습니다. 눈 깜짝할 사이에 비키니 상의엔 파란 천으로 제작된 작은 눈꽃 모양의 훈장이 달렸습니다.

"감사합니다, 대통령님. 영광입니다."

"이 미국 훈장은 뭡니까?"

"어디요?"

"여기, 당신 브래지어에 달려 있잖소!"

"아, 이거!"

"미국 평화훈장 같군요! 당신은 방금 내가 제일 처음이라고 하지 않았습니까!"

그는 어머니날을 맞아 몸 둘 바를 몰라 쩔쩔매는 인류의 아버지 아담보다도 더 당황한 것 같아 보이더군요.

"아, 그렇죠, 대통령님이 제일 처음 맞아요."

"그렇다면 오바마가 수여하는 시시껄렁한 훈장이 당신 젖퉁이에 달려 있는 건 어떻게 설명한단 말이오?"

프랑스 대통령에게는 화가 나면 천박해지는 나쁜 버릇이 있는 것 같았습니다. 심상치 않은 기류를 감지한 보좌관이 다가오더니 지혜로운 몇 마디 말로 그를 진정시키더군요.

"사과하겠습니다, 뒤푸아 양. 내가 요즘 좀 신경이 날카로워서 그만. 내 인기가 조만간 아르헨티나 페소화 가치보다도 떨어질 것 같아 그런 거니까, 당신이 나를 너그럽게 이해해 주시죠."

그러더니 그는 무안한 듯 미소를 지으며 프로비당스를 얼싸안았습니다.

그녀가 미처 슈퍼칼리프라질리스티섹스피알리도시우스(또는 위헌적으로)라는 말을 마치기도 전에 힘센 두 팔이 우체국의 메리 포핀스의 양 허벅지를 꽉 잡더니 그녀를 구름 속으로 밀쳐 냈습니다. 가슴은 자부심으로 벅차오르고 비키니는 파란 헝겊 별 무게만큼 무거워진 우체국의 메리 포핀스 양. 그녀는 보좌관이 대통령에게 뭐라고 했기에 대통령이 화를 가라앉혔는지 영영 알 수 없게 되었습니다. 국가적 비밀.

보좌관, 대통령, 국가적 비밀 등으로 이루어진 행렬은 계속 이어졌습니다. 하늘은 이제 공무를 수행 중인 보잉기와 에어버스기의 각축장이 되어버렸습니다. 전 세계 주요 국가의 수장들이 '하늘을 나는 여인'을 그냥 지나치도록 내버려 두지 않았거든요. 저마다 찾아와 악수를 하고 훈장을 건넸습니다. 마리아노 라호이 스페인 총리와 경제 위기 때문에 어쩔 수 없이 초콜릿으로 제작한 훈장, 푸틴(혹시라도 러시아 국적을 갖고 싶어할 경우에 대비해서 여자 집배원 명의의 여권을 손에 들고 나왔더군요), 예쁜 꽃무늬 비키니를 가까이에서 보고 싶은 데다 혹시 큰 사이즈도 있는지 궁금하기도 하여 나온 독일 수상 등. 전 세계가 그녀의 행동에 놀라움을 표했습니다. 하긴 충분히 그럴 만했죠. 프로비당스는 딸을 구하기 위해 날갯짓을 마다하지 않는 힘든 여행길에 오른 요정으로 등극하게 되었고요.

젊은 여자 집배원이 이처럼 세계의 지도자들을 꼭 한 번 만났을 뿐이었습니다. 치약 냄새를 풍기던 오바마, 지폐 만드는 종이 냄새가 나던 푸틴. 치즈와 마늘 냄새가 밴 올랑드는 과연 프랑스인다웠죠. 그런데 프로비당스는 이제 그들을 마치 오래된 친구처럼 잘 안다는 느낌마저 들었습니다.

하지만 그녀는 그저 그들의 체취만을 기억하며 다시 출발할 따름이었습니다.

이제 그녀의 비키니 수영복엔 샤모니 스키 학교에 등록한 열 살짜리 계집아이들이 입는 원피스 수영복보다도 오히려 별이 더 많았습니다. 그녀는 자혜라를 만나면 들려줄 이야기가 너무 많았습니다.

'그 아이가 인터넷을 통해 벌써 다 알고 있는 것이 아니라면. 그렇게만 되어준다면 정말 좋으련만. 그러면 그 아이는 자기가 늦게 도착한 사연도 다 이해할 테니까. 엄마로서 맞이하는 첫날부터 나는 벌써 그 아이를 실망시키고 있으니, 아, 너무 부끄러워!'

얼마 지나지 않아 프로비당스의 시야에 물이 들어왔습니다. 수백만 개의 자개 빛깔 조개껍질을 깔아놓은 듯 넘실거리는 은빛 물결. 두 개의 육지 사이를 갈라놓는 수 킬로미터를 그득하게 채우며 넘실거리는 그 물결. 해협을 알리는 반가운 신호. 지브롤터 해협. 이제 목적지까지 얼마 남지 않았습니다. 여전히 밝게 빛나는 태양은 서서히 바다를 향해 내려가기 시작했죠. 충실한 동반자처럼 그녀를 안내해 준 태양은 이카루스의 날개처럼 그녀의 날개를 태워 버리는 심술 따위는 부리지 않았습니다.

그때 갑자기 육지가 나타났습니다. 모로코였죠. 약속의 땅. 프로비당스는 마치 자신이 비행기라도 되는 것처럼 서서히 하강을 시작했습니다. 내려가면서 그녀는 어떻게 자신의 도착을 알릴지 상상에 잠겼죠. 테이블을 모두 접고 좌석을 수직으로 세워주십시오. 몇 분 후면 마라케시 상공을 날게 됩니다. 거기서 조금만 동쪽으로 가면 병원이었습니다. 사막과 산악지대 사이의 황색 지역 한가운데 뜬금없이 솟은 흰색 대형 건물. 그런데 정체를 알 수 없는 물체의 윤곽선이 지표면을 향해 하강을 시작한 그녀의 눈앞을 가로막는 것이 아니겠습니까.

프로비당스는 전율했습니다.

방향을 바꿔야 해, 얼른 다른 쪽으로 가야 한다니까!

승려들의 말은 구구절절 옳았습니다. 그 물체는 요리사의 모자 같으면서 동시에 거대한 컬리 플라워 같기도 했거든요.

13

어쩐지 현실이기엔 너무도 아름답다 싶더라고요.

위협적인 적란운, 핵폭탄 두 개의 위력을 지닌, 일종의 세탁기 같은 그 구름을 피하기 위해 서둘러 방향을 바꾸는 과정에서 프로비당스는 바람 혈 속에 빠지는 처지가 되었습니다. 소용돌이치며 그녀를 점점 깊이 빨아들이는 바람 때문에 그녀는 자신을 향해 놀라운 속도로 다가오는 거대한 산 정상 쪽으로 떠밀렸습니다. 이를 테면 스키를 타다가 갑자기 우리를 향해 다가오는 전나무가 보이면 눈 속에 엉덩방아를 찧게 되는 것과 같은 원리였죠. 하늘에서도 사정은 다르지 않았습니다.

7월 14일 혁명 기념일에 행진하는 참전용사처럼, 아니, 현역으로 맹활약 중인 남아메리카의 어느 독재자처럼 훈장을 주렁주렁 단 채 아래쪽을 향해 급강하하기 시작한 프로비당스는 도무지 비행을 통제할 수가 없었습니다. 자만심 때문에 모든 것을 그르치게 되려는 것 같았죠.

성난 파도가 수영하는 사람을 가파른 해안에 던져 놓고 달아나듯이, 바람은 강력한 힘으로 여자 집배원을 바다 쪽으로 패대기쳤습니다. 프로비당스는 날씨 변화에 온몸을 맡긴 맥없는 헝겊 인형과 다를 바 없었습니다. 그처럼 강한 힘에 맞서 저항하기엔 너무도 나약하기만 한 인형. 이제 그녀는 휙휙 소리를 내며 흔들리는 나무 꼭대기에 납작 떨어질 판이었습니다.

4부

낙타 유람의 끝

1

거기서 몇 킬로미터쯤 떨어진 곳에서 자헤라는 다른 종류의 구름을 상대로 사투를 벌이는 중이었습니다. 플라스틱 튜브들을 줄줄이 늘어뜨린 어린 소녀는 마치 유리로 된 관 속에서 평온히 잠을 자는 듯한 모습이었습니다. 환자의 고통을 줄여주기 위해 의사들은 아이에게 인위적 가사상태 처방을 내렸으며, 그 상태에서 아이는 어쩌면 결코 성사되지 않을 수도 있는 이식 수술을 기다리는 중이었던 거죠. 아무래도 아이의 기다림은 괜한 일이 될 확률이 매우 높았고, 따라서 자헤라는 서서히 가라앉을 것이었습니다. 아이의 가냘픈 호흡마저도 점점 느려지면서 결국 사라지게 될 것이었다고요.

몇 시간 후면 자헤라는 이 세상에서 영영 자취를 감추게 될 운명이었죠. 아이는 더 이상 명랑한 웃음으로, 무한한 젊음으로, 어린아이 특유의 활력으로 병실을 채우지도 않을 것이며, 장난도 치지 않고, 믿기 어려운 세상의 온갖 진기한 이야기들을 공책 가득 적어놓지도 않을 것입니다. 아이의 머릿속은 더 이상 꿈과 야심으로 가득 차지 않을 것이며, 아이의 눈에서는 별들이 빛을 잃을 것이고, 아이의 가슴에서 사랑은 사라져 버릴 것입니다. 아이는 곧 빈 공백만으로 가득 차게 될 것이라고요. 아이는 사막 한 귀퉁이에 놓인 고작 길이 몇십 센티미터짜리 작은 나무관만 채우게 될 테죠. 아이는 새로 엄마가 된 여자의 마음을 위로받을 수 없는 고통으로 가득 채울 거라고요. 자혜라는 폴라로이드 사진기에 촬영 대상의 모습이 드러내는 속도만큼이나, 아니면 사랑하는 사람들이 여전히 서성거리고 있는데 야속하게 플랫폼을 떠나 버리는 기차만큼이나 빠른 속도로 모습을 감춰 버리게 될 겁니다. 자혜라는 다른 사람들의 추억 속에서만 존재하게 될 테죠. 자혜라는 심지어 자기의 작은 봄마저도 채우지 못할 거라니까요.

잠시 후면 검은 눈의 작은 공주는 태어나는 순간부터 겨우 몇 년이라는 짧은 기간 동안 빌려 쓴 육체라는 껍데기와 급작스럽게 작별하게 될 것입니다. 잠시 후면 아이는 그 짧은 기간 동안 사랑하고 꿈꾸며 미워하고 두려워하며 추위와 더위를 느끼게 하고 배고픔을 알게 해주었던 영혼과도 헤어지게 될 것입니다. 우리, 지구촌 이웃인 우리를 우리 자신으로, 인간이라고 하는 아름다운 종에 속하도록 해주었던 영혼. 팔과 다리, 매끈하거나 주름진 얼굴, 털이 잔뜩 난 머리, 납작하거나 불룩한 배, 돌출하거나 안으로 숨은 성기, 건조하거나 촉촉하거나 짝 째졌거나 동그란 눈, 쉬지 않고 팔딱거리는 심장 등 각양각색의 모습을 지닌 웃기는 존재인 우리의 영혼과 말입니다.

아이의 작은 육신은 사랑하는 남자의 손길이나 키스, 성적 쾌감, 오르가슴도, 노화도 결코 경험하지 못할 테죠. 미처 완성되기도 전에 스러져 간 미완의 작품처럼 말이죠.

우리는 그들이 강하고 위대하며 무적의 존재가 되기를, 그들이 우리를 뛰어넘기를 바라며 자식을 낳습니다. 그들이 성장을, 그들이 오래도록 아름답게 사는 모습을 지켜보기 위해서. 그런데 그 자식이 고작 몇 년 후에, 심지어 우리 자신보다도 먼저 죽는다니. 세상 빛을 보기까지는 아홉 달을 기다려야 하지만, 그 세상을 떠나는 데에는 단 일초면 충분합니다. 이제 잠시 후면 기한을 정해놓은 자혜라의 생명 계약서는 효력이 다할 것이고 그러면 그 아이는 이 세상에서 차지하고 있던 자리에서 떠나야 할 것입니다. 사람들은 그 자리에 새로운 환자를 맞이하기 위해 침대 시트를 세탁하고, 매트리스의 먼지를 털고 침대를 매만지겠죠. 아무 일도 없었다는 듯이. 자혜라가 한 번도 존재하지 않았다는 듯이. 우리의 삶은 언제나처럼 흘러갈 겁니다. 자혜라 없이도. 아무런 자취도 흔적도 남기지 않고 이런 식으로 사라져 버리는 건 부당하기 그지없습니다. 세상에서 가장 보잘것없어 보이는 달팽이도 하다 못 해 끈적끈적하고 긴 침 자국이라도 남기는 법이니까요.

"저 아이를 볼 때면 난 내 딸아이가 떠올라."

자혜라의 침상을 지키는 담당의사 두 명 가운데 한 명이 말했습니다.

"그러면 말이지, 나한테는 오직 빨리 집에 가야겠다는 한 가지 욕심만 생겨. 가서 아이를 품 안에 꼭 안고서 내가 얼마나 저를 사랑하는지 말해줘야지, 아이와 최대한 많은 시간을 보내야지, 하는 마음 말이야."

두 의사는 마침 아이의 두 눈꺼풀이 파르르 떨리는 광경을 목격했습니다.

침대에 누워 있는 자혜라를 보면서 의사들은 그 아이가 꿈속에서 벌써 아주 먼 곳, 중국으로 가기 위해서 전속력으로 달리는 기차에 몸을 신고 있는 중이리라고는 전혀 생각지도 못했죠.

자혜라는 배낭을 열었습니다. 그 안에 든 내용물이라고는 연두 빛깔 사과 한 알, 생수 한 병, 병원 주방에서 슬쩍 집어온 고깔 모양 꿀과자 열 개가 전부였습니다. 그토록 긴 여행길엔 턱없이 모자라는 간식거리. 하지만 그런 것쯤이야 기회가 생기는 대로 즉시 보충하면 될 터였습니다. 자혜라는 어리긴 해도 투사였거든요. 남의 물건을 훔치는 건 물론 좋은 일이 못 되지만요.

'인류의 행복을 위해서라면 때로 사과 한 알 훔치는 정도는 정당화될 수도 있지 않을까. 창조주 알라신도 그렇게 사소한 일 때문에 아이를 미워하지는 않으실 거야.'

어린 소녀는 손으로 쓱쓱 사과를 닦은 다음 한입 덥석 깨물었습니다. 달콤한 즙이 입술 전체로 퍼지면서 아이의 입술에서 반짝반짝 윤이 났습니다. 먹는다는 게 이렇게 좋은 거구나! 자혜라는 아무것도 먹지 않은 채 서둘러서 소리 없이 깊은 밤의 어둠에 빠져 있는 병원을 빠져나왔습니다. 아이는 대형 병실의 입원 환자 모두가 곤하게 잠들기를 기다렸다가 살금살금 주방을 통해 출발했습니다. 어디론가 떠나보기는 처음이었죠. 자기가 가고 싶은 곳에 갈 수 있어서 자유롭다고 느껴본 것도 처음이었고요.

놀랍게도, 병원을 벗어나 대로에 이르자 인터넷 서핑을 통해서 존재 사실을 알게 되었으며, 멋진 자태와 정교한 기계장치에 대해 자혜라가 찬탄을 금치 못했던 오리엔트 특급 열차가 사막의 모래언덕 한가운데에서 뱀처럼 구불구불한 자태를 뽐내며 아이를 기다리고 있는 게 아니겠어요. 전설적인 그 열차가 이 사막을 지난다는 이야기는 어디에서도 읽은 적이 없지만 아이는 굳이 꼬치꼬치 캐물으려 하지 않았습니다. 그러면 열차가 도망가 버릴 것 같았으니까요.

아이는 열차에 올라 동양 사람으로 보이는 영감님이 우스꽝스러운 중절모를 쓴 채 빨대로 종이 상자에 든 수프를 먹고 있는 칸에 자리를 잡고 앉았습니다. 경건하기 그지없는 침묵 속에서 출발한 기차는 죽음처럼 삭막한 그 곳에서 멀어져 갔죠.

자혜라가 연두 빛깔 사과를 먹는 동안에도 모자 쓴 영감님은 계속 수프를 잡수셨습니다. 든든해진, 아니, 든든해지고 있는 중인 배가 연주하는 행복한 교향곡. 배가 찼다는 건 가슴이 비었다는 말이므로. 그제야 자혜라는 더 이상 구름 때문에 괴롭지 않다는 사실을 깨달았습니다. 아이는 이제 정상적으로 숨을 쉬고 있었습니다. 마침내 다스 베이더처럼 짧게 끊어지면서 깊게 들이마시는 호흡과 결별한 것이었죠. 무덤에서 달려온 듯한 그 끔찍한 호흡이 저만치 멀리 가버렸다고요. 구름에 짓눌렸던 아이의 내장들이 껍질 벗은 소라게처럼 자유롭게 움직이기 시작했습니다.

자혜라는 안경과 빨대 너머로 자기를 관찰하고 있는 영감님을 힐끗 곁눈질했습니다. 자신에게 아이의 관심이 쏠리고 있음을 짐작한 영감님은 종이 상자를 옆자리에 살며시 내려놓은 다음 트위드 재킷 주머니에서 하얀 비단 손수건을 꺼내 입가를 닦고는 아이를 향해 빙그레 미소 지었습니다.

"혼자서 어디를 그렇게 가는 거냐?"

아이는 잠시 망설였으나, 영감님에게 목적지를 말해도 전혀 위험할 것 같지는 않았습니다.

"별을 보러 가요."

"거길 가기 위해서는 이 기차가 제일 좋은 방법인 것 같다?"

아이의 대답이 재미있는지, 영감님이 질문을 이어갔습니다.

"너의 그 희한한 여행엔 로켓이 제격이지 않을까?"

동양 영감님이 이상하게도 아랍어로 말을 하는 바람에 자혜라는 깜짝 놀랐습니다. 더구나 어색한 억양이라고는 전혀 없는 아주 고상한 아랍어였으니까요.

"아뇨, 저는 별들이 만들어지는 곳을 방문할 거예요."

"아, 별 공장 말이냐? 그래, 그렇겠지. 그런데 그 공장은 어디 있는데?"

"별 제작소라고 하는 그곳은 중국에 있어요."

어른이 그런 것도 모른다는데 놀란 어린 모로코 소녀는 또랑또랑 대답했습니다.

"중국은 아름다운 나라지. 거기선 아마도 별은 제작하지 않을지도 모르겠으나, 나 같은 사람들은 확실히 만들어내지."

"영감님은 중국 사람이세요?"

"척 보면 알 만하지 않니?"

영감님이 안경을 벗어 그렇지 않아도 째진 눈매를 한층 더 강조해 보이며 아이에게 찡끗 윙크를 했습니다.

"그래도 아직 의심이 간다면 말이다……."

그가 손바닥을 활짝 열자 거기엔 맨살에 글자가 새겨져 있었습니다.

"메이드 인 차이나."

자혜라는 그 글자들을 소리 내어 읽었죠.

"중국에서 제조되었다는 뜻이지."

"저도 알아요."

아이가 대꾸했습니다. 자혜라는 영감님께 라시드 이야기까지 들려주지는 않았습니다. 또, 양말 속에 소중하게 넣어서 들고 온 별들도 보여주지 않았고요.

"중국은 아름다운 나라야. 그런데 그렇게 먼 곳에 가는데 너는 아주 가벼운 차림새로구나. 다른 건 몰라도 여비는 있니?"

"아뇨, 작은 생수 한 병하고 고깔 모양 꿀 과자 한 통이 전부예요."

영감님은 천천히 고개를 저었습니다. 그는 고깔 모양 꿀 과자가 뭔지는 알까? 이윽고 영감님은 옆에 놓인 가죽 서류 가방 속으로 떨리는 손을 넣더니 종이를 한 장 꺼내어 아이에게 내밀었습니다.

"자, 이걸 받으렴, 여행하는 동안 너를 도와줄 거야. 몇 년 전에, 내가 아직 그림이란 걸 그릴 줄 알던 때에 그린 거란다. 난 우리나라에서 아주 잘 알려진 예술가거든. 내 그림이라고 말하면 사람들이 너한테 꽤 많은 돈을 줄 거다."

아이는 종이를 한 번, 또 한 번 뒤집어보았습니다. 하지만 어디에도 그림이라곤 없었죠.

"이게 뭐예요?"

궁금한 아이가 물었습니다.

"아니, 너한테는 보이지 않니? 배라고는 한 척도 없는 바다야."

"아, 그래요……."

버릇없는 아이로 보이고 싶지 않았던 자혜라는 작은 배낭에서 수첩을 꺼내 진지하게 한 장을 찢은 다음 영감님의 그림과 맞바꾸었습니다. 노인은 호기심 어린 눈으로 앞면 뒷면을 번갈아 살폈습니다. 양면 모두 눈처럼 하얗기만 했습니다.

"이게 뭐지?"

궁금증에 영감님이 물었습니다.

"이건 구름이라고는 한 점도 없는 하늘을 그린 거예요."

아이가 의미심장한 미소를 지으며 대답했죠.

"저는 널리 알려진 유명한 사람이 아니라 그다지 가치는 없을 거예요. 하지만 그래도 구름 없는 하늘이니까. 저한테는 굉장히 중요한 거예요."

바로 그때 열차의 베이징역 도착을 알리는 음성이 들려왔습니다. 모로코 사막을 떠난 지 겨우 5분이 지났을 뿐이었지만, 아무도 그 사실에 놀라는 것 같지 않았죠. 자헤라는 배낭을 어깨에 멘 다음 노인에게 작별 인사를 건넸습니다. 영감님은 모자를 벗으며 아이의 인사에 답했습니다.

열차에서 내리면서 자헤라는 영감님의 이름조차 묻지 않았음을, 따라서 그 그림으로는 1위안도 받을 수 없음을 깨달았습니다. 세상에서 가장 비싼 백지 한 장.

중국은 인터넷에서 찾아낸 사진들 속의 중국과 아주 비슷했습니다. 베이징은 바쁘고 사람이 너무 많으며, 활기차고 갖가지 진기한 향신료 냄새로 범벅이 된 도시였죠. 중국은 별의 나라이기도 하지만 자전거의 나라이기도 했습니다. 어느 집 안뜰 철책에 기대 비스듬히 세워져 있던 초록색 자전거 한 대를 발견한 자헤라는 보상의 대가로 고깔꿀 과자 하나를 놓고는 원주민만큼이나 능숙한 솜씨로 그걸 타고 자전거의 흐름 속으로 유유히 빠져들어 갔습니다.

콘크리트 숲을 벗어나자 곧 촉촉하게 물기를 머금은 녹색의 논이 나타났습니다. 공장까지는 이제 몇 킬로미터만 더 가면 되는 거리였죠. 자헤라는 페달을 열 번 밟아 그 거리를 주파했습니다. 더도 덜도 아닌 꼭 열 번. 아이는 그 수를 세었습니다. 안내원도 지도도 GPS도 없이 매일 아침저녁으로 그렇게 해온 사람처럼.

거대한 건물 앞에 다다르자 그것이 바로 별 제작소임을 곧바로 알아본 자혜라는 자전거를 세우고 빠른 걸음으로 성큼성큼 안으로 들어갔습니다. 그러자 끌을 들고서 정체를 알 수 없는 짙은 회색빛 질료를 가지고 완벽한 구 형태를 깎아내느라 여념이 없던 수백 명의 중국인들이 몸을 돌려 동시에 아이에게 인사를 건네더군요. 그 사람들은 서둘러서 프랑스어-중국어 통역을 데려오더니 생산 과정을 자혜라에게 설명해 주었습니다. 비밀에 붙여진 광산에서 온 대형 트럭들이 쉴 새 없이 수 톤의 광물을 거대한 수반에 쏟아내면 쇠로 만든 거대한 아가리 같은 것이 그 모든 것을 잘게 깨뜨렸습니다. 이렇게 만들어진 재료는 벨트콘베어에 실려 작업장으로 옮겨졌고요. 그러면 거기서 우선 완전한 원형 구를 만들고 그 위에 어둠에서도 반짝반짝 빛을 반사하는 성질을 지닌 화학 물질을 바르는 것이었습니다.

"빛의 색상은 A786, 자동차 헤트라이트 부류의 색상이죠."

통역이 웃으면서 덧붙였습니다. 가만 보니 그곳에서는 모든 사람들이 미소를 짓고 있었습니다. 중국 사람들은 열심히 일했습니다. 그야말로 중국 사람들처럼 일하는 것이었습니다. 불평이라고는 전혀 없이 그들은 하루 종일 미소 지으며 돌멩이에 끌질을 해댔습니다. 이 놀라운 나라에서의 삶이 행복한 모양이었습니다.

자혜라는 늘 스스로에게 다짐했던 것처럼 그들에게 감사의 마음을 전했습니다. 밤이 되어 어두워진 자기 나라 사막의 하늘을 밝혀주어서 고맙다고. 모로코 사람들을 환하게 비춰줘서 고맙다고. 그리고 자혜라는 그곳의 대표로 보이는 중국 사람에게 기차에서 수프 먹던 영감님이 준 그림을 내밀었습니다. 배라고는 한 척도 없는 바다를 그린 거예요, 라고 자혜라가 말했지만 그 사람은 도무지 알아듣지 못하는 눈치였죠. 아무려나 괜찮아요, 수백만 위안 가치가 있는 거래요, 라고 덧붙였습니다. 그러자 그 대표는 겸손하게 몸을 숙여 인사하고는 마치 소중한 보물 다루듯 그 백지를 검은 작업복 주머니에 조심조심 넣었습니다.

공장 견학은 계속되었죠. 끝에서 두 번째 작업실에서는 도장과 망치를 가지고 프린트 작업이 진행 중이었습니다. 아이를 그곳까지 오게 만든 바로 그 메이드 인 차이나 도장을 한번에 정확하게 찍는 일이었죠. 그런데 뭐니 뭐니 해도 마지막 공정이 제일 흥미로웠습니다. 빛을 발하는 원형 구들이 세상을 비출 수 있도록 그것들을 발사하는 과정이었거든요. 이 과정을 가까이에서 지켜보기 위해 통역은 자혜라에게 품 안에 별을 하나 끌어안고서 하늘을 향하고 있는 거대한 대포들 가운데 하나 안에 들어가 보라고 권했습니다. 그러자 그런 사연을 기록할 사이도, 아니, 이것이 꿈인지 현실인지 생각할 겨를도 없이 자혜라는 자신이 별 하나를 가슴에 품은 채 우주를 떠다니고 있음을 깨닫게 되었습니다.

그런데 저 멀리 보이는 파란 별 지구의 장관을 미처 감상할 틈도 없었습니다. 웬 손 하나가 그녀를 꽉 움켜쥐더니 국제 우주정거장으로 판단되는 곳으로 밀어 넣는 것이 아니겠습니까. 갑작스럽게 우주복으로 갈아입은 자혜라는 무중력 상태인 탓에 냄비 하나라도 잡으려면 곡예를 불사해야 하는 처지가 되고 말았죠. 우주는 말괄량이 삐삐(브린다시에)처럼 양 갈래로 묶은 머리카락이 천정을 향해 쭉 뻗치는 유일한 곳이었습니다.

자혜라는 찜통의 김 서린 유리창 너머를 바라보았습니다. 그렇게 높은 건물은 태어나서 처음이었거든요. 그런 다음 계란 두 개를 깨뜨려 노른자는 제거하고 나머지만 가지고 거품을 내기 시작했습니다. 전혀 힘을 들이지 않았는데도 불과 몇 초 만에 단단한 거품이 올라왔습니다. 실크해트 형태로 솟아 오른 흰자 거품이 두둥실 그릇 밖으로 흘러넘쳤습니다.

"라마단이 내일부터 시작된단다."

두둥실 떠다니던 우주인 한 명이 자혜라에게 다가와 말했습니다.

아이가 몸을 돌리자 오렌지색 우주복을 입은 아랍 사람이 장난기를 가득 머금은 눈길로 케이크를 허겁지겁 먹고 있었습니다.

"그래서 미리 먹어두는 거야."

그가 변명처럼 덧붙였습니다.

"축하한다, 아주 맛있구나!"

"아저씨는 누구세요?"

"아흐메드 벤 부구이치, 모로코 최초의 우주인이 너를 위해 특별히 왔다고! 내 짐작이 맞다면 너는 자혜라일 거야, 최초의 우주 제빵사 말이야……"

아이는 자랑스러운 마음에 몸을 우뚝 세웠습니다. 무중력 상태에서는 유지하기 아주 어려운 자세였죠.

"맞아요. 하지만 나는 제빵사―우주인 또는 제빵사―모로코 우주인이라는 말이 더 마음에 들어요. 그런데 우주에서도 라마단을 지키나요?"

"물론이지!"

남자가 공중 곡예를 하며 대답했습니다.

그러더니 그는 《바보들을 위한 우주에서의 라마단》이라는 책을 가져왔습니다. 스카치테이프로 선반에 붙여놓았던 스무 쪽 남짓한 소책자는 표지가 검정색과 노랑색으로 장식되어 있었죠.

"이 책을 보렴. 이 책 덕분에 내 인생은 완전히 바뀌었단다. 이 책은 우주에서 나의 가장 좋은 벗이지."

"그래요?"

"이 책을 읽기 전엔 말이다, 기도 시간에 어떻게 해야 우주 정거장으로부터 메카 방향을 정확하게 가늠할 수 있는지 묻게 되는 날이 오리라고는 상상조차 해보지 않았거든!"

"……."

"그런데 넌 무중력 상태에서 무릎을 꿇으려고 시도해 본 적이 있니?"

남자가 머리카락 몇 올을 뒤로 착 달라붙게 넘기자 오래된 상처가 드러났습니다.

"내 머리 곳곳엔 이렇게 통조림 깡통 자국이 나 있단다."

남자가 설명했습니다.

"그런 의미에서라도 이 책은 나한테 멋으로 꽂아두는 사치품이 절대 아니야. 우주에서 나의 가장 좋은 벗이라니까."

"혹시 저도 우주에서 아저씨의 가장 좋은 벗이 될 수 있을까요?"

자혜라가 물었습니다.

"그야 완전히 너한테 달렸지."

"나한테 달렸다고요?"

"너와 네 안에 들어 있는 구름에 달렸어. 물론 네가 여기 온다면 대환영이고, 원하는 만큼 얼마든지 이 우주정거장에 머물러도 좋아. 특히 이렇게 맛있는 후식을 만들어준다면 말이야. 그런데 우리끼리 있으니 하는 말인데, 자혜라, 난 네가 열심히 싸우면 좋겠어. 네가 네 안

깊숙한 곳에 진을 치고 있는 그 고약한 구름을 무찌르고 이 혼수상태를 벗어나면 좋겠어……"

그 순간, 그들로부터 350킬로미터쯤 낮은 곳에 위치한 모로코의 지방 소도시 병원에서는 잠든 어린 여자아이 옆에 설치된 기계가 길게 휘파람 소리를 냈습니다. 그 소리에 담당 의사 두 명이 소스라치게 놀라면서 병원 복도를 비롯한 온 세상에 불길한 전조가 퍼져 나갔죠.

2

현재 위치 : 사막과 하늘(모로코) 사이의 어디쯤

쾨로메트르Ⓡ : 15킬로미터

처음엔 콧구멍을 벌름거리게 하더니 급기야 참을성의 한계 수위를 넘보는 마늘 냄새 때문에 프로비당스는 혼수상태에서 깨어났습니다. 그녀로서도 어쩔 수 없었죠. 프로비당스가 그토록 싫어하는 고약한 냄새가 그녀의 모공 하나하나를 깨우기 시작하자 자기도 모르게 벌떡 깨어난 거니까요. 물을 가득 채운 욕조에 들어간다 한들 이보다 더 신속하게 효과를 내진 못했을 겁니다.

깨어나서 그녀가 제일 처음으로 보인 반사작용은 비키니 하의와 피부 사이에 소중하게 보관한 작은 병, 수도원장이 준 그 약병이 그대로 잘 있는지 확인하는 일이었습니다. 몸을 이리저리 움직여 보던 프로비당스는 보이지 않는 어떤 힘이 꼼짝 못하게 움켜쥐기라도 한 듯 손이 마비되어 있음을 발견했습니다. 추락하는 과정에서 어깨나 다른 어딘가가 부러진 모양이라는 생각이 들었죠. 하지만 손을 마비시킨 건 다름 아닌 밧줄이었습니다. 그녀의 양손은 등 뒤로 돌려진 채 말뚝에 묶여 있었으니까요. 프로비당스는 두 눈을 꼭 감았다가 다시 떴습니다. 그러자 시야를 뿌옇게 가리던 짭짤한 액체의 막이 좌우로 얇게 퍼졌습니다.

'아냐, 이건 꿈이 아니야.'

그녀가 지금 있는 곳은 어떤 산의 정상이고, 달은 아직 뜨지 않았으며, 그녀는 베르베르족에게 납치를 당한 것이 분명했습니다.

"베르베르족!"

"슐뢰족!"

그녀 앞에 앉아 있던 사내가 입을 열어 정정하자 프로비당스의 얼굴 쪽으로 낙타 냄새가 풍겨왔습니다.

"우리 부족은 고원지대에서 수스 벌판까지 흩어져서 살지."

젊은 여자에게서 나는 강한 냄새를 통해서 사내는 야만인이 여자의 입에 마지막으로 넣어준 것이 향신료와 피망을 곁들인 양고기 찜임을 짐작할 수 있었습니다. 요리엔 레몬과 대추야자가 들어갔으며, 그다음엔 박하차를 마셨습니다.

'으음, 염소 치즈도 먹은 것이 틀림없어. 냄새만 맡고도 이처럼 속속들이 사람들을 알 수 있다니.'

"슐뢰족?"

프로비당스가 넋 나간 사람처럼 사내의 말을 반복했습니다.

제2차 세계대전 이후 독일 사람들의 모습이 많이 바뀌었다고 그녀는 생각했습니다.

"그래요, 슐뢰."

남자는 칼날처럼, 베르베르족, 아니, 슐뢰족이 소지하는 단도의 날처럼 뚝뚝 끊어지는 프랑스어 억양으로 말했습니다.

사내 뒤로 짐승 가죽 텐트 몇 개가 세워져 있는 광경이 보였습니다. 하지만 사람이라고는 그들 둘뿐이었죠. 그다지 즐거워할 만한 상황은 아니었던 겁니다.

"그런데 내가 왜 묶여 있죠?"

프로비당스는 밧줄을 잡아당기며 물었습니다. 줄을 당긴 탓에 손목이 한층 더 조이더군요. 사내는 손가락으로 사흘쯤 자란 수염을 쓱쓱 문지르더니 혀를 쑥 내밀어 윗입술에 침을 발랐습니다.

"이 근처에선 이렇게 예쁜 암 영양을 볼 기회가 많지 않거든."

올 것이 왔구나. 급성 맹장염에 이어 이번엔 그녀 일생일대의 두 번째 위기인 납치를 당하게 되었으니. 주로 혼자 떠나는 여행길에 오를 때마다, 프로비당스 주변 사람들은 그녀에게 야만적인 모든 나라에서 극성을 부리는 '여자 도둑들'을 조심하라는 잔소리를 멈추지 않았죠. 더구나 그녀는 이상하게도 그런 나라들만 골라가며 방문했으니까요. 태국과 사우디아라비아에서는 백화점의 탈의실을 피해야 했습니다. 왜냐하면 놈들이 클로로포름에 적신 솜을 들고 거기 숨어 기다리다가 여자를 마취시킨 다음 상자에 넣고 납치하니까요. 그렇게 되면 꼼짝없이 백인 노예 거래망의 실적을 올려주는 결과를 낳게 되었죠. 그런가 하면 모로코에서는 절대로 혼자 등산하지 말아야 했습니다. 사막의 도적떼들에게 붙잡히게 되면 강간을 당한 다음, 제일 먼저 나타나는 자에게 '물건'의 아름다움이나 성깔(성깔이 있을수록 낙타 수는 줄어든다)에 비례 또는 반비례하는 수만큼의 낙타를 받고 팔아넘겨지게 되니까요. 너무도 잘 알려진 대로, 노예 시장엔 하이힐 차림의 백인 여성들이 쫙 깔렸습니다. 어느 날 운 나쁘게 와르자자트로 가는 길에 관광버스가 잠시 멈췄을 때 관목 숲으로 볼일 보러 갔다가 변을 당한 여자들이죠.

프로비당스는 지옥으로 가는 대기실, 그러니까 너무도 처절하게 외로운 사내들이 똥 묻은 염소 엉덩이만 보고도 침을 질질 흘린다는 유목민 캠프에 떨어진 게 분명했습니다. 그녀는 염소치기 사내들이 자기처럼 예쁜 여자, 더구나 사막에서 비키니 차림으로 길을 잃은 여자를 만나면 어떤 일이 벌어지게 될지 상상조차 하기 싫었죠.

"내 약병은 어떻게 하셨죠?"

그녀가 눈으로 그녀를 마시는 중인 늙은 변태 사내의 주의를 다른 곳으로 돌리려는 듯 불쑥 물었습니다.

"약병?"

"네, 여기 있던 약병."

프로비당스는 말하면서 턱으로 비키니 수영복 하의의 오른쪽, 아주 작은 맹장염 수술 자국이 있는 곳을 가리켰습니다. 하지만 아차차, 사내의 주의를 다른 곳으로 돌리기엔 좋은 방법이 아니었음을 곧 깨달았죠. 한편, 각국의 정상들이 핀으로 그녀의 비키니 상의에 직접 달아 준 훈장들도 모두 사라졌더군요. 추락하면서 떨어진 것이었죠. 만에 하나 떨어지지 않고 남아 있던 것들은 반짝거리는 거라면 뭐든 사족을 못 쓰는 사막의 도적떼들의 낙타 가죽 주머니 속으로 들어갔을 테고요.

"약병은 잊어버려요. 그런데 여기엔 당신뿐인가요?"

여자는 페이스북에서 새 친구 만드는 어조로 물었습니다. 조금만 지나면 날씨가 어쩌느니, 기름값이 저쩌느니 하면서 수다를 시작할 기세였단 말이죠. 그 두 가지가 가장 많은 프랑스인들이 대화를 시작할 때 선택하는 주제라니까요.

"다른 사람들하고 사냥을 하는 중이었는데, 난 당신 냄새에 끌려서 여기까지 왔어, 아리따운 아가씨. 다른 놈들보다 먼저 저녁 식사거리를 찾아냈다, 이런 말이지."

사내가 한 손은 프로비당스의 어깨에 얹고 다른 손으로는 비키니 상의의 끈을 내리기 시작했습니다. 프로비당스는 슐뢰족 사내의 손아귀에서 벗어나려고 몸을 마구 흔들었지만 밧줄이 너무 꼭 조인 데다 사내의 악력은 그야말로 무시무시했습니다. 날아보려 했지만 엉덩이는 먼지투성이 흙바닥에서 단 1밀리미터도 올라가지 않았습니다. 집중력 문제였을까요? 아니면 팔을 저을 수 없기 때문일까요? 암튼 그녀에게는 지표면에 단단히 박힌 말뚝까지 뽑힐 정도의 힘이 필요했죠. 게다가 도움을 요청해 봐야 아무 소용이 없었습니다. 벌건 대낮 사람이 득시글거리는 파리 지하철에서도 쓸데없는 일인데 하물며 사막에서야. 요컨대 모든 건 이미 끝장이 난 셈이었습니다.

아리따운 영양의 젖가슴 한쪽이 드러나자 사내의 낯빛이 환해지더군요. 그는 거칠고 튼 손가락들이 달린 한 손으로 그 가슴을 꽉 움켜쥐고는 잠시 무게를 가늠해 보는 것 같더니 이내 작은 크기와 가벼운 무게에 흡족해했습니다. 보드라운 촉감과 따스한 체온에도 만족해하는 눈치였고요. 사내의 머릿속엔 그 젖가슴을 통째로 자기 입안에 넣고 싶다는 오직 한 가지 생각뿐이었겠죠.

그가 프로비당스 쪽으로 몸을 굽힐 때였습니다.

그런데 놀랍게도 참을 수 없는 마늘 냄새를 풍긴 건 그 사내가 아니었습니다. 프로비당스는 사내의 피부에서 배어 나오는 냄새란 냄새는 모조리 식별할 수 있었거든요. 배설물, 치즈, 고추, 장작, 염소 냄새 등. 여러 다양한 냄새가 섞여 있었지만 마늘 냄새만큼은 아니었습니다.

"아무래도 내가 사랑에 빠질 것 같은 예감이 드는데."

사내가 히죽거리며 중얼거렸습니다.

그 순간 남자의 몸 전체가 프로비당스 위로 넘어졌습니다. 사랑에 빠져서 그랬다기보다 얻어맞아서 그렇게 된 것이었죠.

3

방금 프로비당스의 발밑에 쓰러진 사막의 사나이 뒤에 다른 남자가 서 있었습니다.

사막의 사내도 야만인도 아닌 남자.

그녀가 여러 번 우편물을 배달해 주었던 남자.

그녀의 작은 가슴을 콩닥거리게 만들었던 남자.

레오가 거기 서 있었습니다. 한 손에 타진 그릇을 든 위대한 승리자.

"여기 이 신사분께 타진 한 그릇!"

레오가 파리 식당의 종업원처럼 외쳤습니다.

그러더니 그는 방금 사막의 사내를 내려친 도자기 그릇을 내려놓았죠.

"이 사람, 정말로 사랑에 빠진 모양이네요."

"네, 아마 앞으로 한 삼십 분 정도는 그럴 겁니다."

항공 관제사가 프로비당스 앞에 무릎을 꿇고서 조심스럽게 한쪽 브래지어 끈을 도로 올려주며 정확하게 예측했습니다.

그는 뒤로 돌아가서 그녀의 손목을 묶고 있던 밧줄도 풀었죠.

"그런데 여기서 뭐 하는 거야, 레오?"

약간 넋이 나간 프로비당스가 처음으로 그에게 말을 놓으며 물었습니다.

뭐 하긴, 알면서. 그는 방금 그녀의 목숨을 구했습니다. 두 사람의 관계는 이제 한 발짝 더 전진한 셈이죠.

프로비당스가 처음으로 그를 레오라고 불렀을 때 이미 그랬듯이, 기분 좋은 전율이 그의 몸을 관통했습니다.

4

"근데 정말 궁금하군."

미용사의 얼굴 전체에 거대한 물음표가 그려졌다.

"자넨 도대체 왜 거기 있었던 게야? 뭐 하러 그 사막에 간 거지?"

레오는 잠시 주저했다.

"난 자혜라가 시키는 대로 했어요. 물론 그 아인 이렇게 말하진 않았지만요."

"자혜라?"

"네, 프로비당스가 데리러 간 그 아이 맞아요."

"자혜라가 누군지는 나도 아네. 자네가 벌써 한 시간째 그 아이 이야기를 늘어놓고 있으니 말일세. 그 사막 대목에서 그 아이 이야기는 또 왜 나오지?"

"솔직히 말씀드리자면, 제가 이 모든 이야기를 털어놓는 건 아저씨가 두 번째죠. 첫 번째로 이 무용담을 들은 사람은 자혜라였어요."

"아, 그렇군. 그래서?"

나이 든 미용사의 비난 어린 눈길 앞에서 레오는 잠시 망설였다.

"그래서…… 아무것도 없어요."

나는 결국 그렇게 말하고 말았다.

"그렇다면, 우리 아까 하던 이야기로 돌아오자고. 자넨 사막 한가운데에서 뭘 하고 있었지?"

"사실 미리 말씀드렸어야 했는데, 극적 효과를 노리다 보니……."

"극적 효과 같은 건 필요 없네, 마……."

"마상입니다."

그가 묻기도 전에 얼른 대답했다.

"난 진실을 알고 싶네, 아까도 말했듯이 말일세. 진실, 오로지 진실만을 알고 싶다고."

"좋습니다. 전 그냥 거기 있었어요, 그뿐입니다."

"'전 그냥 거기 있었어요, 그뿐입니다'라니, 그런 말이 어디 있나? 오를리에서 2천 킬로미터나 떨어진 곳에 그냥 있다니!"

"저는 비행기 편으로 그곳에 갔어요."

"비행기란 비행기는 모두 지상에 발이 묶였다더니."

"모두는 아니었죠. 각국 대통령 전용기들도 있잖아요."

"그럼 자네도 에어 프랑스 원에 탑승했단 말인가?"

"아니, 그건 아닙니다."

"그러면 에어 포스 원? 오바마와 같이?"

"아뇨!"

"푸틴의 전용기에 탑승했단 소린 하지 말게!"

"이제 그만! 제발 그쯤 해두세요. 이건 수수께끼가 아니거든요. 난 대통령 전용기 같은 건 타지 않았습니다. 전 제 비행기를 탔습니다. 세스나 소형 쌍발기죠. 민간 항공기 조종사 자격증을 딴 기념으로 중고 제품을 장만했거든요. 전 주말이나 휴가 때면 그 비행기를 몰면서 크고 작은 문제들을 잠시 잊는 습관이 있다고요. 하늘 높이 올라가면 그런 문제들이 싹 잊어버려지는 건 정말 신기하죠. 전 프로비당스가 구름 사이를 자유롭게 헤엄치며 어떤 기분이 들었을지 상상할 수 있어요. 아주 멋졌을 거라고요."

나이 든 미용사는 마치 잊고 있던 중요한 것이 방금 생각났다는 듯이 손바닥으로 자기 이마를 탁 쳤다.

"자네한테 비행기가 있는데, 왜 직접 프로비당스를 모로코까지 데려다주지 않았나?"

"그때까지는 우리가 아직 현실 속에 있었기 때문이죠. 무슨 말인가 하면 손에 잡히는 구체적인 현실 속에 있었단 말입니다. 저는 그 여자가 정말로 두 팔 날갯짓만으로 하늘로 둥실 떠오르리라고는 꿈에도 생각하지 않았습니다. 제 입장이 되어보세요."

"그럴 수도 있겠지. 월급까지도 바꿔보자고……."

"웬 여자가 관제탑으로 들어오더니 다짜고짜로 자기를 마라케시까지 데려가 달라고 요청합니다. 그러면 제가 '네, 네, 문제없습니다, 여기서 잠시만 기다리세요, 내가 비행기 키를 가져올 테니까요'라고 대답한다고 생각해 보세요. 이 초만 생각해 봐도 답이 나오지 않습니까? 그 상태에서 제가 법을 어겨가며 비행 금지 조치가 내린 하늘을 난다는 건 말도 안 되는 소리죠."

"하지만 결국 그렇게 하지 않았나?"

"프로비당스가 하늘로 떠오르는 광경을 제 두 눈으로 똑똑히 보고 나자 상황은 완전히 달라졌죠. 저는 이 믿을 수 없을 만큼 놀라운 사건을 가까이에서 지켜본 특별한 목격자였으니까요. 아무런 와이어도, 기중기도, 그 어떤 눈속임 장치도 없었습니다. 영화를 찍는 게 아니었다고요. 프로비당스는 정말로 새처럼 하늘을 날았습니다. 솔직히 아직 날갯짓이 서툰 새였죠. 이를 테면 닭 같은 새. 제 머릿속에서 탁 하고 불꽃이 튀더군요. 그다음부터는 준수해야 할 법이고 금지령은 물론 눈치 봐야 할 상사 따위도 없었습니다. 아무것도 뵈는 게 없더라고요. 이 사건은 그냥 팔짱 끼고 두고만 보기엔 너무도 중요해져 버렸습니다. 인류 진화사에 유일한 사례를 생방송으로 보고 있는 셈이었으니까요. 오바마 대통령이 한 말, 기억나세요? '여자(femme)의 자그마한 팔 젓기, 인류의 위대한 팔 젓기' 라는 말 말예요. 인간이 최초로 하늘을 날았다고요! 그리고 그 엄청난 일이 바로 제 눈앞에서, 그러니까 제 머리 위에서 일어났고요. 처음의 놀라움이 가시고, 프로비당스가 저만치 높은 하늘의 작은 검은 점으로만 보이기 시작하자 제 심장은 다시금 제대로 뛰기 시작했고, 그러면서 혹시 이것이 그녀를 보는 마지막은 아닐지 두려워지기 시작하더군요. 그 순간 저는 제가 사랑에 빠졌음을 깨달았습니다. 불과 몇 초 만에. 어린아이처럼 말이죠. 그래서 아무것도 묻지도 따지지도 않고 주차장에 세워둔 세스나 비행기에 올라타 이륙했습니다. 어느 누구의 의견도 허락도 구하지 않았습니다. 결과는 혼자서 책임질 작정이었습니다. 어떤 의미에서는 사안의 중대성이 저를 보호해 준 셈이죠. 저는 거리를 두고 그녀를, 구름 사이를 헤엄치는 그 여자를 뒤따라갔습니다. 어쩌면 그녀가 나를 필요로 하는 순간이 찾아올지도 모른다고, 만에 하나 그녀에게 무슨 일이라도 생기면 내가 당장 그녀를 돕기 위해 뛰어들 거라고 혼자 생각했죠. 그러고 보면 경주 중인 자전거 선수들도 자동차들이 가까이에서 따라가면서 물도 주고 그러지 않습니까. 요트 항해사들도 마찬가지고요. 덕분에 저는 이 놀라운 여행의 전 과정을 빠짐없이 지켜보았습니다. 열기구와 각국 대통령 전용기들의 출현 등 모든 걸 다 보았다고요. 피레네 산맥에 이르기 얼마 전, 프로비당스가 지상으로 잠깐 내려갔을 때, 저도 기술적 기착을 시도했죠. 제 소형 쌍발기는 기름을 한 번만 넣으면 그 정도 거리는 충분히 비행할 수 있지만, 연료 탱크를 가득 채운 상태에서 출발한 것이 아니었거든요. 사실 그때까지 그처럼 멀리 날아가 본 적이 없었어요! 기름을 넣고 다시 출발했습니다. 우리 집 담당 집배원의 경로는 제가 훤히 알고 있고, 마침 그날 하늘엔 프로비당스 뿐이었으므로 몇 킬로미터 떨어진 거리에서도 그녀를 찾아내는 건 어렵지 않았죠. 더구나 가슴에 훈장을 주렁주렁 단 탓에 프로비당스는 몸을 움직일 때마다 하늘의 태양처럼 번쩍거렸어요! 모로코 근방에서 폭풍을 만나기 전까지는 모든 것이 순조로웠습니다. 프로비당스가 고약한 구름 속으로 빠져들어 가는 것을 보고 그녀를 구하기 위해 속력을 내다 보니 바람이 몰려오는 것을 미처 보지 못했습니다.

5

.

레오가 정신을 차리고서 연기가 피어오르는 기체, 부드러운 토질의 산에 코를 박고 추락한 그의 세스나 421C의 조종 칸에서 자신이 무슨 일을 하고 있었는지를 기억해 내기까지는 적어도 몇 분이 걸렸습니다.

그는 사건이 있기 직전의 마지막 이미지들을 떠올렸죠. 폭풍을 몰고 오는 구름 속에 휩싸여 지상을 향해 무겁게 추락하는 프로비당스. 그는 주변을 둘러보았지만 어디에도 젊은 여자 집배원의 자취라고는 없었습니다. 그보다 몇 킬로미터쯤 앞선 곳에 추락한 것이 틀림없었죠. 비행기의 폭발 가능성 때문에 그는 동체 잔해를 헤치고 조종 칸에서 빠져나왔습니다. 갈기갈기 찢어진 옷은 피투성이였으나 다행히 그의 몸에서 부러진 데라곤 없었습니다. 한마디로 기적이었죠. 집에서 수천 킬로미터 떨어진 모로코 사막에서 프로펠러 두 개가 박살나는 사고를 당하자 순간적으로나마 황제의 제복을 입은 어린 금발 소년이

다가와 양을 그려달라고 부탁할 거라는 상상이 그의 머리를 스쳤죠.

하지만 그에게 다가온 건 양치기 복장, 다시 말해서 누더기에 샌들을 신은 갈색머리 모로코 사내아이였습니다. 아랍 버전의 어린 왕자.

"나는 카타다예요. 술뢰족 416번이죠."

어디에서 나타났는지 알 수 없는 흑인을 본 사내아이가 놀라서 먼저 입을 열었습니다.

"아저씨는 모로코 남부 지역에 사는 다른 모든 노예들처럼 드라 계곡에서 왔나요?"

"아니. 난 레오라고 해. 난 파리의 항공 관제사야."

카타다는 무슨 말인지 모르겠다는 표정으로 그를 바라보았습니다.

"나는 아저씨가 무슨 말을 하는지 모르겠지만, 노예의 후손이라고 해서 부끄러워할 건 없어요. 조상들 가운데 노예가 없었던 왕도 없고, 왕을 탄생시키지 못한 노예들도 없으니까요."

"멋진 말이로구나, 얘야. 하지만 내 증조할아버지는 푸앵타피트르의 세무 관리였고, 내 할아버지는 순대 장사꾼이었단다. 그분들은 오직 자기 아내들의 노예였을 뿐이었지! 솔직히 아주 대단한 할머니들이었거든!"

사내아이는 앤틸러스 제도에 간 펭귄만큼이나 난감한 표정을 지었습니다.

"나는 지금 사냥 중이예요."

이윽고 아이가 자기가 잘 아는 분야로 화제를 돌리더군요.

"그런데 수플리를 따라다니다가 어른들로부터 멀어졌어요."

그렇게 말하면서 아이는 기다란 사냥용 막대기를 휘둘렀습니다.

"수플레라고?"

"네, 녀석이 이쪽으로 갔어요. 그 녀석이 날아갈까 봐 걱정이에요."

수플레가 원래 그렇지. 부풀면 부풀수록 튀어오를 가능성이 높아지니까.

"그런데 아저씨는 여기서 뭐 하세요?"

"으음, 난 말이지, 저기 혹시 너 여자 한 명 못 봤니?"

"여자라고요?"

"응, 우리랑 똑같이 생겼는데, 콧수염은 없지."

오를리 공항에 상주하는 여자 경찰을 만나본 적이 없는 레오가 설명했습니다.

"백인 여자야, 머리는 갈색이고 아주 짧아. 그리고 비키니를 입었어."

"나한테 묘사해도 소용없어요. 이 근처에 여자라고는 없거든요. 그런데 비키니가 뭐예요?"

"여자들이 입는 수영복."

"수영복은 뭔데요?"

"그건 말이다, 간단히 말해서 그 여자는 거의 옷을 입지 않았다는 말이야. 벗었다고. 너 그 말은 알지, 아니야?"

"벌거벗은 여자라고요? 이 근처에 벌거벗은 여자가 있다면 악심의 눈에 띄지 않았을 리가 없어요!"

사내아이가 깔깔대며 소리쳤습니다.

"악심은 사방 몇 킬로미터 정도는 냄새를 맡거든요. 염소 냄새도 잘 맡고요!"

천진하게 웃어대는 사내아이의 치열은 아주 가지런했고, 오른쪽 뺨의 보조개도 귀여웠습니다.

"재미있는 얘기로구나. 그런데 몇 킬로미터 떨어진 곳에서도 여자랑 염소 냄새를 잘 맡는다는 그 막심은 어디 있지?"

"악심이요? 그는 캠프를 지켜요. 사냥 같은 건 하지 않는 게으름쟁이거든요. 아빠 말이 그 아저씨는 '기생충'이랬어요. 이나 빈대 같은 거. 저기 저쪽 나무 뒤로 가면 있을 거예요."

사내아이는 메말라 보이는 나무들을 가리키더니 모르는 사람하고 더 이상 시간 낭비를 하기 싫은지 황급히 인사를 건네더니 모래 언덕 사이로 수플레를 찾아 나섰습니다.

이렇게 해서 레오는 슐뢰족 캠프에 다다랐고, 그중 한 텐트에서 발견한 타진 그릇에 새로운 용도를 부여하기에 이르렀던 것입니다.

프랑스 여자 집배원은 태어나서 두 번째로 항공 관제사에게 입을 맞추었는데, 이번엔 정확하게 그의 입술을 겨냥했습니다. 그녀는 강렬한 눈빛으로 그를 응시했습니다. 마치 그녀의 두 눈이 카메라이고 그 카메라로 이 순간을 영원히 새겨두고 싶다는 듯이. 프로비당스의 심장은 모든 올림픽 경기 기록을 깰 정도로 빠르게 투닥거렸죠. '나의 영웅'이라고 그녀가 속삭였습니다. 약간 손발 오글거리게 만드는 유치한 멜로드라마 속 대화 같긴 했지만. 그래도 영화는 아니었습니다. 어디까지나 그녀의 진짜 삶 속에서 튀어나온 말이었거든요. 살면서 두 번 다시 맛보기 힘든 벅찬 순간. 유일한 순간들만 간직해 놓는 앨범에 반드시 집어넣어야 하는 순간. 기분 좋은 포옹에 몸을 맡긴 채 프로비당스는 선량함과 마르세유 비누 향기를 풀풀 풍기는 레오의 애정 가득한 입맞춤을 반겼습니다. 그러자 여전히 그녀를 떠나지 않은 끔찍한 마늘 냄새가 풍겨 왔습니다.

6

'구름 제거제' 가 들어 있던 약병은 산산조각이 나버렸고, 따라서 생명의 묘약은 사막의 모래들이 모두 빨아들였을 테죠. 어쩌면 그 소중한 액체는 자혜라에게는 아무런 효험이 없었을지도 몰라요. 아니면 그 반대로 그 약이 아이를 치료해 주었을지도 모르고요. 암튼 그건 아무도 알 수 없는 일이니까요. 추락의 충격 속에서 깨진 유리 파편 몇 조각이 프로비당스의 피부, 좀 더 정확하게는 맹장염 수술 자국에 깊숙하게 박혔습니다.

자혜라를 구할 수 있는 확률은 줄어들었죠.

태양도 어느새 얌전하게 지는 중이었습니다. 한 시간 후면 하늘엔 달이 뜰 것이고 프로비당스는 결국 아이와의 약속을 지키지 못하게 될 판이었습니다.

기운이 빠진 그녀는 모로코 오지의 한 산꼭대기 먼지 풀풀 나는 곳에 맥없이 주저앉았습니다. 아침에 그녀가 사는 파리 교외의 아담한 동네에서 쓰레기를 내려다 놓은 다음 지하철을 타고 공항으로 직행했던 그녀. 우리 인간의 삶이란 참으로 희한하기 그지없는가 봅니다. 주위를 아무리 살펴도 온통 모래와 바위뿐이었어요. 또다시 길을 떠나야 했죠. 프로비당스는 지금처럼 가까이 있으면서 동시에 멀리 있은 적이 없었습니다. 분명 아주 가까이에서, 바로 저기 골짜기 안에서 자헤라가 숨을 쉬고 있음을 느낄 수 있었거든요. 그래서 그녀가 하찮은 채소 포대처럼 골짜기로 데굴데굴 굴러 내려가 볼까 하는 궁리를 하고 있을 때 마치 바람이 실어다 준 것 같은 웅성거리는 소리가 들려왔습니다. 아랍어로 말하는 남자들의 목소리였어요. 낄낄대는 남자들의 목소리가 점점 가까이에서 들렸죠. 소스라치게 놀란 프로비당스는 레오 쪽으로 눈을 돌렸습니다. 그는 로빈슨 크루소라도 된 듯 그녀에게서 몇 미터쯤 떨어진 곳에서 나뭇조각으로 창을 만드는 중이었죠. 웅성거리는 소리를 들은 그는 야생동물처럼 관목 덤불 뒤로 몸을 웅크렸습니다.

그들이 만일 악심이 속한 부족 남자들이라면 두 사람에겐 끝장일 테죠. 두 사람이 각자 겪은 사고(비행기, 추락) 때문에 레오와 프로비당스에게는 오래도록 버틸 만한 체력이 남아 있지 않았습니다. 게다가 그들은 낙타 냄새를 풍기는 늙은이의 인정사정 볼 것 없는 복수전의 먹잇감이 될 것이 뻔했으니까요. 악심이 어쩌면 타진 그릇으로 자기를 공격했던 프랑스 젊은이를 죽여 버리겠다고 덤벼들지도 모르는 노릇이었고요. 암튼 그럴 경우 놈이 고작 타진 그릇 하나 달랑 들고 덤비지 않으리라는 건 자명하잖습니까.

자기들 앞에 서 있는 비키니 차림의 어여쁜 유럽 여자와 창을 들고 그 여자 옆에서 몸을 웅크리고 있는 유럽 남자 차림새의 골짜기 유목민을 보자 목소리의 주인공들은 신기루를 보았다고 믿는 것 같았습니다. 사막에서는 뭐 흔히 있는 일이니까요. 망할 놈의 신기루 때문에 '자라 보고 놀란 가슴 솥뚜껑 보고도 놀라는' 식으로 모래언덕과 오아시스를 헷갈리는 경우가 종종 있다잖아요.

제일 앞 사람이 손을 들더니 뭐라고 소리치더군요. 그러자 행렬이 멈춰 섰습니다. 프로비당스는 우선 구역질나는 늙은이 악심이 무리 중에 있는지 살폈습니다. 하지만 그는 보이지 않았어요. 레오 또한 사내아이 카타다의 모습을 발견할 수 없었습니다. 그러니 이들은 그들과 다른 부족일 가능성이 높은 셈이었죠. 하긴 근처에서 유목하는 부족이 몇십 개씩 되는 건 아닐 테고(실제로 이곳을 근거지로 삼는 부족의 수는 무려 546개나 된다)…….

이렇게 해서 프로비당스와 레오는 슐뢰족 508번과 인사를 나누게 되었습니다. 436번 족과의 사이에서 있었던 일을 알게 된 이들은 관광객들에게 그처럼 야만적인 행동을 하여 종족의 이미지를 실추시킨 자들에게 즉시 본때를 보여주겠다고 법석을 떨었습니다. 그런 자들이 있으니 미국 영화에서 허구한 날 자기들을 얼빠진 원시인 취급하는 것도 이상한 일이 아니라는 푸념도 덧붙였습니다.

"그 악심이라는 허접한 놈은 내가 잘 알지, 개자식 같으니!"

무리의 우두머리인 라센이 내뱉었습니다.

프로비당스는 이 용감한 우두머리의 이름이 무척 마음에 드는 눈치였습니다. 스웨덴 출신 추리소설 작가 이름과도 비슷해서 그랬을까요.

"놈의 주둥이에 영원히 대못을 박아놓는 건 큰 기쁨이지."

그렇지만 젊은 여자 집배원은 그를 말렸습니다. 자신을 공격한 자에 대해 손톱만큼의 연민이라도 있기 때문에(이 경우 스톡홀름 증후군이라고 말할 수 있을까? 스톡홀름 증후군의 모로코 버전?) 그런 건 아니었습니다. 다만 그럴 시간이 없었기 때문이었죠. 두 사람은 최대한 빨리 자헤라에게 가야 했으니까요.

라센은 두 사람을 사막과 산악지대 사이에 내팽개쳐 두는 건 말도 안 된다고, 자기와 부하들이 도시 입구까지 동행하겠다고 고집을 부렸습니다. 그는 두 프랑스 사람에게 자기 부족이 지닌 늠름하고 명예로우며 강력하고 자부심 강한 이미지를 복원시키기를 원했던 거죠. 허접한 슐뢰족이 그들에게 심어준 선입견을 가지고 가도록 내버려 둘 수 없다는 것이었습니다. 그는 손가락을 우두둑 소리 나게 꺾더니 금사로 장식한 젤라바로 프로비당스의 몸을 감싸주었습니다. 사막에 불어오기 시작한 선선한 바람으로부터 그녀를 보호해 주기 위해서였겠죠. 그는 떡 벌어진 어깨와 숯처럼 검은 눈, 구릿빛으로 그을린 피부, 교양 있는 사람의 손을 가진 지도자였습니다. 사막의 유목민이 아니었다면 스키 강사가 되었을 법한 외모라고나 할까요?

"당신들이 섣불리 일반화하지 않기를 바랍니다."

우두머리가 강조했습니다.

"모든 슐뢰족이 다 악심처럼 개자식이라고는 생각하지 말아주십시오."

"멍청이들은 어딜 가나 있기 마련이죠."

프로비당스가 염려 말라는 투로 시원시원 대꾸했습니다.

"내가 일하는 우체국만 해도 똑같거든요."

"내가 일하는 오를리 공항 관제탑도 다르지 않아요. 좋은 사람들도 많지만, 관제탑 우두머리는 진짜 멍청이라니까요!"

라센은 우체국도 오를리 공항 관제탑도 알지 못했지만 두 사람이 무슨 뜻으로 하는 말인지는 알아들은 눈치였습니다. 이번 만남을 통해서 내 부족의 명예는 지켜질 것이 확실해.

"자, 떠납시다."

그가 다시 한 번 손가락으로 우두둑 소리를 내며 말했습니다.

바로 그 순간 해가 지면서 마치 태양마저도 그의 지시에 따르는 것 같다는 인상을 남겼습니다.

레오와 프로비당스는 이렇게 해서 각각 불룩하게 혹이 솟은 외봉 낙타 등에 올라탄 채 사막을 가로질러 병원으로 향했습니다. 두 사람 모두 낙타는 처음이었지만, 왕초보치고는 제법 잘 견디는 편이었죠.

"이 모든 일은 현실이라기엔 너무도 믿기 어렵네요. 나는 지금도 믿을 수가 없어요."

씰룩거리며 걸어가는 낙타 등에 올라탄 항공 관제사가 그때까지도 연기를 내뿜는 그의 비행기 잔해 곁을 지나며 입을 열었습니다.

"당신이 하늘을 날아서 여기까지 왔다니 이건 정말 희한한 얘기잖아! 당신이 이런 걸, 이런 엄청난 짓을 어떻게 배웠는지 듣고 싶어."

"그 요청에 대해서 내가 어떤 요상한 중국 해적과 비닐포장 샌드위치를 엄청 좋아하는 세네갈 주술사, 그리고 베르사유의 승려 두세 명 덕분이라고 말한다면?"

"그렇다면 더더욱 듣고 싶어지지! 어쨌건 당신은 이제 목표를 달성했어, 프로비당스. 당신은 얼마든지 자랑스러워해도 돼. 난 당신이 자랑스러워. 당신 덕분에 나는 삶을 다른 각도에서 바라보게 되었어. 이 모든 것이 앞으로 당신에게 무엇을 의미하게 될지 그건 나도 모르지. 나한테 무슨 의미일지(그는 돌아가자마자 상사가 내지를 꾸지람을 상상했다)도 물론 알 수 없고. 하지만 당신을 잡아서 실험실에 가둬놓고 관찰하려는 학자들로부터 당신을 지켜줄 사람이 필요하다면, 내가 바로 적격이지."

"자혜라를 품에 안고서, 활극처럼 흥미진진하지만 지옥 같기도 한 이곳을 떠나 파리로 출발하는 순간이 바로 내 목적이 이루어지는 순간이죠."

프로비당스는 그래요, 당신은 내 남자예요, 라고 덧붙이고 싶었으나 민망하고 당황스러워서 차마 그렇게 하지 못했죠. 그녀는 그저 그를 향해 빙그레 미소를 지어 보이는 것으로 만족했습니다. 씰룩거리며 걷는 낙타 등에 앉은 레오는 사막의 왕자 같아 보였어요. 발타자르. 라코스테 폴로셔츠에 진을 입은 우리 시대의 멋진 동방박사. 그도 그녀에게 미소로 화답했습니다. 태양은 그의 눈앞에서 모래언덕 뒤로 자취를 감추었습니다.

7

현 위치 : 알 아프라 병원(모로코)

쾨로메트르Ⓡ : 10미터

여성 전용 병실 문을 열면서 프로비당스가 제일 먼저 마주친 사람
은 남자인 재활치료사 라시드였습니다. 그는 이 병실 출입이 허용된
유일한 남자였는데, 어렸을 때 싸움을 벌이던 중에 못 박힌 판자가 다
리 사이로 날아와 꽂히면서 실질적으로 《아라비안나이트》에 등장하는
궁궐 내시의 현대판 버전이 되어버리는 통에 그런 자격을 얻게 되었
다고 하더군요.

레오는 아래층에 혼자 남아 있거나 남성 전용인 3층으로 가거나 두
가지 중에서 하나를 선택해야 하는 처지가 되었습니다. 병원 로비를
장식하는 낡고 용수철도 삐걱거리는 소파에 앉아서 기다리는 편을 택

한 그는 의자에 앉자마자 몇 분도 되지 않아 그대로 곯아떨어졌습니다. 때문에 바로 위 여성 전용 층에서 무슨 일이 일어나는지는 전혀 알지 못했죠.

"어디 있죠?"

프로비당스는 침대에 누워 있어야 할 자혜라가 보이지 않자 걱정스러워하며 물었습니다.

"프로비당스, 당신한테 해줄 말이 있어요. 여기 좀 앉을래요? 물 한 잔 줄까요? 얼굴이 말이 아니네요. 도대체 어디서 오는 길이죠? 이 지독한 마늘 냄새는 또 뭐고요?"

"아니, 난 지금 여기 앉고 싶은 마음이 없어요. 그래요, 마늘 냄새가 나는 건 맞아요."

한번에 여러 가지 질문에 대답하는데 익숙하지 않은 프로비당스는 어렵사리 말을 이어갔습니다.

그녀의 안색이 별로인 건 사실이었어요. 기나긴 여행의 끝이었으니까요. 더구나 투박하고 얼룩이 잔뜩 묻은 천으로 된 낙타 냄새 나는 남자용 젤라바까지 둘렀으니까요. 게다가 추락 사고에서 깨어난 이후 그녀를 떠나지 않는 지독한 마늘 냄새까지.

"당신이 그러니까 난 자꾸 겁이 나요, 라시드. 자혜라는 어디 있죠?"

"그 아이는 발작을 일으켰어요, 아주 치명적인 발작."

프로비당스는 두 주먹을 꽉 쥐었다.

"치명적이라면, 어떤 거죠?"

"혼수상태 같은 거죠. 그 아이가 회복할 가능성에 대해서 의사들은 매우 회의적이라는 사실을 당신에게 굳이 숨기지 않겠습니다. 지금 그 아이에게 찾아온 인위적인 혼수상태는 아이의 고통을 줄여주기 위한 처방이죠. 의사들이 그렇게 결정했어요, 기다리는 동안······."

"기다리다니, 뭘 말이죠?"

프로비당스가 다급하게 물었습니다.

"이식할 장기를 기다리는 거죠."

"그래서요?"

"그래서 기다린다고요. 누군가가 죽기를······."

"아니면 자혜라가 죽기를······."

프로비당스를 둘러싼 세상이 와르르 무너져 내렸습니다. 병원의 우중충한 회색 벽들이 폭발하고 창틀 속의 유리가 마치 폭격이라도 맞은 것처럼 산산조각으로 깨져 버리는 것이었습니다. 하늘이 주저앉으면서 그들 머리 바로 위에 위치한 남성 전용 층도 곤두박질치듯 쏟아져 내렸습니다.

프로비당스는 침대에 털썩 주저앉았죠.

그녀의 아이. 그녀의 어린 딸이 떠나가고 있는 중이었습니다. 아이는 그녀를 기다려 주지 않았어요. 아이는 곁을 지켜주는 엄마도 없이 혼자, 그 아이에게 아무것도 베풀어주지 않은 이 세상에서 오롯이 혼자 잠이 들어 있었다고요. 산과 사막 사이에 가로놓인 골짜기의 침묵 속에서 혼자. 모든 것으로부터 멀리 떨어진 채 혼자. 프로비당스에게서 멀리 떨어진 곳에서 혼자.

프로비당스는 방금 죽은 아이를, 죽은 채로 태어난 아이를 입양한 셈이 되고 말았습니다. 이 작고 어린 공주의 유해만이 그녀를 따라 프랑스로 가게 될 테죠. 그래요, 아주 잠깐 눈부시게 반짝였던 섬광의 유해. 다음에 그녀가 품에 안게 될 아이는 죽은 아이일 테죠. 그녀는 죽는 날까지 눈물을 흘리며 슬퍼하게 될 몸을 안고 돌아오게 될 거라고요. 구두 상자만큼이나 작은 상자에 담긴 작은 그 몸. 그녀는 일요일마다 그 작은 몸을 보러 삶의 기운이라고는 없는 잿빛 묘지, 아이가 살았던 이 병원만큼이나 우중충한 묘지를 찾을 테죠. 사람들은 구름과 함께 아이를 상자에 가둘 거라고요. 통조림 통 안에 이는 폭풍. 아이의 존재는 결국 그 정도로 요약될 테죠.

두 눈에 맺힌 소금기 머금은 굵은 눈물방울들로 프로비당스는 몸의 안팎이 뜨겁게 달아올랐습니다. 그녀는 자신의 더러운 몸, 때 묻고 냄새나는 옷, 검은 때가 덕지덕지 낀 손톱들을 물끄러미 바라보았습니다. 자신이 마치 돌팔매질을 당한 것처럼, 모욕을 당한 것처럼 느껴졌죠. 머릿속이며 뼛속이 모두 만신창이 되어버린 살아 있는 송장. 전투 중인 탱크 밑에 방금 깔리기라도 한 걸까. 수천 명의 악심들에게 돌멩이가 널린 사막에서 동시에 강간을 당하기라도 한 걸까. 프로비당스는 두 다리와 등에 예리한 통증을 느꼈습니다.

말하자면 경적과 회전 경보등을 모두 끈 구급차 신드롬이라고나 할까요. 모든 것이 너무 늦었다, 때문에 더 이상 위급 상황 따위는 없다는 자괴감. 구급차의 침묵은 굉장한 폭발음처럼 그녀의 두 귀를 때렸습니다.

프로비당스는 조금 더 일찍 도착하지 못한 데 대해서, 공항에서, 망할 놈의 지존 위에 집무실에서, 수도원에서 쓸데없는 일에 시간을 허비한 데 대해서 자책했습니다. 그녀는 하필이면 전날부터 대대적으로 독을 뿜어내기 시작한 화산을 원망했습니다. 1만2천 년 동안 잠잠하다가 하필이면 그날 사고를 칠 게 뭐란 말인가. 어쩌면 이다지도 운이 없단 말인가? 어떻게 이런 일이 가능하단 말인가?

프로비당스는 주먹으로 애꿎은 매트리스만 내려쳤죠. 그녀의 모든 분노가 응집된 그 주먹은 그러나 시트만 약간 움찔거리게 만들었을 뿐이었어요. 주변은 완벽하게 고요했죠. 프로비당스는 완전히 맥이 빠져 버렸습니다. 그녀의 주먹세례를 받은 매트리스에 누워 있던 환자가 그녀의 어깨에 조용히 손을 얹었습니다. 라시드도 그녀의 한쪽 팔을 붙잡았고요. 그러나 그것만으로는 6층에서 떨어진 그랜드피아노 밑에 몸이, 마음이, 영혼이, 요컨대 그녀를 살아 있는 존재, 한 명의 인간으로 만들어주는 모든 것이 깔렸을 때만큼이나 극심한 고통 속에서 흐느끼는 그녀를 위로해 주기에 역부족이었습니다. 프로비당스는 더 이상 생각이라고는 할 수 없는 돌멩이, 사막의 조약돌 같은 하나의 물체로 변해 버렸습니다. 그녀는 몸을 전혀 움직일 수 없었죠. 몇 초 후면 심장은 박동을 멈추고, 폐는 숨쉬기를 멈출 지경이었습니다. 프로비당스는 구경꾼인 양 돌멩이로 변해가는 자신의 모습을 그저 바라만 볼 따름이었습니다. 그녀는 그 어린 소녀를 자기 배로 낳지는 않았지만, 내장 깊은 곳, 위의 뒤쪽, 양 다리 사이에 전해지는 날카로운 진통을 느낄 수 있었습니다. 그런데 이제 그 아이를 잃다니요. 고통으로 그녀의 오장육부가 갈기갈기 찢어졌습니다. 사막 한가운데에 세워진 외딴 병원에서, 집으로부터, 별들로부터 수천 킬로미터 떨어진 그곳에서 모르는 사람의 침대에서 몸을 잔뜩 웅크린 채 어린 딸과 불과 몇 미터의 거리에서 죽어가고 있는 자신의 모습을 멀거니 내려다보았습니다.

프로비당스는 마지막 남은 힘을 긁어모아 두 손을 배 위로 가져갔습니다. 두꺼운 천으로 만든 젤라바 위로 맹장염 수술 자국에 박힌 유리 약병 파편들이 느껴졌죠. 수도원장의 음성이 그녀의 귀에 메아리쳤고요.

"이 음료가 과연 효과가 있을지는 잘 모르겠군요. 아직 어떤 환자에게도 써본 적이 없거든요. 하지만 만일 효과가 있다면, 한 방울이면 충분해요."

한 방울이면 충분해요.

한 방울이면 충분해요…….

8

프로비당스는 보이지 않는 누군가가 엉덩이를 발길로 차기라도 한 듯 별안간 침대에서 펄쩍 뛰었습니다. 이윽고 라시드의 두 팔을 꼭 잡은 그녀는 벌꿀 빛깔 두 눈으로 그를 뚫어져라 응시했죠. 이 시선이라면 라시드도 누구보다 잘 알고 있었습니다. 바로 이제껏 그가 알고 있던 프로비당스의 시선이었으니까요. 강인하고 결단력 있으며 투쟁도 불사하는 프로비당스의 시선. 그녀의 젖은 두 눈에서 반짝거리는 별들은 이 세상에 불가능한 건 없다는 그녀의 생각을 고스란히 드러냈습니다.

"한 가지 시도해 볼 게 있어요, 라시드!"

프로비당스가 죽었다가 살아난 사람처럼 다급하게 외쳤습니다.

"어쩌면 미친 짓이라고 할지도 모르지만, 그래도 시도해 봐야 해요."

물리치료사는 이 프랑스 여자가 도대체 무슨 말을 하고 있는 건지

답답했습니다. 뭘 시도해 보자는 거지? 더 이상 시도해 볼 거라곤 없는데. 아이는 이미 혼수상태야. 기다리는 일만 남았단 말이지. 의사들이 이 아이를 깨울 때까지 기다리는 거라고. 어쩌면 아이가 저절로 깨어날지도 모르지. 그것도 아니면, 누군가가 아이에게 폐를 주기 위해 기꺼이 죽겠다고 나설지도 모르고.

"외과 의사에게 가서 나한테 자헤라를 구할 수 있는 해독제가 있다고 말해줘요."

"해독제라고요? 프로비당스, 당신 심정은 충분히 이해해요. 하지만 점액과다증을 치료하는 해독제는 없다는 사실을 당신도 잘 알잖아요."

"라시드, 지금 당장 당신에게 오늘 나한테 일어난 많은 일을 다 털어놓을 순 없지만, 하여간 나를 믿어줘야 해요. 눈 딱 감고 내 말을 믿어줘요. 그리고 당장 외과 의사에게 연락해 줘요. 지금 내 살 속에 유리 파편들이 박혀 있는데, 자헤라를 고치기 위한 묘약이 들어 있던 유리병 조각들이죠."

이 말 끝에 그녀는 젤라바를 치켜 올리더니 상처를 보여주었습니다. 갑자기 마늘 냄새가 그녀의 뼛속으로 스며들었죠.

이 고약한 냄새의 근원에 대해 전혀 알지 못하는 라시드는 그녀가 비키니를 입고 있음에 주목했습니다. 그제야 쭉 뻗은 두 다리와 날씬하면서도 탄탄한 근육질의 허리도 눈에 들어왔습니다. 상황의 긴박함에도 불구하고, 그는 지금 이 순간 자신의 눈앞에서 벌어지고 있는 일이 그가 여태껏 꾼 에로틱한 꿈에서 상상했던 모든 것을 훌쩍 넘어선다는 사실을 인정하지 않을 수 없었습니다. 못 박힌 판자가 그의 남성성을 앗아가지만 않았더라도 그는 지금 당장, 하긴 그랬다면 그는 여자 전용 층에서 일할 수 없었을 테니 이 어여쁜 프랑스 여자를 만날 일도 없었겠지만요.

"프로비당스, 내 말 잘 들어요. 난 뭐가 뭔지 하나도 모르겠어요."

정신을 차린 그가 입을 열었습니다.

"약병이라뇨? 묘약은 또 뭐고요? 우린 지금 '아서왕의 전설' 속에 살고 있지 않거든요!"

"그건 나도 잘 알아요! 동화 속에서라면 어린 소녀들이 우중충한 병원에 갇혀 평생을 보내다가 빌어먹을 질병 때문에 극심한 고통을 겪으면서 질식사하는 경우란 없을 테니까요!"

무안해진 라시드는 두 눈을 내리깔았습니다.

"프로비당스……."

"내가 요구하는 건 내 살갗에 박힌 그 유리 조각들을 제거해서 거기 묻은 액체를 조금만 자혜라에게 투입해 보자는 것뿐이에요. 한 방울이면 돼요. 그렇게 한다고 해서 당신들이 잃을 건 하나도 없잖아요? 당신들한테 돈이 드는 것도 아니지 않느냐고요?"

"확실한 겁니까?"

"아뇨. 그런데 파스퇴르 박사라면 그랬을 것 같아요? 처음으로 백신을 테스트할 때 백 퍼센트 확신했겠느냐고요?"

입술을 질끈 깨문 물리치료사는 다시금 눈을 들어 그녀를 바라보았습니다.

"어떻게 해야 할지 궁리해 보죠."

"당신은 천사예요!"

프로비당스는 그를 힘껏 끌어안았습니다. 박하와 오렌지 꽃 향기가 그녀의 콧구멍을 간지럽혔습니다. 라시드에게서는 인간미와 갓 구운 신선한 빵 냄새가 났죠.

9

"이상입니다."

내가 말했다.

"이상이라니, 뭐가?"

"이 이야기는 이걸로 끝이라고요."

"이걸로 끝이라고? 그 아이가 살아났는지 아닌지도 아직 말 안 했잖나."

"자혜라 말입니까?"

"그래, 자혜라. 그 애 말고 누구겠어?"

"자혜라라면, 네, 살아났죠."

나는 허공을 응시하며 대답했다.

나는 나도 모르게 주먹 쥔 두 손에 힘이 들어가는 것을 느꼈다. 두 눈엔 어느새 눈물이 고였다. 나는 내 안에서 솟구치는 거대한 분노와 슬픔을 억누르려고 애썼다.

"자네, 표정이 왜 그런가?"

"……."

"어디 아픈가?"

"방금 들려 드린 이야기는 제가 자혜라에게 들려준 대로입니다."

겨우 마음을 다잡은 나는 또박또박 말했다.

그러고는 잠시 말을 멈추고 침을 삼켰다.

"이 모든 이야기는 내가 자혜라에게, 엄마의 부재를 설명해 주기 위해 들려준 이야기란 말이죠."

"프로비당스의 부재라고? 그게 무슨 소린가?"

불길한 예감에 휩싸인 나이 든 미용사가 물었다.

나는 길게 숨을 들이쉰 다음 천천히 내쉬었다.

"영화에서 보면, 관객이 예상했던 사람이 꼭 죽는 건 아니죠. 건강하던 사람이 환자보다 먼저 죽기도 하더라고요. 그러니 살아 있는 매 순간을 최대한 만끽해야 합니다."

10

"그래서, 누가 죽었단 말인가? 난 도무지 감이 안 잡히는군."

나이 든 미용사가 조바심쳤다.

"저는 아저씨께 모든 진실을 말씀드리지 않았습니다."

"어떤 점에서 그렇다는 말인가? 중국 해적? 핑과 퐁? 구름 속을 날아간 프로비당스의 멋진 여행? 염소몰이 강간꾼? 비닐 포장 용기에 든 샌드위치만 먹는 실세 중의 실세? 그자에 대해서라면 솔직히 나도 처음부터 좀 의심이 가긴 했네만."

"모든 점에서."

미용사는 너무 놀라워서 어이없다는 표정을 지었다.

"무슨 말인지, 나 원 참. 그래서 누가 죽었는데?"

깜짝 놀라기는 나 역시 마찬가지였다. 나는 오늘 아침부터 내내 속을 뒤틀리게 하는 그 무서운 비밀을 털어놓기 일보 직전이었다. 내가 그토록 두려워하던 순간이 마침내 찾아온 것이었다.

"이건 모두 아이를 보호하기 위해 제가 지어낸 이야기입니다."

나는 미용사의 질문은 무시한 채 그렇게 대답했다.

갑자기 마이크 타이슨의 강편치라도 얻어맞은 사람처럼 배가 몹시 아팠다. 고개를 든 나는 상대방을 똑바로 응시했다. 미용사는 적어도 내가 그를 정면으로 바라보고 이야기해야 할 의무가 있는 사람이었다.

"사실 이 미용실에 들어온 건 머리를 자르기 위해서가 아니었습니다."

내가 다시 입을 열었다.

"지난 1년 동안 나로 하여금 밤잠을 설치게 하고 밤마다 내 인생에서 가장 고약한 악몽을 꾸게 하는 일에 대해 누군가에게 털어놓고 싶었기 때문이었습니다. 가장 고약한 악몽이란 환한 대낮에 눈을 뜨고 꾸는 꿈, 길거리 모퉁이마다 숨어서 우리를 살피며, 우리가 밥을 먹을 때나 책을 읽을 때, 친구들과 수다를 떨 때, 일할 때 등, 시도 때도 없이 우리 인생에 끼어드는 그런 꿈이 아니겠습니까. 요컨대 한시도 우리를 놓아주지 않는 그런 꿈 말입니다."

"어째 자꾸만 불안해지는걸……."

"부탁인데, 제발 제 말을 끊지 마십시오. 저는 지금 제 속에서 나오는 대로 이야기하는 중입니다. 저한테는 아주 힘든 일이죠. 이 순간이 오기를 얼마나 고대했던지 거의 집착이 되고 말 지경이었습니다. 얼마나 여러 번씩이나 저는 아저씨를, 이 미용실을, 오늘 이 순간을 상상했는지 모릅니다. 누군가에게 반드시 털어놓아야만 했다고요, 아시겠어요? 그래도 아무나에게 그럴 순 없었지요. 이 슬픈 이야기에 감동해줄 만한 사람이어야 했어요. 나의 불행에 무심해하지 않을 사람, 그 불행을 함께 나누어 가질 만한 사람, 그렇지만 나와는 절대 친구가 될 수 없을 사람. 왜냐하면 잠시 후면 아저씨는 나를 이 세상에서 제일 증오하게 될 테니까요. 뭐 그 정도쯤은 각오하고 있습니다. 암튼 나는 나의 행동을 설명해야 했습니다. 나의 행동을 다른 사람이 아닌 바로 아저씨에게 설명해야 했다니까요. 아저씨가 평생 '그 항공 관제사는 화산재 구름이 프랑스 하늘을 위협 중인데도 왜 그 비행기에게 비행 허가를 내렸을까? 왜 그자는 민간항공국이 정한 안전 규정을 어기면서까지 그렇게 행동했을까? 왜 그자는 그날 그 한 대의 비행기, 내 동생이 탄 그 비행기만 이륙하도록 했을까?' 이런 질문에 시달리는 일이 없도록 하기 위해서 말입니다."

나이 든 미용사는 그제야 이해하기 시작했다. 10톤짜리 압축 롤러가 서서히 그의 몸 위로 굴러가는 것 같았다. 거대한 롤러는 서두는 법도 없이 서서히 그의 두 다리에서부터 가슴, 머리를 짓이겼다.

11

"제가 루아얄 에어 모로코 AT643기에 타고 있다가 변을 당한 한 희
생자의 가족을 찾아내는 데 6개월이 걸렸습니다. 그리고 그 가족을 보
러 오기로 결심하기까지 또 6개월이 걸렸지요."

나는 말을 계속했다.

"아저씨 동생 폴은 그 비행기에 타고 있었죠. 내가 이 의자에 앉았
을 때 아저씨가 말씀하셨듯이 그는 햇빛 좋은 곳에서 휴가를 보내려
고 출발했습니다. 그토록 길어질 줄이야 꿈에도 생각하지 못한 짧은
휴가였죠. 영원한 휴가가 되고 말았습니다만. 그날 아침 보잉 737-
800기는 6시 50분에 마라케시를 향해 호기롭게 이륙했습니다. 예정
보다 겨우 5분 늦은 출발이었습니다. 기상 조건은 완벽했죠. 약간의
크로스윈드가 있었지만 심각한 정도는 아니었습니다. 비행기는 24번
활주로에서 이륙했는데, 이때도 전혀 특별한 점은 없었죠. 이제 조금

씩 제 이야기를 이해하시겠죠? 제가 그 비행기에 이륙 허가를 내준 건 프로비당스가 타고 있었기 때문입니다. 원래는 저도 함께 갈 예정이었습니다. 우리는 얼마 전부터 사귀는 사이였고 서로에게 푹 빠져 지냈으니까요. 자헤라는 처음엔 두 여자의 이야기였다가 세 사람의 이야기가 되었습니다. 그 아이를 프랑스로 데려오기 위해 저도 사방팔방으로 뛰었으니까요. 제 일터에서는 마지막 순간이 되어서야 그 몹쓸 화산재 구름을 상기시켜 주더군요. 관제탑 책임자는 무척 힘든 하루가 될 거라고 예견은 했지만, 일손이 턱없이 부족했어요. 직원 대다수가 외국에서 휴가를 보내는 중이어서 그들을 불러 모을 수가 없었거든요. 그는 자헤라를 데려오는 일에 대해서는, 그날 아침 프로비당스와 동행하는 일이 나에게 갖는 중요성에 대해서는 들은 척도 하지 않았습니다. 개인 생활보다는 일이 먼저라고 그가 말했죠. 경력에 종지부를 찍고 싶지 않으면 알아서 하라고요. 제 상사는, 아까도 말씀드렸듯이, 정말 멍청한 사람입니다. 그건 그렇고, 저는 어쩔 수 없이 프로비당스에게 혼자 가야겠다고, 상황이 좀 진정되면 그때 가겠다고 말했습니다. 그 같은 혼란 상태는 하루를 넘지 않을 거라고들 예상했죠. 암튼 프로비당스는 딸아이를 보러 가야만 했습니다. 병원 측에서 그보다 며칠 전에 아이의 상태가 위급하다고 알려왔으므로 출발을 미룰 수 없었거든요. 자헤라에게 무슨 일이라도 생기면 아이와 같이 거기 있지 못했던 자신을 두고두고 원망했을 테죠. 무슨 말인지 아시잖아요. 그래서 저는 위에서 내려온 지시에도 불구하고 조종사에게 이륙해도 좋다는 신호를 보냈습니다. 이제 그 비행기가 그날 오를리 공항에서 뜬 유일한 비행기가 된 사연을 아시겠지요. 저는 전혀 생각하지 못했습니다. 솔직히 저는 비행기가 그물망 사이를 뚫고 나가리라고, 사람들이 말하는 위험은 과장되어 있다고 생각했죠. 하지만 큰일을 당하고 나서야, 제 일생의 반려자였던 여자를 잃고 나서야 구름을 인간이 길들이려면 매우 큰 대가를 치러야 한다는 사실을 깨달았습니다. 툴루즈의 항공 관제사 학교에서는 비행기를 길들이는 법을 배웁니다. 구름, 특히 보이지 않는 구름, 화산재 구름 등에 대비하는 법은 전혀 다루지 않습니다. 아저씨 동생이 그 비행기에 타고 있었던 건 정말이지 유감스럽습니다. 잘 아시다시피 그 비행기는 마라케시의 메나라 공항에 거의 다 와서 추락했습니다. 화산재 분자들이 제트 엔진으로 빨려 들어간 걸 나중에 발견했지요. 아마 프랑스 영공에서 그렇게 되었을 겁니다. 프로비당스와 폴을 죽인 건 바로 접니다."

"……"

"요즈음 저는 자혜라만 바라보고 삽니다. 모든 것이 공식화되기까지 그 아이는 저에게 맡겨졌죠. 우리가 서로 알고 지낸 지는 얼마 되지 않지만 나는 그 아이를 내 친딸처럼 생각합니다. 그 아이를 향한 프로비당스의 사랑이 너무도 컸기 때문에 그 사랑이 그대로 저한테도 옮겨진 거죠. 프로비당스는 아주 전염력 강한 사랑을 품고 있었습니다. 나는 그 아이가 세계 최초의 제빵-우주사가 되도록 보살필 겁니다. 벌써 아이의 교육도 시작했어요. 그러니까 우주에 관한 부분에서는 그렇다는 말이죠, 제빵에 관해서라면 전 문외한이니까요. 전 그 아이가 우주인이 되기만 해도 너무 행복할 겁니다. 그러면 우선 가까운 중국 여행부터 시작할 겁니다. 비록 아이가 별이 중국에서 만들어지지 않는다는 사실을 이미 오래전부터 알고 있다고 해도 말입니다. 아이도 거기 가고 싶어해요. 중국은 예나 지금이나 사람을 잡아끄는 매력을 지닌 나라잖습니까. 짐작하실지 모르겠는데, 저는 그 비극이 일어난 지 이틀 만에 병원에서 그 아이를 만났습니다. 의사들이 아이에게 인위적 혼수상태 처방을 해놓은 상태였습니다. 아이의 고통을 덜어주기 위해서였죠. 사실 아이가 죽기만을 기다릴 뿐, 의료진에게도 아무런 방법이 없었습니다. 프로비당스의 사망 소식을 들은 저는 두 사람이 즉시 라바트 인터내셔널 의료센터로 이송되도록 필요한 조치를 취했습니다. 거긴 첨단 의술을 자랑하는 최신식 시설이죠. 제일 좋은 의료기기에 제일 우수한 의료진이 포진한 병원이라는 말입니다. 프랑스 사람들도 부러워할 만한 시설이죠. 프로비당스는 살아생전에 혹시 자기에게 무슨 일이 생기면, 그러니까 그냥 예기치 않았던 불상사가 생기면 폐를 기증하겠다는 서약을 해두었거든요. 그래서 의사들은 그녀의 폐를 자혜라에게 이식했습니다. 모로코에서는 처음 있는 일이었죠. 병원 측에서는 나한테 성인인 프로비당스의 폐 일부를 잘라야만 어린아이인 자혜라의 체구에 맞는다고 설명했습니다. 성인의 신체 기관을 어린이의 몸에 맞춘다는 건 아주 복잡하고 까다로운 공정이더군요. 어쨌거나 요즘의 의료진은 놀라운 일들을 해냅니다. 비행기 제일 뒷줄 좌석을 택한 덕분일 겁니다. 제일 뒷줄은 착륙 때엔 남보다 늦게 나오게 되는 단점이 있지만, 그래도 비행기에서 제일 안전한 자리라는 장점을 가지고 있죠. 저한테는 일종의 몸에 밴 습관입니다. 덕분에 아이의 몸엔 큰 손상이 없었습니다. 프로비당스의 폐, 저한테는 이제 그녀의 폐만 남았습니다. 자하라의 몸속에 남아 있는 그녀의 폐. 프로비당스의 숨결. 아이는 깨어나면서 제일 먼저 엄마는 어디 있느냐고 묻더군요. 내가 거기 있는 걸 보면 분명 프로비당스도 가까이에 있을 거라면서요. 전 아이에게 차마 진실을 말할 용기가 나지 않았습니다. 이제 더는 그녀를 볼 수 없을 거라고, 그녀는 이제 죽었다고, 엄마들의 천국으로 갔다고, 지금 이 순간에 그 여자는 아이의 다른 엄마, 그러니까 그 아이의 생모와 카드놀이라도 하고 있을 거라고 말하는 것만도 엄청 힘들었으니까요. 그래서 저는 저도 모르게 이야기를 지어내기 시작했습니다. 오렌지색 파자마를 입은 전단지 돌리는 사람, 세네갈 주술사와의 만남 같은 이야기를 아이가 어찌니 눈을 반짝이며 듣던지 저는 빼도 박도 못하는 처지가 되고 말았습니다. 이 이야기는 제가 처음부터 끝까지, 실타래를 풀 듯 하나도 빠짐없이, 끝이 어떻게 될지도 모르는 상태에서 꾸며낸 겁니다. 아이에겐 그편이 훨씬 받아들이기 쉬울 거라고 생각했죠. 앞으로는 엄마를 볼 수 없다는 사실을 받아들이기가 쉬웠을 거라고요. 티베트 승려들이며 구름 속을 날아다니는 이야기, 베르베르 족의 등장 등도 모두 제가 지어냈습니다. 저는 아이에게 엄마는 몸에 박힌 유리 조각을 빼내는 수술을 받다가 죽었다고, 엄마는 마늘 알레르기가 있는 사람인데 하필 마늘이 엄마 안으로 들어가는 통에 엄마가 죽었다고 말하면서 이야기를 마무리 지었습니다. 되는 대로 아무 얘기나 막 한 거죠. 유치하다는 거 저도 잘 압니다만 자혜라는 아직 어린아이니까요. 그리고 저는 그 아이가 자기 엄마를 자랑스러워하기를 원했으니까요. 하긴 진실을 말해주어도 아이는 엄마에 대해 자랑스러워했을 테지만요. 다만 저한테는 그야말로 개죽음이었죠. 비행기 사고로 인한 어이없는 죽음. 저는 그 아이가 프로비당스에 대해 영원히 지워지지 않는 추억을 간직하길 원해요."

나는 입을 닫았다. 무슨 말을 해야 할지 알 수 없었다. 더 이상 할 말이 없었다. 나는 나이 든 미용사가 자리에서 일어나 가위를 집어 들고 분노에 찬 몸짓으로 그 가위를 내 심장에 꽂을 거라고 상상했다. 그런데 그는 두 눈으로 정면의 거울을 노려보면서 꼼짝도 하지 않았다. 원자폭탄 두 개만큼의 위력을 지닌 강력한 내면의 폭풍에 대항하고 있는 것처럼 보였다.

"제가 방금 드린 말씀을 사실로 믿었다고는 말씀하지 마세요!"

부담을 덜기 위해 내가 다시 입을 열었다.

"프로비당스의 비행이며 녹색 토마토로 페탕크 놀이를 하는 승려들, 하늘을 수놓는 각국 대통령 전용기들의 출현 등등, 솔직히 말도 안 되는 이야기……."

"자네한테 솔직하게 말하자면, 페탕크 대목은 그다지 신빙성이 없던 게 사실이지."

미용사가 창문 쪽으로 시선을 옮기며 비꼬듯 말했다.

"그래서 제가 처음부터 경고하지 않았습니까."

"경고했다니?"

"이 책 서두를 장식하는 인용문으로 보리스 비앙의 한 구절을 골랐거든요. 독자들이 확인해 줄 수 있어요."

"어떤 인용문인데?"

"이 이야기는 내가 처음부터 끝까지 다 지어냈으므로 완전히 진실이다."

"미안하지만 난 인용문 같은 건 절대 읽지 않는다네."

"그래도 그건 읽으셨어야 했는데."

"농담은 그 정도면 됐네. 사랑하는 사람을 떠나보내고 나면 때때로 아무거나 믿게 되지. 죽은 애인과 만나게 해주겠다고 약속하는 사기꾼의 감언이설에 속는 여자들을 보게. 영리하던 여자들이라고 해서 크게 다를 것도 없지. 자네가 자혜라를 위해서 그 모든 이야기를 지어냈다면 말일세, 난 어떻게 해서 그 이야기를 알고 있었을까? 하늘을 나는 여자 이야기 말일세. 난 그 사건이 일어났을 무렵 여러 신문에서 관련 기사를 읽었거든."

"노란 4L의 요정, 그 기사는 제가 처음부터 끝까지 다 지어낸 겁니다. 그럴 수밖에 없었어요. 자혜라가 그 사건에 관해 인터넷을 샅샅이 뒤지리라는 걸, 그 아이도 확실하게 이해하고 싶어하리라는 걸 알고 있었으니까요. 정말로 그런 사건이 일어났다면 당연히 인터넷에서 검색이 가능해야 할 테니까요. 그래서 저는 검색 전문 사이트를 하나 찾아냈죠. 인터넷 상에서의 노출도에 따라 어떤 사이트들은 상단에 다른 사이트들은 하단에 정렬해 주는 사이트였죠. 저는 짧은 사실 요약, 낭만적인 내용 위주의 기사 등 몇 가지 버전의 글을 작성해서 인터넷에 올렸습니다. 전 제가 쓴 그 글들을 자혜라가 자랑스럽게 보여주던 날을 지금도 생생하게 기억해요. 눈물이 핑 돌더군요. 그 아이는 엄마가 요정이라고, 구름 속으로 헤엄치는 동안 전 세계 사람들이 박수를 한 몸에 받은 요정이라고 철석같이 믿었습니다. 별들이 중국에서 만들어진다고 믿었던 것과 똑같이 말입니다. 어린 시절이란 정말 아름답지 않습니까?"

"나도 알 것 같군."

노인이 짧게 말했다.

"아저씨가 저를 미워한다는 거, 잘 알아요. 저도 제가 원망스러우니까요. 저는 제가 사랑하던 여자를 포함해서 162명을 죽음으로 몰아간 책임자입니다. 저는 그 사실에서 벗어날 수 없을 겁니다. 절대로. 저는 매일 그 사실과 더불어 살고 있습니다. 거울에 비친 제 모습을 볼 때마다 그 생각이 나니까요."

나는 주머니에서 작은 메달 하나를 꺼냈다. 사후에 프로비당스에게 수여된 공로 훈장이었다.

"이 점만큼은 거짓말이 아니었습니다. 그녀는 훈장을 받았습니다. 비키니 상의가 아니라 상자 속에 든 쿠션에 달린 훈장이었던 점만 빼고는. 어쨌거나 그녀가 훈장을 받은 건 사실이니까요."

그제야 미용사는 자리에서 일어났다. 그는 내가 앉아 있는 의자를 한 바퀴 빙 돌더니 내 앞에 놓인 거울에 달려 있는 유리 탁자로 다가와 가위를 집어 들었다. 드디어 올 것이 왔군. 자기 동생을 죽인 자에게 복수하려는 거야. 1년이 지난 지금에야 겨우 동생을 완전히 떠나보낼 수 있게 되었군. 그를 조금씩 좀먹어가던 증오와 좌절감을 드디어 폭발시킬 수 있게 되었으니 말이야.

하지만 나의 예상과는 달리 그는 내 곱슬머리 속으로 두 손을 넣더니 아무 일도 없었다는 듯 머리 만지는 일을 시작했다.

"오컴의 면도날이라고 들어봤나? 미용사와 관계있는 건 아니네만 (나는 벌겋게 충혈된 그의 두 눈을 보았고, 그가 나뭇잎 떨 듯 몸을 떠는 모습도 보았다. 엄청난 분노 또는 헤아릴 수 없이 큰 슬픔을 억제하듯). 두 가지 설명이 있다면 그중에서 제일 그럴 듯한 설명을 택한다, 이런 말이지."

"알 것 같습니다."

"아니, 난 그렇게 생각하지 않네, 거시기 씨. 지금부터는 자네가 내 말을 끊지 말고 듣게. 나는 이제껏 살아오면서 복수 따윈 아무짝에도 쓸모없음을 배웠지. 그건 흰색 크레용만큼이나 쓸모가 없다니까. 현실은 현실 그대로일 뿐이지. 내 동생은 떠났어. 아무것도 그 애를 살아 돌아오게 해주진 못하지. 사과도 설명도 복수의 몸짓도. 자연의 법칙이 원래 그런 거야. 자네가 죽는다 한들 내 동생이 살아나진 않는단 말이지. 나는 자네가 벌써 자네 행동에 대해 값비싼 대가를 치르고 있다고 생각하네. 그처럼 많은 사람들의 죽음을 양심에 끌어안고 산다는 건 자네처럼 젊은 어깨엔 너무도 무거운 짐일 테니까. 이런 말 하면 자네가 놀랄 지도 모르겠네만, 난 단 한 순간도 당신의 추락 이야기를 믿지 않았네."

"추락이라면?"

"프로비당스와 내 동생을 태운 비행기의 추락. 화산재 구름 때문에 일어난 그 사고 말일세. 내 생각엔 그날 일어난 일 가운데 제일 중요한 핵심은 프로비당스가 하늘을 나는 법을 배웠으며, 배워서 성공했다는 점일세. 자네는 아마도 모든 사람이 편협한 정신의 소유자다, 우리는 모두 의심 많은 사람들, 잘 믿지 않는 사람들이라고 생각할지도 모르지. 신앙심이 없는 사람이란 말이지, 자네 자신처럼. 꿈이라고는 꿀 줄 모르고, 논리나 물리학 법칙에 부합하지 않는 일은 믿지 못하는 엔지니어 말이야. 자네는 나도 보호받아야 할 사람이라고 생각하나? 자혜라처럼? 난 말일세, 오렌지색 파자마를 입은 중국 해적이랑 중국인 행세하며 리들 제품 요거트를 먹는 세네갈 주술사, 르노 폐공장에서 녹색 토마토로 페탕크를 하는 티베트 승려들, 이런 거 전부 믿는다네. 전부 믿는다고. 믿으면 기분이 좋으니까. 그게 몽땅 허구고, 상상력의 산물에 불과할 뿐이라는 걸 알아도 믿는다고. 언제 한 번 한 번도 본 적도 없고, 그들을 위해 아무것도 해준 게 없는 신을 믿는 수백만 명의 신자들처럼 말일세. 프로비당스가 딸에게 가기 위해서 여러 개의 산을 옮기고, 구름을 길들였으며, 심지어 하늘을 나는 법을 배웠다면, 난 그 또한 믿네. 그러면 나한테 힘이 생기기 때문이지. 앞으로 나아갈 힘이 솟구친다니까. 자네가 그녀의 여행을 묘사하는 동안 나는 그녀와 함께 구름 속을 나는 기분이었지. 어떤 의미에서는 자네가 나한테 하늘을 나는 법을 가르쳐 주었다고도 할 수 있지. 말하자면 난 자네와 함께 꿈을 꾸었단 말일세. 그게 바로 우리 인간이 다른 짐승들과 다른 점 아니겠나, 거시기 양반. 우리 인간들은 꿈을 꾸거든!"

미용사는 유리 탁자에 가위를 내려놓더니 작은 서랍에서 면도솔을 꺼내 내 목덜미와 이마를 털었다.

"자네 이야기는 재미있고 아름다운데, 마무리가 좀 시원찮아."

그가 덧붙였다.

"살갗에 박힌 유리 조각을 제거하기 위해 프로비당스가 수술방으로 들어갔어, 그렇지? 그런데 그다음은? 그렇게 거기서 그냥 끝내면 안 되지."

"벌써 말씀드렸잖아요, 프로비당스는 죽었다고."

"이보게, 그건 엄청난 실수야. 여주인공은 절대 죽지 않아, 자네도 그쯤은 알 텐데. 좋은 책이나 영화는 언제나 해피엔딩이지. 일상의 삶 속에서 늘 싸워야 하는 사람들은 행복하게 끝나는 이야기들을 필요로 하는 법이거든. 우리 모두에게는 희망이 필요하다고, 알겠나? 내 동생 폴이라면 그렇게 끝나는 이야기는 질색이었을 걸세. 그 애가 살아 있다면, 항상 그 애의 입술에 머물러 있던 매력 만점의 미소와 걸쭉한 목소리로 그렇게 말했을 걸세. 그 이야기의 진정한 결말은 내가 들려줄까, 이름이 뭐였더라."

"마샹."

"그래, 거시기 씨. 두 눈을 감게. 우리는 이제 모로코로 돌아가는 거야."

12

두 눈을(두 귀도) 뜨는 순간 프로비당스에게는 상당히 희한한 단어가 제일 먼저 들려왔습니다. 메기. 하지만 그녀가 그것이 무엇을 뜻하는지 물어볼 짬도 없이 오른쪽 옆구리에서 날카로운 통증이 느껴졌죠.

눈이 부실 정도로 밝던 조명이 차츰 어두워지면서 프로비당스는 자기가 누워 있는 곳은 병실이며, 자기가 입고 있는 파란색 종이 환자복 속 서혜부 근처에 커다란 붕대가 붙여져 있음을 확인했습니다. 예전에도 언젠가 느껴본 적이 있는 불쾌한 기분이었죠. 불과 몇 초 동안이었지만 그녀는 급성 맹장염 때문에 처음 이곳에 들어온 이후 겪은 모든 일들이 오랜 혼수상태에서 꾼 꿈은 아니었는지 문득 겁이 났습니다. 문턱이 닳도록 이 병원을 드나들었고, 지루한 입양 수속 끝에 마침내 입양 허가를 얻었으며, 구름 사이를 헤치고 날아온 자헤라와의 모든 사랑 이야기가 만약 꿈이라면. 그녀의 심장은 달음박질 중인 낙타 심장처럼 쿵쾅거리기 시작했습니다. 아니, 그럴 리 없어, 그렇게 뒤로 돌아가다니, 말도 안 돼. 프로비당스는 두 눈을 이리저리 옮겨가며 기운을 북돋아줄 만한 것을 찾았습니다. 새로운 어떤 것. 그녀의 2년 전 추억 속에 들어 있지 않은 어떤 것을 애타게 찾았죠.

옆 침대에서는 두 눈을 커다랗게 뜬 자혜라가 말없이 그녀를 바라보고 있었습니다. 아이의 발치에서는 라시드가 싱글벙글 웃고 있었고요.

라시드?

그녀의 기억에 따르면 그녀가 처음으로 이 병실에서 깨어났을 때 아이와 함께 있던 사람은 레일라였습니다. 그러니 그녀가 꿈을 꾼 건 분명 아니었습니다. 승려들이며, 팔을 흔들어가며 하늘을 난 믿을 수 없는 여행, 슐뢰족, 기억에서 지워 버리고 싶은 마음은 굴뚝같지만 오른쪽 가슴에서는 여전히 징그러운 손의 무게가 느껴지는 고약한 악심 등으로 이어진 미친 하루. 아, 그리고 레오. 무엇보다도 레오.

"오, 내 사랑!"

프로비당스는 두 눈 가득 눈물이 그렁그렁한 채 외치더니 쏜살같이 아이의 하얀 두 뺨 위로 미끄러지듯 몸을 굽혔습니다.

"너를 보게 되어 얼마나 행복한지 몰라. 내가 어떻게 했는지 네가 안다면……."

운명은 다시금 두 사람을 하나로 묶어주었습니다. 엄마와 딸.

"엄마는 또 급성 맹장염에 걸린 사람 같아!"

자혜라가 프로비당스의 잠옷 속으로 보이는 투명한 반창고를 가리키며 농담을 했습니다.

젊은 프랑스 여자 집배원이 갑자기 딸꾹질을 했습니다. 흑흑거리는 흐느낌 속에서 슬며시 찾아오는 미소.

"너를 위해서라면 이 세상의 모든 맹장이란 맹장은 다 떼어낼 거라고 내가 전에 말했잖아."

"구름이 사라졌어, 엄마."

아이가 다시금 진진한 투로 말했습니다.

"그게 느껴져?"

"그렇다니까. 구름이 더 이상 느껴지지 않거든. 누군가가 내 입을 꽉 누르던 쿠션을 치워 버린 것 같은 느낌이야."

프로비당스는 자헤라를 향해 손을 내밀었습니다. 그녀의 딸. 산소호흡기를 떼고서 평온을 찾은 아이의 모습은 처음이었죠. 아이는 정상적으로 숨을 쉬었습니다. 조용하기 그지없는 날숨소리. 웅장한 침묵의 소리. 양말도 신지 않은 아이의 발이 시트 밖으로 삐져나왔습니다. 프로비당스는 지금껏 아이의 발엔 전혀 관심을 기울이지 않았습니다. 그녀는 무심코 아이의 발가락을 세어보았죠. 그건 그녀의 괴벽이니까요. 발가락이 여섯 개였습니다. 왼쪽 발에 달린 여섯 개의 발가락.

"어머, 난 네 발가락이 여섯 개인 걸 처음 알았어."

아이는 그녀를 바라보더니 민망한지 얼른 시트 속으로 발을 숨겼습니다.

"……."

"아니, 그게 정말이야? 나도 전혀 몰랐는걸! 믿을 수 없는 일이네!"

라시드도 끼어들었죠.

그러자 모든 사람들의 눈이 자헤라의 발을 덮고 있는 시트로 향했습니다. 아이는 지금까지 내내 주위 사람들에게 이 사실을 감추기 위해 무진 애를 써왔는데, 절대 고백하고 싶지 않았던 그 비밀이 이제 만천하에 드러나게 되었으니 어쩝니까. 자헤라는 그 때문에 자기 발을 어지간히도 싫어했죠. 비정상적이고 기형이었으니까요. 다른 사람들과 자기를 갈라놓는 또 하나의 장벽. 그래서 그 아이에게 발을 보여준다는 건, 그것이 정상이냐 비정상이냐를 떠나서, 일단 자기 몸 중에서 제일 미운 부분을 보여주는 것이나 마찬가지였습니다. 친밀함을 지나치게 남용하는 거라고나 할까.

"너, 두 발 다 이래?"

"아니, 왼발만."

"어머, 정말 미치겠다. 난 말이지 오른발에 발가락이 여섯 개야!"

프로비당스가 자기 오른발을 시트에서 쑥 빼며 큰소리로 말했습니다.

"아니, 이럴 수가! 당신도 발가락이 여섯 개잖아!"

라시드가 도저히 믿을 수 없다는 투로 외쳤습니다.

그때 막 병실로 들어선 레일라가 평소 버릇대로 가운 소매로 하얀 치아를 가리며 깔깔대며 웃기 시작했죠. 그러자 자헤라도 따라 웃었습니다. 알고 보니 남들과 크게 다르지도 않아 적잖이 안심이 되는 모양이었어요. 프로비당스의 오른발, 자헤라의 왼발. 두 사람은 완벽하게 서로를 보완하는 존재인 셈이죠.

"난 이제야 내 여섯 번째 발가락의 존재 이유를 알았어. 그건 말이지, 우리 두 사람이 같은 흙으로 빚어졌기 때문이었어! 이렇게 닮았는데도 내가 네 엄마가 아니라고 하는 사람이 있으면 나와보라고 해!"

모두가 깔깔 웃자 행복이 병실과 병실 안의 환자들을 뒤덮었습니다.

"여섯 개의 발가락을 가진 두 사람이 만날 확률을 계산해 보면 아주 재미있을 것 같은데!"

라시드가 큰소리로 중얼거렸죠.

프로비당스는 문득 사막에서부터 줄곧 그녀를 따라다닌 집요한 마늘 냄새가 사라졌음을 깨달았습니다. 더 이상 그 문제로 신경 쓸 일이 없어지자 행복해진 그녀는 안도의 한숨을 내쉬었습니다.

"너도 봤지, 난 분명 약속 지켰어."

그녀가 자혜라에게 소곤거렸습니다.

"이제 곧 달이 뜰 거야."

"엄마, 달은 아까 벌써 떴어."

미래의 천문학자가 창문을 가리키며 반박했습니다.

밖은 깜깜했죠.

별안간 프로비당스의 온몸에 전율이 흘렀습니다. 아, 엄마라는 말은 얼마나 듣기 좋은가! 엄마.

"엄마, 처음에 난 엄마가 나를 잊어버렸다고 생각했어. 난 엄마를 기다리고 또 기다렸지. 하루 종일. 나한테는 아주 중요한 하루였어."

"나도 알아, 아가야. 나한테도 그래. 변명의 여지가 없어. 난 너한테 약속한 대로 오늘 아침에 여기 도착했어야 했어. 아니, 그보다도 더 일찍 도착했어야 했지. 아주, 아주 더 일찍. 그런데 말이야, 리모컨 엄마들한테는 이따금씩 그렇게 단점이 있어."

"만일 엄마가 없었으면, 난 크리스마스 선물로 엄마를 주문했을 거야. 엄마 자는 동안 레오 아저씨가 다 이야기해 줬어."

프로비당스의 눈꺼풀이 파르르 떨렸습니다.

"아저씨가 무슨 이야기를 해줬는데?"

"전부 다. 엄마가 도움을 얻기 위해 파리 곳곳을 돌아다닌 거랑 중국 사람 노릇하는 아프리카 아저씨, 웃기는 스님들. 그리고 구름 속으로 날아다닌 엄마의 근사한 여행. 약속을 지키기 위한 엄마의 비행. 엄마는 고단해서 죽을 것 같으면서도 나를 위해서 계속 날았지. 비행기가 한 대도 안 뜨는데도 나를 데리러 오려고 말이야. 레오 아저씨 말이 엄마가 아주아주 높이 올라갔기 때문에 어쩌면 별도 딸 수 있었을 거래. 이 형광별들 말고(아이는 작은 손가락으로 천정을 가리켰습니다) 진짜 별들 말이야. 내가 전에 중국 사람들이 우리에게 행복을 선사해 주기 위해서 우주에 풀어놓았다고 믿었던 그 '메이드 인 차이나' 별들. 난 엄마 같은 엄마를 가져서 너무 자랑스러워. 아저씨가 그런 이야기를 다 해줬을 때 난 내가 사랑을 듬뿍 받고 있다고 느꼈어. 내 꿈속에선 말이지 요정들이 노란 르노 자동차를 타고 다녀! 아 참, 엄마는 나도 바나나색(bananisé) 우체국 자동차에 태워줄 거지?"

"표시 제거(banalisé) 자동차겠지?"

"아니야, 바–나–나–색이야."

자헤라가 같은 말을 되풀이했습니다.

"바나나처럼 노랗잖아."

프로비당스의 입가에 미소가 번졌죠. 얼굴을 환하게 만들어주는 바람이 나비처럼, 누군가가 리모컨을 눌러 멜로 영화를 코미디 영화로 바꾸기라도 한 것처럼, 그녀의 얼굴에 내려앉았습니다.

여자 간호사가 다가왔습니다.

"프로비당스, 의사 선생님들이 이상해요. 무슨 일이 일어난 건지 도무지 설명은 할 수가 없는데, 좌우지간 그게 통했다는 거예요. 그래서 그게 뭔지, 어디에서 왔는지 알고 싶대요."

모로코 출신 간호사는 외과 의사가 프랑스 여자의 살갗에서 떼어낸 유리 파편에 묻어 있던 액체 한 방울을 자헤라의 입에 투입하고 몇 초가 지나자 아이의 목구멍 아래쪽에 구름 한 조각이 나타나더라고 설명했습니다. 구름 조각이 외로운 벌레처럼 천천히 성문까지 올라오자, 의사들은 핀셋으로 그걸 끄집어내기만 하면 되었다는 거였죠. 흡인기도 나비채도 낚싯대도 필요 없었다는군요. 아이의 가슴에서 에펠탑만큼 커다란 구름을 꺼내는데 아주 간단한 핀셋 하나면 충분했다니까요. 324미터나 되는 구름을 꺼내는데 말이죠.

그러니 이 모든 일은 이성적인 설명을 초월할 수밖에요. 구름 속으로의 비행에 이어 이번엔 해독제까지! 프로비당스로 말하자면 이미 오래전부터 질문 같은 건 그만두었어요.

"그건 아주 강력한 '구름 제거제' 예요!"

프로비당스는 간단하게 대답해 주었습니다.

"한 친구가 나한테 준 거죠. 대단한 능력을 가진 남자인데 요즘엔 치즈 의류 사업을 하고 있어요."

"'구름 제거제'라고요? 그러니까 일종의 살충제인데, 구름을 죽인다는 거로군요. 그리고 치즈 의류라면, 염소젖으로 만든 톰 치즈로 제작한 옷들이겠군요. 이름만 들어도 그렇잖아요."

"당연하지. 염소 톰 치즈 옷."

라시드도 마치 모든 것이 자명하다는 듯이 거들었습니다.

물리치료사는 내심 프로비당스가 완전히 미쳤다고 생각했습니다. 하긴 그는 그녀를 알게 된 후 상당히 자주 그런 생각을 했죠.

"아, 그런데 죽이는 거로 말하자면, 당신이 가져온 그 약은 구름만 죽이는 게 아니더라고. 병동 전체에서 마늘 냄새가 지독해, 당신이 상상할 수 없을 정도로! 그 '구름 제거제'는 엄청 순도 높은 마늘 진액인가 봐."

"아, 그 때문이었구나."

프로비당스는 혼자만의 생각에 잠겨 중얼거렸습니다.

병원까지 그녀를 따라온 그 냄새는 그러니까 깨진 약병 조각에 묻어 있던 그 소중한 호박 빛깔 액체의 냄새였던 것입니다. 아, 놀라운 운명의 아이러니. 그녀에게는 독약이나 다름없었던 것이 딸을 구한 해독제라니.

"가엾은 레오!"

별안간 프로비당스가 소리쳤습니다.

"왜 그래요? 염소 통 치즈 때문에 생각났어요? 레오가 들으면 꽤나 억울하겠네요"

라시드가 빙글거리며 놀렸다.

방 안에 있던 다섯 사람은 모두 웃음을 터뜨렸죠.

"제발 그만해요. 그이는 여전히 아래층 삐걱거리는 소파에서 나를 기다리고 있나요? 지금 몇 시죠?"

"밤 아홉 시. 걱정 말아요. 레오는 우리가 다 알아서 챙겨줬으니까요. 저녁도 먹었고 지금은 남자 전용 층에서 항공 관제에 관해 열강 중이예요. 아주 매력적인 직업이더군요. 진정한 하늘 오케스트라 지휘자라고 해야 하나. 혹시 항공 관제사가 단 하루 동안 책임져야 하는 인명이 웬만한 의사가 평생 진찰한 환자 수보다 많다는 사실은 알고 계셨어요? 엄청난 거 아닙니까?"

라시드가 대답했습니다.

프로비당스는 그가 앞으로는 두 사람의 목숨만 책임지기로 하면 좋겠다고 생각했습니다. 자기와 자혜라, 이렇게 두 사람. 그녀는 라시드에게 자기가 혼성 층, 그러니까 1층 안내에서 기다리겠노라고 레오에게 전해줄 것을 당부했죠. 그런 다음 그녀는 간호사들과 딸이 있는 병실을 빠져 나왔습니다.

미남 항공 관제사를 보자마자 그녀는 그가 즉시 자기를 품에 안아 주기를, 그가 즉시 그녀에게 키스해 주기를 열렬하게 소망했습니다. 하지만 두 사람이 있는 곳은 그 같은 애정 표현이 용납되는 장소가 아니었죠. 그녀는 그저 미소만 지을 수밖에요. 그녀의 가슴속에는 물론 딸이 자리 잡고 있었지만, 사랑하는 남자를 위한 자리도 있었습니다. 훌륭한 남자. 인간의 가슴은 사랑하는 모든 것을 담아서 어디든 가지고 갈 수 있는 커다란 장롱이다. 영화 속 살인청부업자 레옹의 화분 또는 열쇠고리로 만든 티베트 승려도 약간 비슷하지 않을까요. 암튼 그녀의 가슴 속엔 그녀를 믿어주고 그녀의 꿈을 실현하게 해준 이 특별한 남자의 자리가 마련되어 있었습니다. 그녀의 영웅. 그녀의 평생 동반자. 자혜라의 아빠.

더 이상 감정을 억제하지 못한 두 연인은 그곳에 두 사람만 있는 것처럼 와락 끌어안고 말았습니다. 사막과 별들 사이 어디쯤엔가 자리 잡은 허름한 병원 로비에서.

13

"어때, 마음에 드나?"

미용사의 음성에 몽상에 빠져 있던 나는 현실로 돌아왔다.

"방금 들려준 대로 진행되었다면, 나는 정말로 그렇게 될 수만 있다면 내가 가진 모든 것을 다 내주었을 겁니다."

"제일 중요한 건 자네가 뭘 믿느냐일세. 그게 진실이든 아니든 믿음은 때로 현실보다 강한 법이지. 우린 삶을 있는 그대로 받아들여야 하네. 아름다움은 물론 가장 큰 결점까지도 말일세."

"가장 큰 결점이라면요?"

"죽음. 죽음도 삶의 일부이기 때문이지. 그런데 사람들은 그걸 자주 잊어버리는 경향이 있거든. 이왕 이렇게 된 거, 꿈이나 계속 꿔보세."

나이 든 미용사가 그렇게 말하는 순간 눈물방울이 내 뺨을 타고 흘렀다.

"상상해 보게. 이제 며칠이 지났네. 우리는 지금 파리 18구 연회실에 모여 있지. 자네도 거기 있고, 내 동생 폴도 있네. 자헤라는 제일 앞 줄, 모처럼 장거리 여행을 감행한 레일라와 라시드 옆에 앉아 있군. 자네 옆에 서 있는 프로비당스는 눈부시게 아름답네. 그 여자의 미소 덕분에 온 방 안이 환하군. 구청장은 지금 삼색기 휘장을 고쳐 메고 연상 헛기침을 해가며 목소리를 다듬고 있는 중일세. 그자의 눈길이 선량하고 자애로운 아버지 같네. 배우 드파르디외와 약간 닮은 것 같기도 하고."

"레오 알베르 프레데리크 오스카 비뒬……."

구청장이 입을 열었지.

"마샹입니다, 구청장님."

자네가 그의 말을 끊었어.

"아, 그렇군, 미안하네. 레오 알베르 프레데리크 오스카 마샹, 당신은 이 자리에 서 있는 프로비당스 에바 로즈 앙투아네트 뒤푸아를 부인으로 맞이하시겠습니까?"

"네, 그러기를 원합니다."

"프로비당스 에바 로즈 앙투아네트 뒤푸아, 당신은 레오 알베르 프레데리크 오스카 거시기……."

"마샹입니다, 구청장님."

이번엔 프로비당스가 그의 말을 끊었지.

"정말이지 도저히 익숙해지지 않는 이름이군요. 정말 죄송합니다. 프로비당스 에바 로즈 앙투아네트 뒤푸아, 당신은 이 자리에 서 있는 레오 알베르 프레데리크 오스카 마샹을 남편으로 맞이하시겠습니까? 그리고 그 결과로 그 끔찍한 이름까지 받아들이시겠습니까?"

"네, 그러기를 원합니다."

프로비당스가 구청장의 유머에 미소 지으며 대답했네.

"법의 이름으로 나는 두 분이 남편과 부인이 되었음을 선언합니다."

〈끝〉

감사의 말

나는 아들린에게 감사한다. 다른 별에서 온 ET 소녀 아들린의 식견 풍부한 조언은 나에게 형광 빛깔 플라스틱 별들만큼이나 소중했다. 나는 나로 하여금 적절한 귀인을 만나게끔 도와준 앙젤리크에게도 감사한다. 나는 앙젤리크가 가리켜 준 문을 열어준 도미니크에게도 감사한다. 그가 아니었다면 작가가 되고 싶었던 나의 꿈과 나의 인도 고행자는 언제까지고 이케아 옷장 구석에 처박혀 있는 신세를 면치 못했을 테니까.

옮긴이의 말

우리는 무슨 힘으로 사는가?

질투는 나의 힘, 분노는 나의 힘에서 부숭이의 땅힘, 밥심에 이르기까지. 참, 강원도의 힘이라는 영화도 있었지. 잘 알려진 영화나 책 제목 등에서만 얼핏 추려보아도 이렇듯 다양한 의견이 제시되는 걸 보면 아마도 우리들 각자에게는 녹록지 않은 삶의 무게를 견뎌낼 에너지를 얻는 자기만의 원천이 있긴 있는 모양이다. 지친 우리의 몸과 마음에 새 기운을 불어넣어 줄 원천이 많다는 건 사실 얼마나 큰 다행인가!

《에펠탑만큼 커다란 구름을 삼킨 소녀》를 처음 접했을 때, 제목과 책 표지만으로는 도무지 내용을 짐작하기 어려웠다. 구름을 삼킨 소녀가 하늘로 둥실 떠올라 세상 구경을 하는 판타지일 것 같다는 막연한 추측이 전부였으니까. 다 읽고 나니 판타지도 맞고 하늘을 날아다니는 것도 맞는데, 구름은 내가 상상한 구름과는 거리가 멀었고, 하늘을 나는 사람도 소녀가 아니라 소녀의 엄마, 좀 더 정확하게는 소녀를 입양한 우편배달부 프로비당스였다.

'점액과다증'이라는 이름도 생소한 병이 문제였다. 살아가는 동안 내내 하루 24시간 사우나에 들어가 앉아 있는 것처럼 몸 안이 온통 점액질로 차올라 숨도 못 쉬게 되는 병에 걸린 모로코 소녀 자혜라가 제대로 된 치료도 받아보지 못하고 죽어가는 딱한 사정을 알게 된 프랑스 여자 집배원 프로비당스는 어떻게 해서든 아이를 살리고 말겠다고 마음먹는다.

아뿔사! 이번엔 화산재가 문제였다. 화산재가 유럽 하늘을 뒤덮는 바람에 비행기들이 모조리 날개가 묶이면서 자혜라에게 가는 길이 막혀 버렸으니까.

인간이 새가 날갯짓하듯 두 팔을 휘저어 하늘을 나는 게 말이 되는 소리냐고 따지지는 말자. 판타지가 그래서 좋은 거니까. 다소 미심쩍어 보이는 일들을 집요하게 물고 늘어지면서 깐깐하게 따지는 대신 '뭐 그럴 수도 있는 일'이라면서 너그럽게 넘어가는 게 바로 판타지니까(아, 그리고 보면 판타지 또한 우리의 힘?).

뜻이 있는 곳에 길이 있다고 했던가. 프로비당스는 우여곡절 끝에 새처럼 하늘을 나는 법을 배워 기어이 프랑스 파리에서 모로코까지 날아가는데 성공하고 아이도 살려낸다.

해피엔딩까지 이제 반 발짝쯤 남았다고 예상되는 순간, 이야기는 새로운 국면을 맞는다. 하긴 반전이 없으면 로맹 퓌에르톨라답지 않다. 데뷔작 《이케아 옷장에 갇힌 인도 고행자의 신기한 여행》으로 36개국의 독자들에게 가슴이 짠해지는 웃음을 선사했던 그는 이번에도 독자들을 마음 편히 웃게만 내버려 두지 않는다. 이제까지의 이야기는 모두 '만들어낸 허구'이며 '사실'은 이러저러하다는 식의 이야기 속의 이야기를 시작하는 것이다.

위로받기를 원하는가?

퓌에르톨라는 '이야기 속의 이야기'라는 기법을 도입함으로써, 독자는 왜 이야기에 빨려 들어가는가, 왜 소설을 읽는가라는 질문으로 우리를 유도한다. 우리는 왜, 무슨 말을 듣고 싶어서 이야기에 매달리고, 책장을 넘기는가? 이 질문에 대해서는 앞서 언급한 우리는 무슨 힘으로 사는가라는 질문만큼이나 다채로운 대답이 가능할 것이다. 그 많은 답들 가운데 퓌에르톨라는 아마도 '사랑과 희망의 메시지를 원하기 때문'이라는 답을 강조하는 듯하다. 그는 적어도 사랑이 있는 한, 꿈을 버리지 않는 한, 우리에게는 언제나 희망이 있다는 말을 하고 싶어서 글을 쓰는 것 같다.

가정의 달이라는 5월의 마지막 날, 화사한 날씨를 비웃기라도 하는 듯 연일 가정 내에서의 아동 학대 뉴스가 끊이지 않고 계속되는 이 계절에, 우리 식으로 말하면 피 한 방울 섞이지 않은 양 엄마와 입양 자식 사이에 오가는 무한 신뢰와 폭풍 사랑의 이야기를 소개하는 기분이 남다르다.

2016년 5월 양영란